DE KOOI VAN EEN ENGEL

MOLOTOV OBSESSIE: BOEK 2

ANNA ZAIRES

♠ MOZAIKA PUBLICATIONS ♠

Dit boek is een fictief werk. Alle namen, personages, plaatsen en incidenten komen voort uit de verbeelding van de auteur or worden fictief gebruikt. Iedere gelijkenis met bestaande personen, levend of dood, bedrijven, gebeurtenissen of plaatsen berust volledig en uitsluitend op toeval.

Uitgegeven door Mozaika Publications, onderdeel van Mozaika LLC.
www.mozaikallc.com

Ontwerp cover: The Book Brander
www.thebookbrander.com

Fotografie van The Cover Lab

Vertaling: Missy Veerhuis

ISBN: 978-1-63142-735-0
Print ISBN-13: 978-1-63142-736-7

1

CHLOE

Ik ben weer terug. Terug in het hol van de duivel.

De gedachte spookt door mijn van pijn verdwaasde geest terwijl de auto voor Nikolais ultramoderne landhuis in de bergen tot stilstand komt. Een man en twee vrouwen in ziekenhuiskleding - vermoedelijk het medische team waar Nikolai het over had - wachten ons met een brancard op de oprit op. Achter hen staat Alina, Nikolais zus, haar mooie gezicht bleek en bezorgd.

Ik registreer dit alles slechts terloops. Al mijn zintuigen worden door de man verteerd die me bezitterig op zijn schoot houdt.

Nikolai Molotov.

De duivel zelf.

Zijn krachtige armen zijn om me heen geslagen en houden me tegen zijn grote lichaam vast en hoewel ik hem net twee mannen heb zien vermoorden, kan ik niet anders dan uit zijn aanraking, zijn warmte, zijn vertrouwde ceder- en bergamotgeur, troost putten. Zijn smaak is op mijn tong blijven hangen, mijn lippen kloppen van zijn kus, en hoe graag ik het ook wil ontkennen, angst is niet de enige emotie die mijn maag vult bij de gedachte dat hij me hier tegen mijn wil vasthoudt.

"Nog heel even, zaychik," mompelt hij, terwijl hij mijn haar gladstrijkt, en een rilling trekt door me heen als mijn ogen zijn tijgerheldere blik ontmoeten.

Ik zie het monster onder zijn prachtige façade. Het is nu zo helder als de dag.

Pavel springt als eerste uit de auto en doet het portier voor ons open, en een golf van duizeligheid komt op me af als Nikolai uitstapt en me tegen zijn borst gedrukt houdt. Hoewel hij voorzichtig is, stuurt de beweging een steek van misselijkmakende pijn door mijn arm, en de verre bergtoppen draaien in een misselijkmakende cirkel in mijn zicht terwijl hij me zachtjes op de brancard legt.

Terwijl ik mijn ogen dichtknijp, concentreer ik me op ademhalen en op niet flauwvallen terwijl ik door het huis word gereden, terwijl Nikolai tussen het Russisch spreken tegen Alina en Lyudmila bevelen naar het medische team blaft. Ik neem aan dat hij uitlegt wat er is gebeurd, maar ik heb te veel pijn om me er iets van aan te trekken.

Ik ben nog nooit neergeschoten en het is niet leuk.

Als ik vervolgens mijn ogen opendoe, ben ik in mijn slaapkamer, met de dokter en zijn team die rondom mijn brancard bezig zijn. Binnen enkele seconden wordt een infuus in mijn linkerarm aangebracht en ben ik op verschillende monitoren aangesloten. Ik heb geen idee waar al deze medische apparatuur vandaan is gekomen, maar mijn slaapkamer lijkt tot een ziekenhuiskamer te zijn omgetoverd.

De dokter, helemaal in ziekenhuiskleding en een chirurgisch masker, vraagt of ik allergisch ben voor latex of medicijnen terwijl hij een paar handschoenen aantrekt.

"Nee," zeg ik hees, en een van de verpleegsters bevestigt een zak met vloeistof aan de bovenkant van de infuusstandaard. Onmiddellijk verspreidt er zich een aangename vermoeidheid door me heen, waardoor mijn oogleden zwaar worden.

Het laatste wat ik zie voordat de wereld vervaagt, is Nikolai die in de hoek van de kamer staat, zijn gouden ogen met felle intensiteit op mij gericht. Er zit nog steeds een donkere vlek op zijn jukbeen - bloed van de man die hij heeft gemarteld om antwoorden te krijgen - maar met de zoete opluchting van het verdovingsmiddel dat zich door mijn aderen verspreidt, kan ik de scheve glimlach die zich om mijn lippen vormt niet tegenhouden.

Ik zal je beschermen, zegt hij en terwijl de duisternis me opeist, geloof ik hem.

Hij zal me tegen iedereen behalve tegen zichzelf beschermen.

2

NIKOLAI

MIJN ZUS ONDERSCHEPT ME ZODRA IK CHLOE'S KAMER UITSTAP. Ze moet de hele tijd in de gang hebben gestaan.

"Hoe gaat het met haar?"

"Ze zal blijven leven, maar niet dankzij jou." Mijn toon is hard, maar het kan me geen fuck schelen.

Het is Alina's schuld dat we in deze puinhoop zitten. Zij heeft Chloe verteld dat ik onze vader heb vermoord. Ze heeft haar de autosleutels gegeven, waardoor ze kon vluchten.

Bij mijn woorden deinst Alina terug, maar ze houdt voet bij stuk. Haar gezicht is nog steeds bleek en gezwollen, maar haar groene ogen zijn helder en ze ruikt niet langer naar een drugscocktail. "Ik bedoel, hoe is ze eraan toe? Wat heeft de dokter gezegd?"

Ik zucht en haal een hand door mijn haar. "Ze heeft geluk gehad. De kogel is dwars door haar arm gegaan, maar heeft het bot nauwelijks geschampt. Ze heeft veel bloed verloren, maar niet genoeg om een transfusie nodig te hebben. Ze heeft ook een verstuikte enkel. Verder heeft ze alleen maar kneuzingen en schaafwonden."

"Kolya..." Mijn zus heeft er nog nooit zo ellendig uitgezien. "Het spijt me echt. Ik wist niets van de-"

"Stop." Ik ben niet in de stemming om naar haar verontschuldigingen en rechtvaardigingen te luisteren. Ze wist misschien niet van de moordenaars die op Chloe jaagden, maar dat is geen excuus voor wat ze heeft gedaan. Evenmin het feit dat ze high was van haar medicijnen. Voordat ik iets zeg waar ik spijt van zal krijgen, vraag ik, "Waar is Slava?"

"Lyudmila heeft hem meegenomen om bij de bewakers langs te gaan. Ik heb haar gevraagd hem voor nu uit de buurt te houden, aangezien... je weet wel." Ze zwaait naar Chloe's deur.

"Goed idee." Ik weet dat ik mijn zoon niet moet vertroetelen, maar ik ben vreemd genoeg terughoudend om hem aan de wrede realiteit van ons leven bloot te stellen, zoals onze vader dat met mij heeft gedaan. Jagen en vissen is één ding - ik ben blij dat Pavel Slava dat leert, samen met andere belangrijke levensvaardigheden - maar ik heb liever niet dat hij zijn lerares onder het bloed ziet.

Hij zal uiteindelijk leren wat het betekent om een Molotov te zijn, maar nu nog niet.

Alina kijkt opgelucht door mijn lof. "Dus, wat is er gebeurd?" vraagt ze terwijl ze me volgt terwijl ik naar mijn kamer ga. "Wie heeft de moordenaars achter haar aan gestuurd?"

"Het is een lang verhaal." Eentje dat ik zelf nog aan het verwerken ben. "Het volstaat om te zeggen dat ze nog steeds in gevaar is."

Alina grijpt mijn mouw en brengt me tot stilstand. "Dus je hebt niet...?"

"Dat heb ik wel." Ik heb een kogel in de hersenen van een van de moordenaars geschoten en de andere zo erg verwond dat hij kort daarna is overleden - maar niet voordat ik een naam uit hem kreeg.

Een naam die ik nog steeds probeer te bevatten.

Mijn zus kijkt me met een frons op haar voorhoofd aan. "Maar je denkt dat er meer komen."

"Dat weet ik zeker."

"Waarom? Wie is ze, Kolya?"

"Dat is wat ik van plan ben om uit te zoeken."

Ik trek me uit haar greep los, stap mijn kamer binnen en sluit de deur.

Hoewel Chloe nog onder zeil is, wil ik graag naar haar terug, dus ik ga snel douchen en me omkleden. Dan stuur ik een bericht naar Konstantin, breng hem op de hoogte van wat ik heb ontdekt en vraag zijn team van hackers om de man te onderzoeken die de moordenaar als hun werkgever noemde.

Tom Bransford.

De presidentskandidaat die mogelijk de vader van Chloe is.

Dat laatste weet ze nog niet, en ik weet niet of ik iets over mijn vermoedens moet zeggen totdat ik concreter bewijs heb. Op dit moment is het bewijs op zijn best indirect, en als ik het mis heb, zal Chloe nog meer reden hebben om te denken dat ik een gestoord monster ben.

Wat ik ben. Ik wil gewoon niet dat ze zo over me denkt.

Mijn borst spant zich samen als ik me de lieve, stralende glimlach voorstel die ze me schonk voordat de medicijnen in het infuus hun werk deden. Ik wil meer van dat, niet de lege, doodsbange blik die ze in het bos op haar gezicht had gehad toen ik naar haar toe kwam, met het wapen in de hand, nadat ik een van haar aanvallers had gedood en de andere had verwond.

Ik wil die blik op haar gezicht nooit meer zien.

Alina is weg als ik de gang in kom en ik haast me terug naar Chloe's kamer. Ik weet dat ze in goede handen is bij de dokter en de verpleegsters die over haar waken, maar ik kan de angst niet onderdrukken die elk moment dat ze uit mijn zicht is aan me knaagt. Het had maar een verdomd haartje gescheeld of ze was dood geweest. Als ik een paar minuten later was gekomen, als het team van Konstantin de NSA-satelliet niet had kunnen hacken om haar exacte locatie te bepalen, als de kogel haar lichaam enkele centimeters naar links had doorboord - er is een oneindig aantal manieren waarop dit anders af had kunnen lopen.

Een oneindig aantal manieren waarop ik haar had kunnen verliezen.

"Ze zou over een paar minuten bij moeten komen," informeert de dokter me als ik haar kamer binnenstap. Hij is een van de beste traumachirurgen in de staat. Pavel heeft hem en zijn team voor een exorbitante vergoeding die zowel hun diensten als hun discretie koopt met een helikopter vanuit Boise in laten vliegen.

"Goed. Bedankt." Ik negeer de blikken van de twee vrouwelijke verpleegsters en nader Chloe. Een pijnlijk gevoel knijpt mijn ribbenkast samen terwijl ik de grijsachtige tint van haar gebronsde huid opmerk. Ze hebben het bloed en het vuil van haar gezicht en armen gewassen en haar ziekenhuiskleding aangedaan, maar haar haar is nog steeds samengeklit, met een paar takjes en bladeren die in de goudbruine lokken zijn blijven steken.

Ik verwijder de troep en laat het op het tafeltje naast haar brancard vallen. Ik haat het om haar zo te zien, zo klein en kwetsbaar en gewond. Ik zou er alles voor over hebben om die kogel voor haar op te hebben gevangen, of beter nog, een paar uur eerder wakker te zijn geworden, zodat ik haar had kunnen tegenhouden om te vertrekken.

Ik reik naar voren en streel teder met mijn knokkels over haar fijn gevormde kaak. Haar huid is zacht en warm. Ik kan mezelf niet tegenhouden en wrijf met mijn duim over haar enigszins openstaande lippen. Volle, popachtige lippen, de bovenste iets voller dan de onderste. Zondige lippen die een heilige zouden kunnen verleiden - niet dat ik dat ben of ooit ben geweest.

Ik trek mijn hand weg voordat mijn lichaam ongepast kan reageren, ga naar een stoel in de hoek van de kamer en ga zitten om te wachten tot de dokter in de badkamer verdwijnt. De verpleegsters pakken de spullen in en zodra Chloe weer bij bewustzijn en stabiel is, gaan ze weg.

Trouw aan de belofte van de dokter, verstrijken er slechts een paar minuten voordat Chloe zich beweegt, een zwak geluid ontsnapt aan haar lippen terwijl haar oogleden opengaan. Ik sta meteen op en loop naar de andere kant van de kamer om naar haar toe te gaan.

"Hoi," mompelt ze slaperig, terwijl ze naar me opkijkt. "Hebben ze al-"

"Ja, zaychik." Ik hou zachtjes haar linkerhand vast en let erop dat ik het infuus in haar arm niet lostrek. Haar tere vingers zijn koud in mijn greep, ondanks het laken dat haar tot aan haar borst bedekt. "Hoe voel je je? Wil je iets te drinken?"

Ze knippert weer, nog steeds duidelijk versuft, dus ik druk op een knop om het hoofd van haar brancard omhoog te liften naar een halfzittende positie, en dan breng ik een kopje water met een rietje naar haar lippen. Ze zuigt er gretig op, waardoor ik moet glimlachen.

De dokter stormt naar me toe en ik doe een stap achteruit, zodat hij en zijn team hun ding kunnen doen. De verpleegsters leggen Chloe's rechterarm in een mitella terwijl hij haar een paar vragen stelt en haar vitale functies controleert, dan verwijderen ze het infuus en alle bewakingsapparatuur.

Ze wordt als wakker en stabiel beschouwd.

"Neem dit voor pijn als dat nodig is," zegt de dokter, terwijl hij een fles pillen op tafel zet. "En pas op dat het verband niet nat wordt. Het moet om de vierentwintig uur vervangen worden." Hij kijkt me aan en ik knik.

Ik heb behoorlijk wat ervaring met schotwonden en zou graag de rol van Chloe's verpleger spelen. Waar ik niet blij mee ben, zijn de pijnstillers, maar ik weet dat ze ze nodig zal hebben.

Haar verwonding is misschien niet levensbedreigend, maar het zal nog steeds pijn doen.

"Hier, ik doe dit wel," zeg ik terwijl de verpleegsters komen om Chloe op te tillen, vermoedelijk om haar naar haar bed te brengen. Ik jaag ze weg, pak haar voorzichtig op en draag haar er zelf heen - geen moeilijke taak, want ze is nauwelijks zwaarder dan Slava. Hoewel ze in de week dat ze hier is als een bouwvakker heeft gegeten, is mijn zaychik nog steeds veel te mager van haar maand op de vlucht te zijn geweest.

Ze huivert als ik haar neerleg en ik voel het als een steek in mijn maag. Ik ben nog nooit zo diep op iemand anders afgestemd geweest, tot het punt dat ik haar pijn als de mijne ervaar. Als er enige twijfel in mijn gedachten was geweest over wat ze voor me betekent, dan was die verdwenen op het moment dat ik haar Toyota niet meer in de garage zag.

Ik heb nog nooit zo'n woede en angst gekend als

toen ik hoorde dat de moordenaars in de buurt waren - toen ik dacht dat ik haar misschien niet op tijd zou vinden.

Mijn maag draait zich om en ik duw de gedachte weg voordat ik in de verleiding kom om Alina te wurgen. Het belangrijkste is nu dat Chloe hier veilig bij mij is. Ik heb Pavel al gezegd om onze beveiliging te versterken, voor het geval de moordenaars hadden ontdekt wie Chloe had ingehuurd en die informatie aan hun werkgever hadden doorgegeven voordat ik ze vond. Ik betwijfel het - degene die ik heb gemarteld leek geen idee te hebben wie ik was - maar ik neem geen enkel risico.

Bovendien is er altijd de dreiging van de Leonovs. Alexei zal nog bozer zijn nu we het lucratieve Tadzjiekse kernreactorcontract van het Atomprom van zijn familie hebben gestolen.

Ik duw die gedachte ook van me af en concentreer me erop om Chloe tegen een paar kussens te zetten en haar met een deken te bedekken, terwijl de dokter en zijn team de brancard en al hun apparatuur de kamer uit rijden.

Een minuut later zijn we eindelijk alleen.

Ik ga op de rand van haar bed zitten en pak haar kleine hand op. “Lig je goed, zaychik?” vraag ik, terwijl ik over haar kille hand wrijf. “Kan ik iets voor je halen? Iets te drinken, te eten? Ik kan me voorstellen dat je honger hebt.”

Ze slikt en knikt. “Wat eten zou geweldig zijn.” Ze ziet er nu alerter uit, haar grote bruine ogen zijn duidelijk op hun hoede. Haar angst heeft een tweesnijdend effect op me, waardoor mijn borst pijn doet, zelfs als het dat primitieve, verwrongen deel van mij opwindt dat haar wil achtervolgen en markeren, om haar op de meest brute manier mogelijk te claimen.

Ik onderdruk het duistere instinct, breng haar hand naar mijn lippen en kus haar knokkels. "Ik zal het je brengen. Wil je iets om je te vermaken terwijl je wacht? Een boek of-"

"Ik ga gewoon wat tv kijken."

Ik glimlach en geef haar de afstandsbediening. "Oké. Ik ben zo terug."

Ik buig me voorover, geef een snelle kus op haar voorhoofd en haast me de kamer uit.

3

CHLOE

MET EEN ONREGELMATIG KLOPPEND HART ZIE IK DE DEUR ACHTER NIKOLAIS LANGE, breedgeschouderde gestalte dichtslaan. Mijn voorhoofd tintelt nog steeds waar zijn lippen mijn huid hebben geraakt, zelfs als mijn geest de rauwe, met pijn gevulde kreten herhaalt van de man die hij martelde.

Hoe kan een meedogenloze moordenaar zo zorgzaam en teder handelen?

Is dat echt of is het gewoon een masker dat hij draagt om de psychopaat in hem te verbergen?

Ik heb eigenlijk geen honger - de narcose heeft me een beetje misselijk gemaakt - maar ik heb een paar minuten voor mezelf nodig. Alles gebeurde zo snel dat ik geen kans heb gehad om mijn vragen te formuleren, laat staan pogingen te ondernemen om met antwoorden te komen. Het ene moment zat een van de moordenaars van mijn moeder schrijlings op me, lust in zijn lege, donkere ogen, en het volgende moment lagen de hersenen van zijn partner overal op de grond van het bos en sneed Nikolai mijn aanvaller open en dreigde hij om zijn ingewanden te verwijderen.

Een golf van misselijkheid inslikkend, duw ik de herinnering opzij. Hoe genadeloos Nikolais ondervragingsmethoden ook waren, ze hebben resultaten opgeleverd en met de ergste schok die wegebt en mijn geest die na het waas van de narcose helderder wordt, kan ik eindelijk over de implicaties nadenken van wat ik heb ontdekt.

Ze waren er om jullie allebei te vermoorden, had Nikolai me in de auto verteld voordat hij vroeg of de naam *Tom Bransford* me bekend voorkwam.

Wat hij doet.

Omdat hij de laatste tijd overal in het nieuws is.

Met een onvaste hand til ik de afstandsbediening op en zet de tv aan, waar ik op een nieuwszender afstem.

En ja hoor, ze behandelen de primaire debatten, die Bransford lijkt te winnen, waardoor hij in alle peilingen vooroploopt.

Mijn ingewanden draaien zich om terwijl ik zijn beeld op het scherm bestudeer. Als Nikolai me de waarheid vertelt, dan is dit de man die verantwoordelijk is voor de moord op mijn moeder.

De Californische senator is op vijfenvijftigjarige leeftijd jeugdig en slank en straalt charme en charisma uit. Zijn dikke, goudblonde haar is nauwelijks grijs, zijn ogen zijn schitterend blauw en zijn glimlach is helder genoeg om een pakhuis te verlichten.

Geen wonder dat ze hem met JFK vergelijken. Hij

zou de nog knappere broer van de dode president kunnen zijn.

Ik zoek naar tekenen van kwaadaardigheid op zijn gelijkmatig geprofileerde gezicht en vind niks. Maar aan de andere kant, waarom zou ik? Hoe knap Bransford ook is, hij kan niet in de schaduw van Nikolais duistere magnetische aantrekkingskracht staan en ik weet waartoe *hij* in staat is. Ik ben ook niet de enige die door Nikolai verblind is. Zelfs duizelig van de narcose, ontgingen de begerige blikken die de verpleegsters heimelijk naar hem wierpen me niet.

Ik ben met mijn werkgever nog nooit in het openbaar geweest, maar ik stel me voor dat er links en rechts slipjes vallen als hij over straat loopt.

Een bizarre steek van jaloezie overvalt me bij de gedachte, en ik besef dat ik van de kernvraag afgeleid word.

Waarom?

Waarom zou een vooraanstaande presidentskandidaat mij en mijn moeder willen vermoorden?

Dat slaat nergens op. Helemaal nergens. Mam had niet verder van de politiek kunnen staan als ze in het Amazone-oerwoud had gewoond en God weet dat ik het gedoe niet volg. Hoe gênant het ook is om toe te geven, ik heb bij de laatste verkiezingen niet eens gestemd, omdat ik het te druk had met studeren en zo. Noch heb ik Bransford ooit in welke hoedanigheid dan ook ontmoet. Ik heb een goed geheugen voor gezichten en hij is meer memorabel dan de meeste.

Misschien was mam hem op de een of andere manier tegengekomen? In het restaurant waar ze werkte, misschien?

Het is mogelijk, theoretisch gezien. Het luxe hotel waaraan het restaurant is verbonden, wordt door allerlei VIP's bezocht. Misschien was Bransford daar tijdens een bezoek aan Boston verbleven en zag mama hem iets doen wat hij niet had moeten doen.

Maar waarom zou hij mij dan ook willen vermoorden? Tenzij... was hij bang dat mam me alles had verteld wat ze over hem wist?

Allemachtig. Misschien heeft ze bewijs in haar appartement verstopt en denkt hij dat ik weet waar het is.

Opgewonden ga ik rechtop zitten, om vervolgens kreunend terug op de stapel kussens te vallen. De narcose is zeker uitgewerkt, want die beweging *deed pijn.* Heel erg pijn. Het voelde alsof er hete messen in mijn arm staken en met de rest van mijn lichaam gaat het niet veel beter.

Het is alsof ik door een echte vrachtwagen van mijn sokken ben gereden, in plaats van door een moordenaar ter grootte van een vrachtwagen.

Voordat ik op adem kan komen en me weer kan concentreren, gaat de deur open en komt Nikolai met een dienblad met gevulde borden binnen.

Mijn hartslag schiet omhoog en het beetje adem dat ik heb teruggekregen, evacueert mijn longen.

Zonder de sluier van shock die mijn zintuigen verdooft en de afleiding van de medische staf die om me heen bezig was, is zijn effect op mij verwoestend, angstaanjagend krachtig. Ik heb nog nooit een man gekend die mijn lichaam kon laten reageren door alleen maar een kamer binnen te lopen. En het is niet alleen zijn uiterlijk. Het draait allemaal om hem, van de rauwe dierlijke intensiteit in zijn opvallende ambergroene ogen tot de aura van kracht die hij zo comfortabel als een van zijn op maat gemaakte pakken draagt.

Op dit moment is hij wat nonchalanter gekleed in een donkere spijkerbroek en een lichtblauw overhemd met knoopjes en de mouwen tot aan zijn ellebogen opgerold. Hij moet zich terwijl ik onder narcose was hebben omgekleed en gedoucht, besef ik. Zijn kleren zijn niet alleen anders dan die in de auto, maar de vlek op zijn jukbeen is verdwenen en zijn ravenzwarte haar is nat naar achteren gekamd, waardoor de scherpe symmetrie van zijn opvallende trekken zichtbaar wordt.

Mijn ogen glijden gretig over zijn gezicht, van de dikke zwarte strepen van zijn wenkbrauwen tot de volle, sensuele vorm van zijn mond. Voor één keer is het niet op die donkere, cynische manier van hem gebogen, in plaats daarvan is de glimlach op zijn lippen warm, met verontrustende tederheid getint.

"Ik heb Pavel wat restjes op laten warmen en een selectie van verschillende snacks laten bereiden," zegt hij, terwijl hij door de kamer naar me toe loopt terwijl ik de tv in een reflex uitzet. Zijn diepe, ruwe-zijden stem is als een streling in mijn oren, zoveel aangenamer dan de schelle tonen van de nieuwslezer. Hij zet het dienblad op mijn nachtkastje, gaat naast me zitten en begint de borden een voor een open te schuiven. "Ik dacht dat je misschien last had van misselijkheid, dus ik heb hier ook wat gewone toast."

Wauw. Zou hij nog attenter kunnen zijn? Als ik hem niet met mijn eigen ogen had zien moorden en martelen, had ik nooit geloofd dat hij tot zo'n wreedheid in staat was - zelfs niet met die duistere, gevaarlijke vibe die ik steeds van hem kreeg.

"Dank je," mompel ik, terwijl ik probeer om niet aan zijn handen te denken die een mes vasthielden die een man opensneden terwijl hij het dienblad naar me toe uitstrekt en me laat kiezen wat ik wil. Er is van alles, van gesneden fruit tot gevulde blintzes tot vleeswaren en verschillende kazen, maar ik *ben* nog steeds misselijk, vooral door de gruwelijke beelden die niet uit mijn gedachten willen verdwijnen, dus pak ik gewoon de gewone toast en een handvol druiven.

Hij kijkt met een goedkeurende glimlach naar me terwijl ik eet en ik probeer er niet aan te denken wat een warm gevoel die glimlach me geeft - en niet alleen op een seksuele manier. Het is een illusie, dit gevoel van veiligheid en troost dat hij me geeft, een overblijfsel van toen ik dacht dat hij een goede man was die gewoon moeite had om contact met zijn jonge zoon te maken.

Ik begon voor die man te vallen.

Nee. Ik lieg tegen mezelf. Ik *viel* voor hem, zo erg zelfs dat ik, zelfs met Alina's angstaanjagende onthullingen in mijn oren, mijn auto had omgedraaid en naar hier terugkeerde toen de moordenaars me in een hinderlaag lokten.

Zijn eigen zus vertelde me dat hij een monster was, en ik geloofde haar niet. Ik *wilde* haar niet geloven.

Dat wil ik nog steeds niet.

"Waar is Slava? Hoe gaat het met hem?" vraag ik. Ik kies het meest onschuldige onderwerp dat ik kan bedenken. Er zijn zoveel dingen die we moeten bespreken, van Bransfords beweegredenen tot of ik hier al dan niet een gevangene ben, maar ik ben er nog niet klaar voor om die kant op te gaan.

Vooral die laatste vraag is te verontrustend om op dit moment over na te denken.

"Hij is net terug van een wandeling met Lyudmila," antwoordt Nikolai. "Alina heeft haar hem voor onze aankomst mee laten nemen."

"Ah, goed." Ik was bang dat het kind ons vanuit zijn raam zou hebben gezien. "Wat ga je hem vertellen... over je weet wel?" Ik zwaai met mijn linkerhand naar mijn mitella.

"We zeggen gewoon dat je op een tak bent gevallen." Zijn kaken worden strakker. "Ik heb liever dat hij niet weet dat je hem hebt verlaten."

"Dat heb ik niet..." Ik stop, want dat deed ik wel. Ik kwam terug, maar dat weet Nikolai niet. Ik ben ook niet van plan om het hem te vertellen.

Ik wil niet dat hij weet hoe gemakkelijk hij me voor de gek had gehouden, dat zelfs nu een deel van mij weigert te geloven dat hij een moordenaar is die net zo meedogenloos is als de mannen die mijn moeder hebben vermoord.

Zijn tijgerogen vernauwen zich van speculatieve belangstelling. "Wat heb je niet gedaan?"

"Niets." Het woord komt er niet overtuigend snel uit. Ik probeer het te verbergen. "Ik bedoelde gewoon, dat ik *hem* niet heb verlaten."

Het is alsof een onweerswolk over Nikolais gezicht trekt en alle licht en warmte blokkeert. Zijn blik wordt gesloten, zijn prachtige gelaatstrekken krijgen een standbeeldachtige hardheid. "Juist. Je hebt *mij* verlaten. Vanwege wat Alina je heeft verteld."

Ik slik hard. Ik weet ook niet zeker of ik er klaar voor ben, maar het lijkt erop dat ik geen keus heb. Ik negeer de kloppende pijn in mijn arm en duw mezelf omhoog naar een meer rechtopzittende positie. "Heeft ze gelogen?" Mijn stem trilt een beetje. "Heeft ze het allemaal verzonnen?"

Hij staart me aan, de stilte die zich tot pijnlijk lange seconden uitstrekt. "Nee," zegt hij uiteindelijk. "Dat heeft ze niet."

Iets in me verdort. Tot op dit moment had ik nog steeds de hoop gekoesterd dat zijn zus ongelijk had, dat ondanks wat ik hem de twee moordenaars aan heb zien doen, hij niet schuldig is aan de gruwelijke misdaad van vadermoord. Maar er is nu geen ruimte meer voor twijfel.

Naar eigen zeggen heeft de man die voor me zit zijn vader vermoord.

"Wat is er gebeurd? Waarom-" Mijn stem breekt. "Waarom heb je het gedaan?"

Gedurende een ander lang, zenuwslopend moment reageert hij niet. Zijn gezicht is dat van een vreemdeling, duister en gesloten. "Omdat hij het verdiende." Zijn woorden komen als een hamer zwaar en genadeloos neer. "Omdat hij een Molotov was. Net zoals ik."

Ik bevochtig mijn lippen. "Ik begrijp het niet." Mijn hart bonst tegen mijn ribbenkast, elke slag weergalmt in mijn oren. Een deel van me wil dit afsluiten en gillend wegrennen, terwijl een ander, oneindig veel dwazer deel ernaar verlangt om mijn handpalm over de harde, compromisloze lijn van zijn kaak te laten gaan en met mijn aanraking troost te bieden.

Want onder die harde, emotieloze façade schuilt pijn.

Dat moet wel.

Hij opent zijn mond om te antwoorden als er iemand op de deur klopt. Het geluid is stil, aarzelend, maar het doodt het moment net zo zeker als een geweerschot.

Nikolai springt overeind en stapt naar de deur om hem te openen.

"Konstantin is aan de telefoon," zegt Alina vanuit de deuropening. "Zijn team heeft iets gevonden."

4

CHLOE

TEGEN DE TIJD DAT NIKOLAI TERUGKOMT ZIT ER EEN KNOOP IN MIJN MAAG, de toast die ik heb gegeten ligt als een rots in mijn buik. Ik weet dat Konstantin zijn oudere broer is, het technische genie van de familie. En ik vermoed heel erg dat het 'iets' dat zijn team heeft gevonden betrekking op mijn situatie heeft.

Nu ik de kans heb gehad om erover na te denken, is Konstantin waarschijnlijk degene van wie Nikolai vanaf het begin al die dingen over me wist - zoals het feit dat ik tijdens mijn maand op de vlucht niets op mijn zeer privé social media had gepost. En hij is ook degene die ervoor heeft gezorgd dat Nikolai toegang tot de politiedossiers had gekregen en had ontdekt dat ze waren veranderd om de moord op mijn moeder nog meer op zelfmoord te laten lijken.

Konstantin en zijn team moeten de 'middelen' zijn die Nikolai tijdens de autorit hierheen heeft genoemd, het voordeel dat hij ten opzichte van Bransford heeft.

En ja hoor, Nikolais gezicht staat grimmig als hij op de rand van mijn bed gaat zitten en mijn linkerhand in zijn sterke handpalm neemt. Zijn aanraking verwarmt me en laat me rillen. "Chloe, zaychik..." Zijn toon is zorgelijk zachtaardig. "Er is iets wat je moet weten."

Mijn hart, dat al in mijn borstkas aan het galopperen was, maakt een achterwaartse salto. Zijn blik is niet langer die van een vreemde, in plaats daarvan is er medelijden in zijn gouden tijgerogen te zien.

Wat hij ook gaat zeggen, het is verschrikkelijk, dat kan ik zien.

"Hoeveel weet je over de omstandigheden van je conceptie?" vraagt hij op dezelfde zachtaardige toon. "Heeft je moeder er ooit over gesproken?"

Het is alsof een ijzige wind door mijn binnenste waait en elke cel onderweg bevriest. "Mijn conceptie?" Mijn stem klinkt alsof hij uit een ander deel van de kamer komt, uit een ander persoon.

Hij kan niet menen wat ik denk dat hij zegt. Het is onmogelijk dat Bransford-

"Vierentwintig jaar geleden woonde je moeder in Californië," zegt Nikolai kalm. "In San Diego."

Ik knik op de automatische piloot. Zoveel had mam me wel verteld. Ze had eigenlijk door heel Zuid-Californië gewoond. Nadat het zendelingenechtpaar dat haar uit Cambodja had geadopteerd bij een auto-ongeluk om het leven was gekomen, was ze van het ene pleeggezin naar het andere gegaan tot ze op haar zeventiende zichzelf zelfstandig had verklaard - hetzelfde jaar dat ze van mij was bevallen.

"Ze was niet de enige die destijds in San Diego woonde," vervolgt Nikolai. "Dat gold ook voor een zekere briljante jonge politicus wiens lokale campagne ze vrijwillig deed om extra studiepunten voor haar Amerikaanse geschiedenisles te krijgen."

De ijzige wind die in me woedt verandert in een winterstorm. "Bransford." Mijn stem is nauwelijks een fluistering, maar Nikolai hoort het en knikt, terwijl hij zachtjes in mijn hand knijpt.

"De enige echte."

Ik staar hem aan en kook over van emoties en voel me tegelijkertijd verdoofd. "Wat probeer je te zeggen?"

"Je moeder heeft toen ze zestien was geprobeerd om zelfmoord te plegen. Wist je dat?"

Mijn hoofd knikt instemmend. Toen ik een kind was, had mijn moeder altijd armbanden en polsbanden om haar polsen gedragen, zelfs thuis, zelfs tijdens het koken, schoonmaken en wassen. Pas toen ik bijna tien was, liep ik naar binnen toen ze zich omkleedde en ontdekte ik de vage witte lijnen op haar polsen. Ze is toen met me gaan zitten en ze had uitgelegd dat ze, toen ze een tiener was, een moeilijke tijd had doorgemaakt die ertoe had geleid dat ze een poging had gedaan om zelfmoord te plegen.

"Ze zei dat het een vergissing was." Mijn keel is zo samengeknepen dat elk woord er op de weg naar buiten langs schraapt. "Ze vertelde me dat ze blij was dat ze gefaald had, want kort daarna hoorde ze dat ze zwanger was. Van mij."

Zijn ogen worden ondoorzichtig. "Ik snap het."

Hij snapt het? Wat snapt hij? Plotseling woedend, trek ik mijn hand uit zijn greep en ga helemaal rechtop zitten, de begeleidende golf van duizeligheid en pijn negerend. "Wat probeer je me precies te vertellen? Wat heeft haar zelfmoordpoging met Bransford te maken? Heeft hij haar die keer ook geprobeerd te vermoorden? Is dat zijn verdomde modus operandi?"

"Nee, Zaychik." Nikolais blik vult zich weer met dat verontrustende medelijden. "Ik ben bang dat die poging niet in scène is gezet. Maar er is reden om aan te nemen dat Bransford er verantwoordelijk voor *was*. Volgens de ziekenhuisgegevens die het team van mijn broer heeft opgegraven, was je moeder dat jaar twee keer naar de spoedeisende hulp geweest: één keer voor de zelfmoordpoging en twee maanden eerder als slachtoffer van verkrachting."

Een slachtoffer van verkrachting? Ik staar hem aan, zwarte vlekjes vormen zich langs de randen van mijn zicht. "Wil je zeggen dat Bransford haar heeft *verkracht*?"

"Ze heeft nooit een aanklacht ingediend of de naam van haar verkrachter gezegd, dus we kunnen het niet zeker weten, maar haar eerste bezoek aan de spoedeisende hulp viel samen met de laatste dag van haar vrijwilligerswerk bij de campagne. Ze is daarna nooit meer teruggegaan - en negen maanden later, bijna op de dag, beviel ze van een dochtertje. Jij."

De zwarte stippen vermenigvuldigen zich en nemen meer van mijn zicht over. "Nee. Nee, dat is niet... Nee." Ik begin te duizelen terwijl de kamer in mijn zicht vervaagt.

Nikolais sterke armen zijn al om me heen. "Hier, leun achterover." Ik word terug naar de berg kussens geleid. "Haal een paar keer diep adem." Zijn warme handpalm strijkt mijn haar van mijn klamme voorhoofd af. "Heel goed, zo, ja," mompelt hij terwijl ik probeer te gehoorzamen, waarbij ik oppervlakkig lucht in mijn onnatuurlijk stijve longen probeer te zuigen. "Het is goed, zaychik. Gewoon ademen..."

De duizeligheid neemt langzaam maar zeker af, en tegen de tijd dat Nikolai zich terugtrekt, functioneren mijn hersenen weer - en beginnen ze te verwerken wat hij me heeft verteld.

Mama was verkracht.

Negen maanden later werd ik geboren.

Ik wil overgeven.

Ik wil mijn huid rauw schrobben en mijn DNA in bleekmiddel koken.

"Ze heeft nooit…" Mijn stem hapert. "Ze heeft nooit over mijn vader gesproken. Niet één keer. En ik heb het herhaaldelijk gevraagd."

Nikolai knikt en kijkt me met datzelfde verontrustende medelijden aan.

De woorden blijven, als water dat uit een defecte pijp lekt, uit mijn mond komen. "Ze heeft me verteld dat het een moeilijke tijd in haar leven was geweest. Ze was met de middelbare school gestopt. Ze had een baan als serveerster genomen en ze had vanwege de zwangerschap en zo een verzoek voor legale ontvoogding ingediend."

Hij knikt opnieuw en laat me het zelf uitvogelen - en dat doe ik. Omdat voor het eerst zoveel over mijn moeder logisch is. Ik had me altijd afgevraagd hoe ze zwanger was geraakt, want voor zover ik wist, was ze het tegenovergestelde van een wilde tiener. Hoewel mama zelden over zichzelf had gepraat, had ik genoeg geleerd om te weten dat ze voordat ze was gestopt een student was geweest die hoge cijfers haalde, te stil en introvert om naar feestjes te gaan en met jongens te flirten. Ze had als volwassene ook geen interesse getoond om te daten, ze had nog nooit een vriend mee naar huis genomen, me nooit bij een oppas achtergelaten om uit te gaan en plezier te maken. Als kind dacht ik dat dat normaal was, maar toen ik ouder werd, realiseerde ik me hoe vreemd het voor een mooie jonge vrouw was om zich zo af te sluiten.

Het was alsof ze een gelofte van kuisheid had afgelegd... *of nooit van het trauma van verkrachting was hersteld.*

"Denk je..." Ik slik de zure gal in mijn keel door. "Denk je dat hij het wist? Over haar zwangerschap? Over... mij?"

Ik had altijd gedacht dat mijn vader gewoon van de verantwoordelijkheid was weggelopen, hoewel mijn moeder dat nooit ronduit had gezegd, alleen maar had gesuggereerd. Ik dacht dat hij zelf een tiener was geweest, iemand die er gewoon nog niet klaar voor was om ouder te worden. Maar dit - dit verandert alles. Mam heeft hem misschien niet eens van mijn bestaan verteld. Waarom zou ze, als hij haar had verkracht?

Alleen... moet hij het nu weten.

Omdat hij haar heeft vermoord en heeft geprobeerd om hetzelfde met mij te doen.

Oh God.

Ik kan nog net een golf van braaksel tegenhouden.

Mijn biologische vader is niet alleen een verkrachter, hij is ook een moordenaar.

Nikolai neemt mijn hand weer in de zijne, zijn aanraking schokkend warm op mijn ijzige huid. "Ik denk dat hij het moet hebben geweten," zegt hij, in navolging van mijn gedachten. "Misschien niet vanaf het begin, maar later zeker."

"Omdat hij heeft geprobeerd om ons te vermoorden."

"Ja - en vanwege de beurs die je hebt gekregen."

Ik knipper met mijn ogen, eerst niet begrijpend. Dan dringen zijn woorden bij me door. "Je bedoelt... dat *hij* voor mijn studie heeft betaald?"

"Konstantin is bezig om de exacte bron van die fondsen te traceren, maar ik weet bijna zeker wat hij gaat ontdekken." Nikolais ogen kijken me somber aan. "Het was een privé-beurs, zaychik, voor maar één ontvanger bedoeld: jij. Weet je nog dat je me vertelde dat je vriendin zich ervoor had aangemeld en het niet heeft gekregen, ondanks dat ze zelfs beter gekwalificeerd was dan jij? Dat komt omdat het nooit voor haar bedoeld was. Dat geld was al die tijd van jou."

Fuck. Hij heeft gelijk. Mijn vriendin Tanisha was de beste van onze klas geweest met perfecte scores voor haar testen, maar ze had deze volledige studiebeurs voor Middlebury niet gekregen - ik wel. Ik heb Nikolai zelfs verteld hoe vreemd dat was. Behalve dat...

"Ik begrijp het niet. Waarom zou hij dat doen? Waarom zou hij voor mijn opleiding betalen als hij mij en mijn moeder haatte? Als hij... van plan was om ons te vermoorden?" Ik kan de laatste woorden amper uitspreken.

Nikolai knijpt in mijn hand. "Ik weet het niet zeker, maar ik heb een theorie. Ik denk dat je moeder op een gegeven moment contact met hem heeft opgenomen en hem over jou heeft verteld. En ik denk dat ze hem heeft bedreigd. Het was waarschijnlijk iets in de trant van 'als je niet voor het geld voor de opleiding van onze dochter zorgt, dan zal ik mijn verhaal openbaar maken'."

"Denk je dat ze hem heeft gechanteerd?"

Bij Nikolais knik zak ik hoofdschuddend dieper in de kussens. "Nee. Nee je hebt het fout. Dat zou mama niet gedaan hebben. Ze is niet - ze was niet..." Tot mijn schande stromen mijn ogen over van tranen, mijn keel sluit zich terwijl een golf van verpletterend verdriet me overrompelt.

"Een crimineel? Een afperser?" Nikolais diepe stem is zacht als zijn duim mijn handpalm in rustgevende cirkels masseert. Tactvol wacht hij tot ik mezelf onder controle heb en zegt dan zachtjes, "Je moet niet vergeten, zaychik, ze was in de eerste plaats een moeder. Een alleenstaande moeder die als serveerster werkte, wiens verdiensten niet eens een fractie van de exorbitante kosten van een universitaire opleiding in dit land konden dekken. Wat zou *jij* hebben gedaan om de toekomst van je kind veilig te stellen?"

Ik zou hebben gedaan wat ik moest doen - en hoogstwaarschijnlijk was het voor mama hetzelfde geweest.

"Als dat waar is, waarom heeft hij dan gewacht?" vraag ik wanhopig. Een kinderachtig deel van me hoopt nog steeds dat dit allemaal een groot misverstand is, dat mijn biologische vader geen compleet monster is. "Waarom voor alle vier de jaren van mijn opleiding betalen en ons dan proberen te vermoorden? Als hij het geld al had uitgegeven-"

"Het ging niet om het geld. Hij is rijk genoeg om voor tien buitenechtelijke dochters te hebben betaald." Nikolais toon verhardt. "Het gaat om zijn carrière. Zijn run voor het presidentschap."

Natuurlijk. Er staat nu oneindig veel meer op het spel, en hoewel sommige politici op schandalen gedijen, is Bransford een volledig Amerikaans icoon van de moraal en waarden van de middenklasse, met een brandschone reputatie die dit soort dingen niet zal overleven.

Maar aangenomen dat dit allemaal waar is, is er iets dat niet helemaal logisch is. Ik snap dat mama een bedreiging voor hem was, aangezien ze op elk moment haar verhaal openbaar kon maken. Maar waarom zou hij mij proberen te vermoorden?

Hoe kwaadaardig moet je zijn om moordenaars achter je eigen kind aan te sturen? Vooral als ze niets van je weet?

Dan, in een uitbarsting, snap ik het.

"Ik ben het wandelende bewijs van zijn misdaad, nietwaar?" zeg ik terwijl ik naar Nikolai staar. "Een enkele DNA-test en hij is de sigaar. Zelfs als hij probeert te beweren dat het met wederzijdse toestemming was, dan was mam op het moment van mijn conceptie nog minderjarig. Zestien tegen zijn dertig plus."

Nikolai knikt. "Hij is op zijn minst volgens de wet schuldig aan verkrachting. Het is het zeldzame geval dat het niet zijn woord tegen het hare is. Het maakt niet uit hoe hij het probeert te verdraaien, wat hij heeft gedaan is een strafbaar feit."

"En hij weet waarschijnlijk niet dat mama me nooit over hem heeft verteld. Wat hem betreft, kan ik elk moment opduiken en hem publiekelijk als mijn vader claimen."

"Bang van wel, zaychik." Hij houdt zijn hoofd schuin en bestudeert me aandachtig. "Gaat het met je?"

Ik begin op de automatische piloot te knikken en schud dan mijn hoofd. "Nee. Nee, het gaat het niet. Ik heb even een minuutje nodig." Of tienduizend minuten. Of de rest van mijn leven.

Mijn biologische vader is een verkrachter en een moordenaar die me probeert te vermoorden.

Ik weet niet eens hoe ik dat moet gaan verwerken.

Met een blik vol begrip, knijpt Nikolai opnieuw in

mijn hand, legt dan zijn handpalm over mijn kaak en leunt naar voren, terwijl hij met de rand van zijn duim over mijn wang streelt. "Ik zal je laten rusten, zaychik," mompelt hij, zijn adem warm en subtiel zoet tegen mijn lippen. "We praten verder als je je beter voelt."

Hij sluit de kleine afstand tussen ons en kust me. Zijn lippen zijn zacht tegen de mijne, teder, maar ik kan de hongerige bezitterigheid onder de terughoudendheid voelen. Het beangstigt me bijna net zoveel als de instinctieve reactie van mijn lichaam.

Ik kan met zijn hulp Bransford ontlopen, maar er zal geen ontkomen aan *hem* zijn.

Er is aan de duivel geen ontsnapping mogelijk.

5

NIKOLAI

IK SLUIT DE DEUR ACHTER ME EN MAAK EEN MENTALE notitie om wat camera's in Chloe's kamer te installeren, zoals ik in die van Slava heb gedaan. Niet omdat ik me gedwongen voel om haar elk moment van elke dag in de gaten te houden - hoewel die behoefte er zeker is - maar omdat ik me zorgen om haar maak.

Ik heb mijn hele leven de tijd gehad om met mijn verrotte erfgoed in het reine te komen en er zijn dagen dat ik nog steeds in de verleiding kom om mijn eigen keel door te snijden. Dat of een vasectomie krijgen, zodat de fout die ik die avond met Ksenia heb gemaakt nooit meer herhaald kan worden. Ik wist niet eens dat het condoom kapot was, maar dat moet het zijn geweest.

Dat is de enige verklaring voor het bestaan van mijn zoon.

Ik was van plan om naar mijn kantoor te gaan, maar mijn voeten dragen me in plaats daarvan naar zijn kamer, voortgestuwd door dezelfde dwang die ik met Chloe ervaar.

Papa, noemde hij me toen ik gisteravond thuiskwam. Ik was te veel afgeleid door alles wat met Chloe te maken had om het volledig tot me door te laten dringen, maar nu moet ik aan dat woord denken en aan de manier waarop mijn ribbenkast met een vreemde, doordringende, zoete pijn gevuld was. En dat komt allemaal door haar.

Chloe Emmons heeft niet alleen mijn diepste, meest geheime wens met betrekking tot mijn zoon ontdekt, ze heeft hem ook uit laten komen.

Stilletjes duw ik de deur van Slava's slaapkamer open en stap naar binnen. Zoals gewoonlijk zit hij op de grond ijverig aan zijn LEGO-kasteel te werken. Lyudmila heeft me eens verteld dat mijn zoon een opmerkelijk lange aandachtsspanne heeft voor een kind dat nog geen vijf is, en ik denk dat dat waar moet zijn. Van wat ik me van mijn jongere broer, Valery, kan herinneren was hij op deze leeftijd altijd aan het rondrennen en kwam hij altijd in de problemen. Slava is daarentegen stil en gefocust, veel meer zoals Konstantin als kind was. Ik vraag me af of Slava ook de aanleg van mijn oudere broer voor wiskunde en programmeren heeft geërfd. Ik moet hem waarschijnlijk met deze onderwerpen kennis laten maken om erachter te komen.

Bij mijn binnenkomst schieten zijn ogen - mijn ogen in het klein - omhoog naar mijn gezicht, de blik erin is even vragend als op zijn hoede. Mijn borst trekt zich samen met het gebruikelijke ongemak, maar ik negeer de drang om achteruit te gaan en afstand van het verontrustende gevoel te nemen. In plaats daarvan hurk ik voor mijn zoon neer en geef zijn LEGO-creatie mijn volledige aandacht, zoals ik Chloe heb zien doen.

"Dat is een heel mooi kasteel," zeg ik in het Russisch terwijl ik de zorgvuldig samengestelde bouwstenen voor me bestudeer. Hoewel Slava's Engelse vaardigheden onder Chloe's begeleiding snel verbeteren, spreekt hij de taal van ons tweede vaderland verre van vloeiend. "Heeft het lang geduurd om het te bouwen?"

Hij knippert even naar me voordat er een verlegen glimlach op zijn gezicht verschijnt. "Vind je het leuk?"

"Ja, dat vind ik." En ik meen het ook. Het kasteel vertoont een bewonderenswaardige symmetrie en complexiteit, vooral gezien het feit dat het door zulke kleine handjes in elkaar is gezet. Zelfs als wiskunde en computers niet de sterke punten van Slava blijken te zijn, heeft hij misschien een toekomst in architectuur en constructief ontwerp.

Tenminste, als hij niet op mij en Valery lijkt - en elke andere Molotov voor ons.

Mijn humeur wordt duisterder, maar ik dwing mezelf om een kalme, nieuwsgierige blik te houden terwijl ik opnieuw vraag hoe lang het hem heeft gekost om het kasteel te bouwen.

"Ik heb er 's ochtends aan gewerkt en opnieuw nadat ik terugkwam uit het bos," zegt Slava, nu zichtbaar meer op zijn gemak bij mij. Hij is nog lang niet zo spraakzaam en geanimeerd als hij met Chloe is, maar ik beschouw dit als vooruitgang. Vroeger beantwoordde hij de meeste van mijn vragen met slechts een paar woorden, of hij bleef volledig stil.

De volgende paar minuten laat hij me alle ins en outs van het kasteel zien - er zijn hoektorentjes en torens en grote ramen, de laatste vergelijkbaar met die in ons huis - en dan vraagt hij verlegen waar Chloe is en waarom hij haar de hele dag nog niet heeft gezien.

"Ze is aan het rusten," zeg ik tegen hem. "Ze heeft zich aan een tak verwondt, dus hebben we een paar dokters hierheen laten komen om het te fixen. Ze is nu helemaal beter, maar ze zal een paar dagen in bed blijven terwijl het geneest."

Terwijl ik praat, worden zijn ogen groot van bezorgdheid. "Is Chloe gewond?"

"Maar een klein beetje. Ze zal snel beter zijn."

Hij kijkt nog steeds bezorgd. "Gaat ze niet dood, zoals mama?"

Het is alsof er een glasscherf door mijn borst gaat. "Nee, Slavochka. Dat zal ik niet laten gebeuren." Alina heeft me verteld dat hij haar af en toe naar Ksenia vraagt, maar dit is de eerste keer dat ik hem over zijn moeder hoor praten - en ik haat het.

Ik haat haar omdat ze hem al die jaren voor me verborgen heeft gehouden, en ik haat het nog meer dat ze bij een auto-ongeluk om het leven is gekomen, waardoor hij bij haar verachtelijke familie achter was gebleven.

Bij mijn woorden fleurt Slava op. "Kan Chloe voor altijd bij ons blijven?"

Dit is een vraag die ik graag beantwoord. "Ja." Ik kijk mijn zoon recht in zijn gezicht aan. "Ze kan het, en ze zal het doen."

Geen kracht op aarde is krachtig genoeg om Chloe van me af te pakken nu ik haar terug heb. Ik zal doen wat nodig is om haar te houden - zowel voor Slava als voor mezelf.

Ze slaapt als ik op weg naar mijn kantoor langs haar kamer kom, dus ik laat haar rusten. Dat is wat ze nu nodig heeft. Haar fysieke verwondingen zullen binnen enkele weken genezen, maar de emotionele wonden zijn een andere zaak. Ik had overwogen om haar niet te vertellen wat Konstantin over Bransford en zijn relatie met haar moeder had ontdekt, maar ik besloot dat het belangrijk was dat ze het wist - dat ze de volle omvang van het gevaar dat ze loopt begrijpt.

Ik heb haar echter niet alles vertelt - zoals het feit dat haar tienermoeder haar polsen had doorgesneden *nadat* ze had vernomen dat ze zwanger was. Of dat ze na die mislukte zelfmoordpoging twee keer een abortuskliniek heeft bezocht, om beide keren terug te krabbelen. Niets van dat alles is belangrijk. Wat belangrijk is, is dat Marianna, nadat Chloe was geboren, in staat was om haar trauma te verwerken en de zorgzame moeder te worden die Chloe had gekend en van wie ze hield.

Het eerste wat ik doe als ik mijn kantoor binnenstap, is Pavel bellen en zeggen dat hij naar boven moet komen. Het tweede videogesprek is naar Valery.

"Ik wil dat je een dozijn van je beste mannen hierheen stuurt," zeg ik tegen mijn jongere broer in plaats van hallo te zeggen. "Ik heb ze meteen nodig."

"Ik ben ermee bezig," zegt Valery, net zo koel emotieloos als altijd. Konstantin moet hem al over mijn situatie hebben ingelicht. "Anders nog iets? Wapens? Explosieven?"

"Ja. Alles." Ik heb al een grote voorraad hier op het terrein, maar meer kan geen kwaad. "Stuur ook wat medicijnen."

"Komt voor elkaar."

Hij hangt op als er op mijn deur wordt geklopt.

Ik loop naar de deur om Pavel binnen te laten.

De metalen ogen van mijn rechterhand knipperen niet. "Oorlog?"

"Oorlog," bevestig ik grimmig.

Ik ga niet op Bransford wachten om meer moordenaars achter Chloe aan te sturen.

Nu we weten wie haar vijand is, gaan we de strijd naar hem brengen.

6

CHLOE

MIJN OGEN SPRINGEN OPEN ALS IK MET EEN ZUCHT WAKKER WORD, mijn hart bonkt en mijn ziekenhuiskleding is doorweekt van het zweet. Alleen de kloppende pijn in mijn arm en de verlammende pijn door mijn hele lichaam weerhouden me ervan om reflexmatig rechtop te gaan zitten. In plaats daarvan dwing ik mezelf om stil te liggen en van het prachtige uitzicht te genieten van de zon die achter de verre bergtoppen voor mijn kamerhoge raam neerdaalt.

Langzaam begin ik te kalmeren.

Een nachtmerrie.

Het was weer een nachtmerrie.

In tegenstelling tot de levendige, horrorfilmachtige dromen die me sinds mijn moeders dood kwellen, was deze meer een mengelmoes van beelden en indrukken. Het gesuis van een kogel langs mijn oor, takken die me in het gezicht raken terwijl ik door het bos ren om bij een soort beestachtig wezen vandaan te komen, een zwaar gewicht dat me tegen de grond slaat - er is geen psychische graad voor nodig om te weten dat mijn geest mijn ontmoeting met de moordenaars heeft afgespeeld in een poging om de aanhoudende terreur het hoofd te bieden.

Een zacht geklop leidt me van het prachtige uitzicht af. Voordat ik iets kan zeggen, zwaait de deur open en stapt Nikolai binnen, een warme glimlach om zijn sensuele lippen als hij ziet dat ik wakker ben.

Mijn hartslag schiet weer omhoog, maar met een emotie die veel complexer is dan angst. Hij heeft zich weer omgekleed, dit keer in een van de perfect op maat gemaakte pakken waar hij tijdens het eten de voorkeur aan geeft. Een fris wit overhemd en een smalle zwarte stropdas maken de formele outfit compleet en geven hem een mannelijke schoonheid op een manier die illegaal zou moeten zijn - niet dat hij iets om zoiets triviaals als legaliteit zou geven.

Gezien wat ik hem eerder vandaag heb zien doen, houdt mijn gijzelnemer zich niet bepaald aan de wet.

Ik vermoed tenminste dat hij mijn gijzelnemer is. *Dat* gesprek moeten we nog voeren.

"Hoe voel je je?" vraagt hij zacht en hij stopt naast mijn bed. Voordat ik kan antwoorden, voelt hij met de rug van zijn hand aan mijn voorhoofd, fronst zijn wenkbrauwen en haalt dan een thermometer uit de binnenzak van zijn jas.

Huh. Ik denk dat ik me een beetje koortsig voel.

"Doe open," instrueert hij, terwijl hij de thermometer naar mijn lippen brengt en ik gehoorzaam, terwijl ik me heel misplaatst als een kind voel als hij hem in mijn mond steekt en me beveelt om hem vast te houden. Een paar seconden later piept de thermometer en werpt hij een blik op het kleine scherm aan de zijkant.

"Zevenendertig komma vijf," zegt hij opgelucht terwijl hij het apparaat weer in zijn zak verstopt en op de rand van het bed gaat zitten. "De dokter had me gewaarschuwd dat je lichte koorts zou kunnen krijgen voordat de antibiotica in werking treden."

"Echt? Is dat erg? Ik ben nog nooit neergeschoten."

Zijn witte tanden zijn door zijn schitterende grijns zichtbaar. "Dat is zo - ik weet het uit persoonlijke ervaring."

Mijn weerbarstige hart komt weer op gang en mijn huid verwarmt op een manier die niets met lichte koorts te maken heeft. "Geweldig. Ik denk dat we nu allemaal onze oorlogsverhalen hebben."

"Ik denk dat we dat hebben." Zijn glimlach vervaagt. "Hoe voel je je, afgezien van de verhoging?"

"Alsof iemand me als tennisbal in een wedstrijd met Serena Williams heeft gebruikt," zeg ik zonder na te denken, maar ik krijg er spijt van als zijn gezicht duisterder wordt en zijn kaak gevaarlijk strak staat.

"Die klootzakken. Was ik er maar eerder geweest..." Zijn vingers buigen zich dreigend om zijn dij.

"Nee, niet doen." Instinctief reik ik naar voren om zijn hand met de mijne te bedekken. "Als jij er niet was geweest, dan had ik niet-" Ik slik, terwijl de warrige beelden van de nachtmerrie mijn geest binnendringen. "Dan zou ik het niet hebben overleefd."

En het is honderd procent waar. Ik heb niet de kans gehad om er echt over na te denken, maar als hij niet achter me aan was gekomen, als hij zijn enge 'middelen' niet had gebruikt om me zo snel op te sporen als hij had gedaan, dan zou ik al onder de grond hebben gelegen na eerst een brute verkrachting te hebben moeten doorstaan.

Nikolai heeft me gered.

Hoe angstaanjagend zijn methoden ook waren, hij heeft mijn leven gered.

Zijn blik zakt even naar mijn hand en zijn uitdrukking verandert weer, de dreiging in zijn tijgerogen maakt plaats voor een donkere hitte die oneindig veel gevaarlijker aanvoelt. "Zaychik..." Zijn stem wordt zachter, dieper. "Ik-"

"Dus bedankt," flap ik eruit en trek mijn hand terug. Redder of niet, ik kan me niet weer in zijn ban laten vallen, kan mezelf niet laten vergeten wat hij is en wat hij heeft gedaan. "Het spijt me dat ik het niet eerder heb gezegd, maar ik ben zo, zo dankbaar. Ik weet dat ik je mijn leven en meer verschuldigd ben. Je had niet achter me aan hoeven te komen, maar dat deed je wel, en dat waardeer ik enorm. Als jij er niet was geweest, dan was ik-"

Hij drukt twee vingers tegen mijn lippen en laat me met mijn wartaal stoppen. "Je hoeft me niet te bedanken." Hij buigt zich over me heen, legt een handpalm op het kussen naast me en legt de andere over mijn wang. Zijn blik is duister, zijn toon ernstig. "Ik zal je altijd beschermen, zaychik. Altijd."

Ik staar naar hem op, mijn borst explodeert van een tegenstrijdige mengeling van emoties. Opluchting en zorgen, dankbaarheid en angst, vreugde en pijn - het is als een pendel, tussen de twee uitersten heen en weer zwaaiend, de twee versies van Nikolai die in mijn gedachten bestaan.

Die van voor Alina's verhaal en die erna.

De zorgzame minnaar en de brute moordenaar.

Welke van hen is echt?

Met moeite onderbreek ik mijn tollende gedachten en knipper met mijn ogen om de hypnotiserende aantrekkingskracht van die gouden blik te verbreken. Het belangrijkste op dit moment is om erachter te komen waar we staan.

"Je hoeft me niet te beschermen," zeg ik en ik vul mijn toon met een vertrouwen dat ik bij lange na niet voel. "Mama's moordenaars zijn dood, en zelfs als Bransford anderen stuurt, dan is er geen garantie dat ze me zullen vinden. Ik kan gewoon het land verlaten, verdwijnen en-"

"Nee." Het woord is met harde beslistheid gevuld als hij zich opricht en zijn hand terugtrekt. Op zijn mooie gezicht staan harde, compromisloze lijnen. "Je gaat nergens heen."

"Maar met mij hier ben je in gevaar. Is je familie in gevaar."

Ik heb dit argument eerder gemaakt en het is nu net zo ineffectief als dat het toen was. Nikolais gezichtsuitdrukking verhardt zich verder, een woeste intensiteit dringt zijn blik binnen. "Je gaat niet weg. De bewakers zullen je tegenhouden als je het probeert."

Dus het is waar. Ik heb zijn weigering om me uit de auto te laten niet verkeerd geïnterpreteerd. Ik *ben* zijn gevangene.

De kennis vervult me met gelijke delen angst en opluchting. Er is nu openheid gekomen, we zijn klaar met doen alsof. Natuurlijk laat hij me niet gaan. Ik ken het vreselijke geheim van zijn familie. Ik heb hem met mijn eigen ogen zien doden. De misdaden die hij heeft begaan, zouden een gewone man in een elektrische stoel doen belanden, maar Nikolai Molotov is te rijk, te machtig - en belangrijker nog, te meedogenloos - om ooit te moeten boeten voor wat hij heeft gedaan.

Wat zijn bedoelingen met mij voor Alina's onthullingen ook waren, hij kan nu maar één ding doen.

Me vasthouden. Me daar houden waar ik nooit kan onthullen wat ik weet.

Ik hoop tenminste dat dat de enige manier van handelen is die hij overweegt. Omdat er een veel efficiëntere manier is om mijn stilzwijgen te verzekeren, die mijn biologische vader gekozen lijkt te hebben.

Maar nee. Het is misschien naïef van me, maar ik kan mezelf er niet toe brengen te geloven dat Nikolai me zou vermoorden. Niet met de krachtige, emotioneel geladen verbinding die tussen ons bruist.

Niet als hij zoveel moeite heeft gedaan om mijn leven te redden.

En dat is het, besef ik, terwijl ik naar zijn onverbiddelijke uitdrukking staar. Daarom is het, op een verwrongen manier, een opluchting om te weten dat ik niet weg kan. Ik zou weg moeten willen. Ik zou zo ver mogelijk weg van deze gevaarlijke man en de fixatie die hij op me lijkt te hebben moeten willen rennen. Maar ik wil het niet. Niet diep vanbinnen, waar het er toe doet - en het is niet alleen vanwege de stomme verliefdheid die ik voor hem heb ontwikkeld.

De waarheid is dat ik niet dapper en sterk ben. Dat heb ik vandaag ontdekt toen ik oog in oog met de dood kwam te staan, toen ik de kogel door mijn vlees voelde scheuren en in de lege ogen van de moordenaar keek. Ik was al eerder bijna dood geweest - de keer dat ik me in mama's garderobekast had verstopt nadat ik haar lichaam had gevonden, de nacht dat ik door krassende geluiden aan de deur van mijn Airbnb wakker werd, de paar keer dat de moordenaars me bijna met hun auto hadden overreden en de keer dat ze in Boise op me schoten - maar ik had nog nooit zo'n langdurige, misselijkmakende angst gekend als toen ik in mijn gammele Toyota op die met kuilen bezaaide onverharde weg reed met de kogels die langs mijn oren gierden.

Ik wil niet dood. Ik ben nog lang niet klaar om te sterven - en ik weet dat, wat een meedogenloze moordenaar Nikolai ook is, hij me niet dood wenst. Integendeel, zelfs.

Hij heeft beloofd om me te beschermen.

Om me gevangen te houden en me te beschermen.

Ik slik om mijn droge keel te bevochtigen. "Mag ik alsjeblieft een slokje water? Ik heb dorst."

De felle uitdrukking op Nikolais gezicht verzacht. "Natuurlijk, zaychik. En je moet ook honger hebben. Ik zal zo eten voor je halen." Hij leunt over me heen, legt de kussens op een stapel en zet me er voorzichtig tegenaan.

Mijn adem stokt bij zijn nabijheid, zelfs als mijn arm harder bonst bij de beweging, waardoor ik blij ben dat ik dit niet zelf heb geprobeerd.

Ik moet toch een grimas hebben getrokken, want hij strijkt bezorgd mijn haar uit mijn gezicht. "Wil je een pijnstiller?" vraagt hij en ik schud mijn hoofd terwijl hij een kopje water met een rietje naar mijn lippen brengt.

De pijn is niet ondraaglijk en ik wil voorlopig mijn hoofd erbij houden.

Ik zuig de hele beker leeg en als ik klaar ben, word ik me van een andere dringende behoefte bewust. "Uhm..." Mijn gezicht brandt van de hitte als ik mezelf dwing om rechtop te gaan zitten, de pijnscheut die de beweging veroorzaakt negerend. "Ik moet eigenlijk..."

"Naar het toilet? Natuurlijk." Hij pakt me op en draagt me naar de aangrenzende badkamer, waar hij me voorzichtig op mijn voeten voor het toilet zet. "Heb je hulp nodig?"

"Het lukt wel, dank je." Ik had hier ook alleen heen kunnen lopen - of op zijn minst kunnen hinken - maar het is waarschijnlijk het beste dat ik mijn gewonde enkel laat rusten. Bovendien geniet een zwak, behoeftig deel van mij van zijn tedere zorg, van zijn nabijheid, zijn kracht, zijn duidelijke bezorgdheid om mij.

Hij kan toch geen complete psychopaat zijn als hij zo voor me zorgt?

"Oké," zegt hij, hoewel zijn blik nog steeds bezorgd is. "Doe de deur niet op slot en roep als je iets nodig hebt, oké?"

Op mijn gemompelde instemming drukt hij een lichte kus op mijn voorhoofd en loopt naar buiten, de deur achter zich sluitend.

Ik doe mijn ding zo snel als ik kan - wat helemaal niet snel is, aangezien ik maar één arm heb om mee te werken - en dan strompel ik naar de gootsteen om mijn handen te wassen. De weerspiegeling in de spiegel doet me huiveren. Ik kan niet geloven dat Nikolai me eerder wilde kussen. Ik zie eruit als een complete puinhoop, helemaal bekrast en gekneusd, mijn haar slap en samengeklit. En... is dat een *takje* bij mijn oor?

Ik kijk naar de douchecabine en dan naar de mitella die mijn rechterarm geïmmobiliseerd tegen mijn zij houdt. Zou ik kunnen douchen? Misschien geen volledige wasbeurt, maar in ieder geval even snel afspoelen...

Een geklop op de deur maakt een einde aan mijn overpeinzingen. "Zaychik, ben je klaar? Mag ik binnen komen?"

"Ja, oké." Ik probeer niet van schaamte ineen te

krimpen als hij naar me toe komt, helemaal schoon en goed gekleed en verbluffend knap. Aan de andere kant heb ik ziekenhuiskleding aan waar ik tijdens de nachtmerrie in heb gezweet, en ik zie eruit - en ruik dat waarschijnlijk ook - alsof ik in weken niet heb gedoucht.

Ik moet weer verlangend naar de douchecabine hebben gekeken, want Nikolai vraagt, "Wil je in bad?"

Een bad? Dat klinkt nog hemelser dan een douche. Alleen al bij de gedachte dat ik mijn blauwe plekken en pijnlijke spieren in heet water kan onderdompelen, krijg ik zin om hardop te kreunen.

Nikolai leest het antwoord op mijn gezicht. "Ik zal het voor je klaarmaken terwijl je eet," zegt hij met een glimlach en hij pakt me op om me terug naar bed te dragen, waar al een dienblad met gedekte borden op het nachtkastje staat.

Hij legt me voorzichtig op het matras, zet me tegen de stapel kussens aan en haalt een van de borden tevoorschijn. Een rijk, hartig aroma vult de kamer, waardoor ik ga kwijlen. Het zijn knoflookaardappelen in Russische stijl met champignons, degene waar ik me graag elke dag mee vol zou willen proppen als dat kon.

Terwijl ik vol verwachting zit te kwijlen, onthult hij de rest van het aanbod op het dienblad, waaronder een Griekse salade met knapperige sla en dikke zwarte olijven, een schotel geroosterde eend met gepocheerde peren en beboterde sneetjes stokbrood met zwarte kaviaar.

Het is officieel: Pavel staat weer in de keuken. De

kookkunsten van zijn vrouw zijn lang niet zo luxe of goed.

Wat me verbaast is dat Nikolai erin is geslaagd om alles bij elkaar te voegen en het hier te krijgen terwijl ik in de badkamer was. Hij moet in Superman-stijl naar beneden en terug zijn gevlogen.

"Pavel heeft dit naar boven gebracht," zegt hij, weer mijn gedachten oppikkend. Het is griezelig hoe hij dat doet - hoe hij dat al die tijd heeft kunnen doen. Vanaf het moment dat we elkaar ontmoetten, had ik het verontrustende gevoel dat hij recht in mijn hersenen kan kijken en mijn meest persoonlijke angsten en verlangens kan zien.

Het is alsof we echt door die draden van het lot verbonden zijn waar hij het over had, verbonden op een niveau dat veel dieper is dan de korte duur van onze relatie zou moeten toestaan.

Maar nee. Dat geloof ik niet - vooral niet nu ik weet wat voor soort man hij is. Het is al erg genoeg dat ik de seksuele chemie die als een natuurbrand tussen ons brandt niet kan doven, noch de verliefdheid die ik voordat ik de waarheid wist op hem had ontwikkeld kan vergeten. Om te geloven dat we op de een of andere manier voor elkaar bestemd zijn, dat dit iets blijvends en echts kan zijn, zou meer dan dwaas zijn.

Er bestaat niet zoiets als het lot, en zelfs als dat wel zo was, dan kan het niet mijn lot zijn om van een monster te houden.

"Hier, zaychik," zegt het monster in kwestie, terwijl hij een bord gevuld met een beetje van alles op mijn schoot zet en me een vork geeft. Zijn prachtige mond vormt zich tot een warme glimlach. "Begin met eten terwijl ik je bad klaarmaak."

Mijn borst wordt strak terwijl hij zachtjes met zijn vingers over mijn oor strijkt, het takje eruit haalt dat ik eerder had opgemerkt, en de kamer uitloopt - vermoedelijk om in zijn badkamer, waar een enorm bad staat, een bad voor me klaar te maken. We hebben daar gisteravond een bubbelbad genomen nadat hij me met de heetste, meest intense seks van mijn leven had uitgeput.

Een golf van verzengende hitte beweegt zich door me heen bij de herinnering, wat aan de pijnlijke beklemming in mijn borst bijdraagt. Ik sluit mijn ogen en wil het gevoel laten verdwijnen, maar het is zinloos.

De opwinding die mijn lichaam elektriseert is niets vergeleken met de wanhopige hunkering in mijn hart.

Tegen de tijd dat Nikolai een paar minuten later terugkomt, heb ik mezelf onder controle en ben ik bezig al het eten op mijn bord te verslinden. Het is een beetje onhandig om met mijn linkerhand te eten, maar ik heb zo'n honger dat ik met mijn voeten zou eten als het moest.

"Hier, zaychik, laat me je helpen," zegt Nikolai, terwijl hij de vork van me overneemt nadat ik een stuk champignon op mijn borst heb laten vallen. Hij negeert mijn bezwaren en geeft me te eten alsof ik een onhandige peuter ben - wat ik eerlijk gezegd nu net zo goed had kunnen zijn - en als ik zo vol zit dat ik geen hap meer kan doorslikken, dept hij met een servet op mijn lippen, draagt het dienblad weg en komt een paar minuten later terug met de mededeling dat het bad klaar is.

Tot mijn verbazing komt Lyudmila achter hem aan mijn kamer binnen, haar gezicht voorzichtig neutraal terwijl Nikolai me oppakt en me langs haar heen draagt. "Ze zal het bed verschonen terwijl jij aan het baden bent," legt hij uit, terwijl hij met lange, gemakkelijke passen door de gang loopt, alsof mijn gewicht in zijn armen niets is.

Hij is sterk, deze gijzelnemer van me.

Zo sterk dat ik veel banger zou moeten zijn dan ik ben.

Hij duwt met zijn rug de deur van zijn slaapkamer open en draagt me langs het kingsize bed waar hij me de afgelopen nacht zo vaak heeft genomen. Een deel van de pijn in mijn lichaam moet daarvan komen, realiseer ik me met een blos. Nikolai was onverzadigbaar, en ik ook.

Ik ben de tel kwijtgeraakt hoeveel orgasmes hij me had gegeven.

De herinneringen spelen zich nog steeds in mijn gedachten op een pornografische haspel af wanneer hij me op mijn voeten voor het bad zet en naar de band van mijn ziekenhuisjas reikt. Die herinneringen moeten de reden zijn waarom ik daar als een gehoorzaam kind sta, hem de japon bij me uit laat doen, mijn lichaam voor zijn gesloten blik ontbloot - en waarom ik geen enkel bezwaar uitspreek als hij me weer oppakt en me in het hete, met bubbels bedekte water neerzet, waarbij hij heel voorzichtig is om mijn verbonden arm over de rand van het bad te draperen om het droog te houden.

Ik kan de spanning in hem voelen terwijl zijn handen over mijn naakte huid strijken, dezelfde spanning die in mij opwelt, mijn huid doet branden en mijn hartslag in mijn oren laat bonzen.

Moordenaar. Folteraar. Monster. De vernietigende woorden zweven door mijn hoofd, maar ze doen niets om het vuur dat in mijn bloed woedt te koelen. Na het verwoestende, verslavende genot van zijn bezit te hebben ervaren, hunkert mijn lichaam naar meer, heeft het meer nodig. Het kan me niet schelen dat de handen die met de spons met zeep over mijn borst en schouders gaan, slechts twee uur geleden twee levens hebben genomen, dat ik niet zijn minnares, maar zijn gevangene ben.

“Ga een beetje dieper in het water liggen,” mompelt hij, zijn stem een lage, sensuele rasp, en ik gehoorzaam gedachteloos, van het gevoel van zijn sterke vingers op mijn schedel genietend terwijl hij de achterkant van mijn hoofd vasthoudt, mijn gezicht boven het water houdend terwijl ik mijn haar nat laat worden.

Ik moet nog steeds onder invloed van de medicijnen zijn die voor de narcose zijn gebruikt, want dit voelt niet helemaal echt aan, vooral niet als ik mijn ogen sluit om ze tegen verdwaalde waterdruppels te beschermen. Het is alsof ik in een droom zit, een waarin niets anders dan het warme genot van zijn aanraking is, de rustgevende troost van zijn tederheid. Alles hieraan zou verkeerd moeten voelen, afstotend, maar in plaats daarvan voel ik me een verwend huisdier terwijl hij mijn hoofd uit het water tilt en shampoo op mijn natte lokken aanbrengt, dan het schuim in de wortels wrijft, terwijl zijn vingers precies de juiste hoeveelheid van druk uitoefenen terwijl zijn korte vingernagels zachtjes langs mijn schedel krabben.

Het is de beste hoofdmassage die ik ooit heb gekregen, en het kost me moeite om niet om meer te smeken als hij, na een paar zalige minuten, vindt dat mijn haar voldoende ingezeept is en mijn hoofd terug in het water leidt.

Het is gelukkig nog niet voorbij. Vervolgens brengt hij conditioner op mijn haar aan en wrijft die ook in de wortels. Ik zou hem moeten zeggen dat het de verkeerde manier is om het te doen, maar ik geniet te veel van de ervaring om me zorgen te maken dat mijn haar morgen plat zal liggen en sneller vettig zal worden. Dat laatste zou zelfs een pluspunt kunnen zijn als het hem ertoe aanzet dit binnenkort nog eens te doen.

“Dompel je hoofd er weer in,” beveelt hij hees, en ik gehoorzaam als hij zijn vingers door mijn lokken haalt, de conditioner afspoelt en ze daarbij ontwart.

Hij is hier goed in, zo goed dat hij óf een natuurtalent is óf hij heeft het eerder gedaan.

Een scherpe steek van jaloezie overvalt me. Ik open

mijn ogen, de warme vermoeidheid die me overspoelt, vervaagt als ik naar hem opkijk, mijn hoofd nog steeds half in het water ondergedompeld.

Bij hoeveel vrouwen heeft hij dit gedaan?

Hoeveel vrouwen hebben het bottensmeltende genot van zijn zorg gekend?

"Wat is er aan de hand, zaychik?" Zijn donkere wenkbrauwen trekken zich samen terwijl hij me helpt om rechtop te gaan zitten. "Heb ik je pijn gedaan?"

"Nee." Ik weet dat ik niets zou moeten zeggen, maar ik kan er niets aan doen. "Je hebt dit voor veel vrouwen gedaan, nietwaar?"

Hij kijkt even verbijsterd. Dan verschijnt er een boosaardige, sensuele glimlach op zijn gezicht. "Niet bij veel, nee. Je bent eerlijk gezegd de enige."

"Oh." Nu voel ik me een idioot. "Laat maar dan. Ik wilde gewoon..."

Ik sta op het punt om mijn ogen te sluiten en terug in het water te glijden om mijn vernedering te verbergen, wanneer hij zachtjes mijn kin vastpakt en me dwingt om hem aan te kijken.

"Maar zelfs als dat niet het geval zou zijn," zegt hij zacht, "behoort elke andere vrouw tot het verleden. Jij bent vanaf nu de enige voor mij. Houd in gedachten, zaychik" - hij leunt zo dichtbij dat ik de bosgroene vlekjes in het rijke amber van zijn irissen kan zien – "dat ik voor jou nu ook de enige ben. Geen enkele andere man zal je ooit aanraken. Je bent net zo goed van mij als ik van jou."

Ik staar in die hypnotiserende ogen, geboeid en

doodsbang door de bezittelijke intensiteit die erin zit. Hij meent het, dat merk ik. Om wat voor reden dan ook, heeft hij besloten dat we bij elkaar horen, en er is niets dat ik kan zeggen of doen dat die overtuiging zal veranderen - een overtuiging die gevaarlijk zou zijn, zelfs als de man zelf niet de belichaming van duisternis was.

Het is alsof hij door mij geobsedeerd is... en niet op een geheel gezonde manier.

Hij houdt mijn blik nog een paar tellen langer vast, leunt dan naar voren en drukt een kus op mijn voorhoofd. Het gebaar moet teder aanvoelen, vaderlijk zelfs, maar in plaats daarvan is het een afdruk, een merk. Zijn lippen blijven een paar seconden te lang op mijn huid, zijn greep op mijn kin wordt strakker om me op mijn plaats te houden. *Jij bent van mij*, zegt die kus, en als hij zich eindelijk terugtrekt, wordt dezelfde boodschap in zijn ogen herhaald en het weerklinkt in zijn aanraking terwijl hij de spons oppakt en me verder wast, terwijl zijn handen met een platonische terughoudendheid over mijn lichaam gaan die alleen de honger benadrukt die hij zo zorgvuldig in bedwang houdt.

Hij denkt dat honger gevaarlijk is, besef ik. Te gevaarlijk om aan toe te geven terwijl ik zwak en gewond ben.

Met moeite duw ik die gedachte weg en sluit mijn ogen, zodat ik gewoon van het moment kan genieten. Morgen zal ik me zorgen over de toekomst maken en wat Nikolais obsessie voor mij betekent - wat de kosten van zijn zorg en bescherming zullen blijken te zijn. Vanavond zal ik van het feit genieten dat ik zijn kostbare bezit ben.

Dat ik in de armen van de duivel zo veilig ben als iedereen maar kan zijn.

7

NIKOLAI

HET IS TWEE UUR 'S NACHTS EN IK BEN NOG STEEDS klaarwakker en staar naar het donkere plafond boven mijn bed. Gedeeltelijk komt dat omdat mijn lichaam nog steeds op Dusjanbe tijd is, maar voor het grootste deel ben ik gewoon te gespannen, mijn gedachten dwarrelen tussen mijn plannen voor Bransford en de adrenalineverhogende herinneringen van gisteren. Vooral de laatste zijn opdringerig en vullen mijn borst met allerlei gewelddadige emoties.

Chloe rende van me weg. Ik was haar bijna kwijt. Een paar minuten langer en-

Fuck. Genoeg is genoeg.

Ik schaar me van het bed en loop naar de kast om mijn hardloopbroek aan te trekken. Ik heb vanavond al hardgelopen. Zodra ik Chloe in bad had gedaan en haar voor de nacht had ingestopt, had ik mijn gymschoenen aangedaan en was naar buiten gegaan.

Maar ik heb nog een hardloopsessie nodig. Dat of een lekkere, harde sparpartij met Pavel of de bewakers. Of beter nog, rennen *en* sparren, want ik moet ook wat serieuze seksuele frustratie wegwerken.

Chloe's natte, naakte lichaam aanraken zonder haar te neuken had me al mijn wilskracht en nog meer gekost.

Voordat ik de kamer verlaat, zet ik een videofeed van Chloe op mijn telefoon. Ik had terwijl ik haar aan het wassen was Pavel een kleine camera op de tv boven haar bed laten installeren, zodat ik haar in de gaten kan houden zonder haar slaapkamer binnen te komen en haar slaap te verstoren.

Zoals verwacht, laat mijn telefoonscherm haar onder de dekens in het donker zien, met alleen het geluid van haar gelijkmatige ademhaling die de stilte vult. In tegenstelling tot mij slaapt ze vredig en daar ben ik blij om. Ze heeft goede rust nodig om te herstellen - daarom moet ik met mijn handen van haar afblijven, hoe moeilijk dat ook is.

Ik ben sterker dan het wilde beest dat in me zit.

Dat hoop ik tenminste.

Ik laat de telefoon in mijn kamer en ga naar beneden, en mijn borst zet zich uit zodra ik naar buiten stap. De nacht is donker en koel, de berglucht helder en puur.

Ik ga op weg naar het bos, de berg af rennend het bos in, zoals mijn gewoonte is. Maar deze keer ga ik, in plaats van naar huis terug te keren nadat ik het grootste deel van mijn rusteloze energie heb weggewerkt, naar de noordkant van het terrein, naar de bunker van de bewakers.

Het verbaast me niet om Pavel daar aan te treffen, hij is met Arkash en Burev bij een kampvuur aan het kaarten. Net als ik moet hij te opgewonden zijn om te slapen, zelfs met Lyudmila aan zijn zijde.

Als hij me ziet, springt hij overeind, net als de anderen. "Alles goed," zeg ik en ik gebaar dat ze zich moeten ontspannen. "Heb gewoon een work-out nodig, dat is alles."

"Begrepen," zegt Pavel, met ogen die gretig glinsteren. "Messen of niet?"

"Messen, natuurlijk."

De bewakers leveren de wapens, en gedurende de volgende veertig minuten ben ik gelukzalig vrij van alles behalve het primitieve doel van overleven, om te voorkomen dat ik door Pavels meedogenloos gehanteerde mes in stukken wordt gesneden. Twee keer word ik bijna van mijn ingewanden ontdaan, drie keer ontsnap ik ternauwernood aan het doorsnijden van mijn halsslagader. Pavel houdt zich niet in en tegen de tijd dat ik eindelijk de scherpe kant van mijn mes tegen zijn keel krijg, zitten we allebei onder de stekende sneetjes.

Hijgend stap ik achteruit en geef het mes aan Arkash terug, die me ter felicitatie op de schouder slaat. Geen van de bewakers is goed genoeg om het met een mes tegen Pavel op te nemen en te winnen, maar aan de andere kant, geen van hen is door hem getraind sinds ze de leeftijd van mijn zoon hadden.

Pavel en ik laten ze aan hun taken over en gaan samen terug naar huis. In het begin zijn we allebei te moe om veel te praten - het gevecht was net zo uitputtend als ik had gehoopt - maar als het huis in zicht komt, zegt Pavel zachtjes, "Je zou haar echt moeten vergeven, weet je."

Ik kijk hem verbaasd aan. "Chloe? Dat heb ik al gedaan." Hoezeer het me ook van streek maakt dat ze is gevlucht, ik begrijp waarom ze het deed. Wat mijn zus haar had verteld, zou iedereen bang hebben gemaakt, niet alleen een kwetsbare jonge vrouw die het slechtste van de mensheid al had gezien.

"Nee. Alina." Pavel werpt me een zijdelingse blik toe. "Ze is van streek. Lyudmila zag haar huilen."

Fuck. Ik had moeten weten dat hij hierin aan de kant van mijn zus zou staan. "Ze zou ook van streek moeten zijn. Ze heeft het heel erg verkloot." Mijn woorden komen er harder uit dan mijn bedoeling was. Ik heb geprobeerd om niet stil te staan bij Alina's rol in dit alles, maar het feit is dat Chloe bijna *dood was geweest*.

Ik weet niet of ik Alina dat ooit zal kunnen vergeven.

"Ze weet dat ze het verkloot heeft," zegt Pavel gelijkmatig. "Maar ze is nog steeds je zus."

"En bloed kruipt waar het niet gaan kan, toch?"

Hij negeert mijn sarcasme. "Het is voor haar niet goed om zo overstuur te zijn. De hoofdpijn-"

"Ik weet alles van haar verdomde hoofdpijn." Ik haal diep adem. "Luister, ik zal haar niet wegsturen of haar op wat voor manier dan ook straffen. We zullen haar verjaardag vrijdag nog steeds vieren, zoals gepland. Maar je kunt niet van me verwachten dat ik het gewoon maar even vergeef en vergeet. High of niet, Alina wist wat ze deed toen ze haar grote mond opendeed en Chloe die autosleutels gaf."

"Maar ze wist het niet." Pavels gezichtsuitdrukking is grimmig als hij voor me gaat staan en me de weg verspert. "Je had haar niet verteld dat Chloe in levensgevaar verkeerde. En vergeet niet *waarom* ze gisteravond high was."

Mijn kiezen knarsen op elkaar. "Ga verdomme aan de kant. Nu." Hij mag dan mijn vriend en mentor zijn, maar als ik nu mijn mes op zijn keel zou hebben, dan zou het me niet kunnen schelen - niet met de duistere herinneringen die in mijn hoofd opdoemen en mijn maag met een giftige drank van woede, afschuw, verdriet, en schuld vullen.

Alina's behoefte aan medicijnen *is* mijn schuld, dat weet ik.

Hoe groot haar fuckup ook is, het is niks in vergelijking met die van mij.

Pavel moet beseffen dat hij te ver is gegaan, want hij stapt wijselijk uit de weg en laat het onderwerp vallen. We leggen de resterende afstand tot het huis in gespannen stilte af, alle voordelen van onze sparpartij zijn door deze korte uitwisseling ongedaan gemaakt.

Het is onmogelijk dat ik nu nog in slaap kan vallen.

Niet nu ik weer mijn mes in de buik van mijn vader voel zinken en het monster dat ik ben in zijn stervende ogen zie.

8

CHLOE

IK STA OP HET PUNT OM DE VORK VOL ROEREI OP TE ETEN die Nikolai tegen mijn mond houdt als ik stemmen in de gang hoor, gevolgd door een klop op de deur. Mijn blik springt naar Nikolais gezicht en mijn wangen gloeien bij de geamuseerde glans in zijn ogen.

We weten allebei dat ik niet gewond genoeg ben om hem mij met de lepel te laten voeren. Het is gewoon een eigenaardige, enigszins kinky dynamiek waar we in terecht zijn gekomen. Ik heb vanmorgen niet eens geprobeerd om met mijn linkerhand te eten toen hij me het ontbijt bracht - hij begon me gewoon te voeren en ik liet het toe.

Zelfs zijn vierjarige eet zonder hulp, maar hier ben ik dan, met één arm volledig functioneel, alsof ik in mijn eentje geen vork vast kan houden.

Met mijn schaamte die groter wordt, gris ik de vork van Nikolai weg en leg hem op het dienblad op het nachtkastje. "Binnen!"

Ik had Pavel of Lyudmila verwacht, maar het is Alina die mijn kamer binnenkomt, met Slava's kleine handje in de hare.

De ogen van het kind lichten op als hij me ziet. "Chloe!" Hij laat Alina los en rent naar me toe, opgewonden in het Russisch brabbelend.

"Hij heeft zich zorgen om je gemaakt," vertaalt Nikolai, wrang lachend terwijl Slava met de grenzeloze energie van een puppy op mijn bed springt. "Ook al heb ik hem verteld dat je niet dood zult gaan zoals zijn moeder, was hij bang dat het wel zou gebeuren, dus hij heeft sinds hij vanmorgen wakker werd gevraagd of hij je mocht zien. Wat een eeuwigheid geleden was, omdat - en ik citeer - *je zo, zo lang* sliep."

"Oh nee, schat, het gaat helemaal goed met me." Ik klop met mijn linkerhand op zijn rug terwijl hij zijn armen in een zo felle omhelzing als zijn kinderlijke kracht toelaat om me heen slaat. "Het is alleen mijn arm die pijn doet, zie je?" Ik laat hem de mitella zien als hij zich terugtrekt.

Hij fronst zijn wenkbrauwen en stelt een vraag.

"Hij vraagt waarom je in bed ligt als het alleen je arm is," zegt Alina, en ik kijk op en zie haar naast het nachtkastje staan. Haar opvallend mooie gezicht is weer helemaal opgemaakt, haar slanke figuur in een mouwloze gele jurk gekleed die eruitziet alsof hij van de catwalk komt. Er is geen spoor meer van de gekwelde, gebroken vrouw die me gisterochtend met angstaanjagende waarschuwingen over de man die naast me zit had geconfronteerd.

Ik schenk haar een behoedzame glimlach voordat ik mijn aandacht weer op Slava richt. "Het komt omdat mijn enkel ook een beetje pijn doet," zeg ik tegen hem, en Nikolai vertaalt mijn woorden. Ik merk dat hij Alina vermijdt, hij heeft haar aanwezigheid zelfs helemaal niet erkend.

Slava staart naar mijn met dekens bedekte voeten en stelt nog een vraag.

"Hij wil weten hoe je je enkel hebt bezeerd," zegt Nikolai. "Ik ga hem vertellen dat je hem hebt verdraaid toen je op de tak viel."

"Klinkt logisch."

Terwijl hij met de jongen praat, kijk ik op naar Alina en schenk haar een grotere glimlach. Ze is waarschijnlijk bang dat ik boos op haar ben, maar dat ben ik niet. Ik ben eerlijk gezegd dankbaar. Ik weet niet wat er zou zijn gebeurd als ik niet was weggelopen, maar ik vermoed dat het in het beste geval de clusterfuck zou hebben vertraagd waar ik me nu in bevind. De moordenaars zouden me uiteindelijk hebben gevonden, en dan zou ik toen of ergens later hebben ontdekt waartoe Nikolai in staat is. Maar tegen die tijd had ik misschien al enkele weken of maanden een intense relatie met hem gehad, en het zou des te verwoestender zijn geweest als mijn illusies dan waren verbrijzeld.

Of misschien, heel misschien, zou hij erin geslaagd zijn om me in het ongewisse te laten, en zou ik er nooit achter zijn gekomen dat hij zo gemakkelijk moordt en martelt als dat andere mannen grasmaaien. Ik zou in zijn armen hebben geslapen en hem al die tijd in mijn lichaam hebben genomen, terwijl ik ondertussen mezelf ervan zou proberen te overtuigen dat mijn instinct niet klopt, dat de draad van duisternis die ik in hem heb gevoeld niets meer dan mijn overactieve verbeeldingskracht is.

Ugh. Misschien *zou* ik wel boos op Alina moeten zijn. Dat soort onwetendheid klinkt als gelukzaligheid.

Zichtbaar opgelucht glimlacht Alina terug, en ik zet de dwaze ideeën opzij over hoe fijn het zou zijn geweest om nooit de waarheid over Nikolai onder ogen te hebben hoeven zien - of over Bransford en de rest. Als ik me aan dat soort gedachten zou overgeven, dan zou ik net zo goed kunnen wensen dat mijn moeder nog leeft, of beter nog, dat ze mijn biologische vader nooit had ontmoet.

In het laatste geval zou ik niet bestaan, maar het zou het waard zijn om haar levend en gelukkig te hebben in een leven dat niet was ontspoord toen ze een tiener was.

Ik realiseer me dat ik weer in een nutteloze wat-als terechtkom, ik kijk naar Nikolai op en zeg opgewekt, "Wat zou je ervan zeggen als Slava en Alina een tijdje bij me blijven? Ik wil je tijd niet monopoliseren. Ik weet zeker dat je werk te doen hebt en ik kan Slava zowel vanuit mijn bed als waar dan ook lesgeven."

Nikolais gezicht verstrakt bij mijn duidelijke hint dat ik hem weg wil hebben, maar hij staat op en zegt kalm, "Oké. Ik zie je zo weer. Vergeet niet om te eten, oké?"

"Ben ermee bezig." Ik pak de vork en breng de eieren overdreven onhandig naar mijn mond. Mijn doel is om Slava te laten giechelen en dat lukt.

Tegen de tijd dat ik omkijk, is Nikolai weg.

Alina's gezicht staat somber als ze op de rand van het bed gaat zitten en Nikolais plek inneemt. "Hoe voel je je?" vraagt ze zacht terwijl Slava naar het raam rent, blijkbaar nieuwsgierig naar het uitzicht vanuit mijn kamer.

"Het gaat goed. Al aan het herstellen." Ik prop een grote vork vol eieren in mijn mond om te laten zien hoe snel ik genees. Ik lieg ook niet. Mijn arm doet nog steeds pijn, maar met de pijnstiller die ik bij het ontwaken heb ingeslikt, is het beheersbaar en kan ik wat druk op de enkel uitoefenen zonder dat hij te veel protesteert.

Alina glimlacht aarzelend. "Dat is goed." Ze haalt hoorbaar adem. "Luister, Chloe... Ik zat gisterochtend niet goed in mijn vel. Echt niet goed in mijn vel. Ik heb misschien dingen gezegd die nergens op sloegen. Dingen die niet… noodzakelijkerwijs waar waren."

Ik leg mijn vork neer, mijn eetlust spoorloos verdwenen. Ik begrijp wat ze probeert te doen en ik haat het. "Je hoeft niet te liegen. Hij heeft het toegegeven. En ik heb gezien wat hij met de mannen die me aanvielen heeft gedaan."

Een groot aantal uitdrukkingen flitst over Alina's gezicht voordat het voorzichtig neutraal wordt. "Ik snap het. En je bent er... oké mee?"

Oké? Wordt *niet* uit het raam springen of

schreeuwend de deur uit rennen als oké gezien? Als dat zo is, dan ben ik helemaal in orde, of in ieder geval zo goed als je kunt zijn nadat je hebt ontdekt dat je biologische vader een verkrachter en een moordenaar is die je probeert te vermoorden, en dat je door een man gevangen wordt gehouden die misschien nog meedogenlozer dan de genoemde vader is.

"Ik kan het aan," zeg ik, en tot mijn verbazing is het geen totale leugen. Misschien komt het door de maand van op de vlucht te hebben geleefd of de gruwel van het vinden van mama's lichaam en me voor haar moordenaars in de garderobekast te hebben verstopt, maar ik ben niet zo bang als dat ik had verwacht. Over alles, maar vooral het feit dat ik Nikolais gevangene ben. Het is alsof mijn geest tussen het heden en het recente verleden, tussen wat ik ervaar en wat ik weet, een muur heeft opgetrokken.

Op dit moment voel ik me knus en goed gevoed, mijn veiligheid verzekerd door dezelfde veiligheidsmaatregelen die me zouden beletten te vertrekken als ik het zou proberen. En het is mogelijk om je alleen op dat eerste aspect ervan te concentreren. Net zoals het mogelijk is om Nikolais ware aard te vergeten als hij zo zorgzaam en teder is... als mijn bloed bij zijn aanraking in warme stroop verandert.

Op de een of andere manier ben ik in staat om alle horror in een klein doosje te stoppen en het op te bergen, om te doen alsof het er niet is.

"Goed," zegt Alina. "Daar ben ik blij om. Maar als je ooit problemen hebt om ermee om te gaan of als je gewoon iemand nodig hebt om mee te praten, dan wil ik dat je weet dat je altijd bij mij terecht kunt." Jadekleurige ogen glimmen zacht, en ze voegt eraan toe, "Wat je ook door zou maken, ik zou het begrijpen."

En dat zou ze, dat weet ik. Mijn keel verstrakt terwijl ik de oprechte sympathie in haar blik voel. Ik wist tot op dit moment niet hoe erg ik hiernaar verlangde: niet precies een aanbod van vriendschap, maar iets wat er heel erg op lijkt. "Dank je," zeg ik moeizaam. "Ik waardeer het - net zoals ik waardeer wat je eerder hebt geprobeerd te doen, door me te waarschuwen en zo."

Misschien is het een andere illusie die zeker zal worden verbrijzeld, maar het voelt alsof ik in Nikolais zus een bondgenoot heb. Alsof ik in deze puinhoop niet helemaal alleen ben.

Ze lacht wrang en staat op. "Ja, nou, dat is niet helemaal gegaan zoals ik had gehoopt. Ik-" Ze stopt als Slava iets vanaf zijn plekje bij het raam roept en naar ons terug rent, opgewonden in het Russisch kletsend.

"Hij zegt dat er een familie wasberen op onze oprit staat," vertaalt Alina met een grijns. "Blijkbaar zijn ze net uit het bos gekomen."

"Echt? Ik wil ze zien." Ik ga rechtop zitten en, de pijn in mijn arm negerend, zwaai ik mijn voeten op de grond. Voorzichtig sta ik op, bedachtzaam om niet te veel van mijn gewicht op de verstuikte enkel te plaatsen.

Tot nu toe gaat het goed.

"Hier, leun op mij." Alina leent me haar elleboog en

met haar hulp strompel ik naar het raam, waar de wasberen - een mama en twee baby's - inderdaad in het volle zicht ronddartelen.

Slava lacht opgewonden als een van de baby's speels op de andere springt, en ik streel zijn zijdezachte haar, mijn borst zwelt op terwijl hij me een stralende glimlach schenkt.

"Wasberen," zeg ik, aan mijn rol als zijn Engelse lerares denkend. "Ze worden *wasberen* genoemd."

Gehoorzaam herhaalt hij het woord na mij, en we kijken met z'n drieën naar de dieren tot ze weer in het bos verdwijnen. Dan helpt Alina me naar het bed terug te hinken en ik vraag haar om me een boek te brengen dat ik met Slava kan lezen.

"Geen probleem," zegt ze, terwijl ze al naar de deur loopt. Een paar minuten later komt ze terug met een stapel kinderboeken die ze naast me op de deken legt. "Wil je dat ik dat wegbreng?" vraagt ze, naar het dienblad op het nachtkastje gebarend en ik knik als Slava het zich bij mijn ongedeerde zijde gemakkelijk maakt.

Het is bijna lunchtijd en ik heb tot die tijd genoeg gegeten om me overeind te houden.

Ze pakt het dienblad en gaat weer naar buiten. Pas als ze bijna bij de deur is, realiseer ik me dat ik haar iets belangrijks niet heb gevraagd.

"Alina, wacht," roep ik terwijl ze met een voet in stiletto's de deur opent.

Ze draait zich om, een vragende blik op haar gezicht.

"Wil je straks nog even terugkomen? Ik zou graag meer willen weten over wat er is gebeurd." Mijn stem wordt onvast. "Met Nikolai en... en je vader."

Ze verstijft, haar gezicht is van alle uitdrukking ontdaan.

"Alsjeblieft, Alina. Ik moet het weten."

Ik moet weten hoe groot het monster is waar ik voor gevallen ben.

Ze sluit haar ogen, haalt diep adem en opent ze dan weer. "Het is niet mijn verhaal om te vertellen." Haar stem is laag en gespannen. "Dat is het nooit geweest. Nikolai is degene met wie je moet praten."

En voordat ik haar verder kan smeken, stapt ze naar buiten en sluit de deur.

9

NIKOLAI

IK MAAK MIJN STEVIG GEBALDE VUIST LOS, KLIK WEG VAN de camerabeelden van Chloe's kamer en open mijn inbox. Ik weet niet wat ik met Alina zou hebben gedaan als ze met Chloe's verzoek had ingestemd. Gelukkig is mijn zus weer zover bij zinnen om te beseffen dat ze haar mond moet houden.

Het *is* mijn verhaal dat ik moet vertellen - en ik weet niet zeker of ik het wil vertellen.

Gisteren, toen Chloe me vroeg of het waar was wat Alina haar had verteld, kwam ik in de verleiding om te liegen, om haar te vertellen dat Alina het allemaal had verzonnen - dat ze vanwege al die medicijnen waanvoorstellingen had gehad. Maar om de een of andere reden, toen ik in Chloe's zachte bruine ogen keek, weigerden de woorden zich in mijn keel te vormen. Hoe erg ik het ook haat dat mijn zaychik me als slecht ziet, iets diep in mij wil dat ze de echte ik kent.

Om me ongeacht dat te kennen en van me te houden.

Fuck. Dit is een probleem, maar niet zo'n groot probleem als de e-mail van Valery die zojuist in mijn inbox terecht is gekomen.

LEONOV IN AMERIKA – de onderwerpregel staat in hoofdletters, en wanneer ik het bericht open, informeert het me dat de contacten van mijn jongere broer in de VS iets over de aanwezigheid van Alexei Leonov in New York City hebben gehoord. Wat hij daar doet, is een raadsel, maar het feit dat hij op hetzelfde continent is als mijn zus en mijn zoon is slecht nieuws. Ik ben niet vergeten wat hij in het toilet van dat Tadzjiekse restaurant tegen me heeft gezegd, het dreigement dat hij had geuit om Alina aan hun archaïsche verlovingscontract te houden. Destijds dacht ik dat hij me gewoon kwaad probeerde te maken - en ik vermoed nog steeds dat dat het geval is - maar er is een kans dat hij het meende.

Zeg tegen Alina dat het tijd is. Ik ben klaar met geduld hebben.

Ik knars op mijn tanden en sluit de herinnering aan die zacht geuite woorden uit. Wat Alexei ook van plan is, hij komt niet in de buurt van Alina. Het is al erg genoeg dat mijn zoon bijna twee maanden in de tedere zorg van de oudere Leonov heeft doorgebracht voordat ik hem eruit kon krijgen. Het laatste wat ik wil is dat mijn emotioneel kwetsbare zus in dat addernest wordt getrokken.

Alina en ik mogen dan onze meningsverschillen

hebben, maar ze is mijn verantwoordelijkheid, mijn kruis dat ik moet dragen, en ik zal haar tegen iedereen die haar kwaad wenst beschermen - vooral haar zogenaamde aanstaande.

Terwijl ik de woede in mijn maag onderdruk, lees ik de e-mail opnieuw. New York City - dat is ongeveer zo ver van Idaho als het maar kan zijn. Zou Alexei's aanwezigheid in de VS zo kort na onze aanvaring in Dusjanbe toch toeval kunnen zijn? Ik ben met onze privéjet naar Tadzjikistan gevlogen en ik weet dat het team van Konstantin voorzorgsmaatregelen heeft getroffen om te voorkomen dat iemand mijn vluchtplan te weten zou komen, dus het is mogelijk dat Alexei in New York is om een reden die totaal geen verband met mijn familie houdt.

En het is ook mogelijk dat hij heeft vernomen dat ik in Amerika ben, maar hij weet niet waar, dus begint hij zijn zoektocht met de meest logische plek: de Big Apple.

Hoe dan ook, het is een hoofdpijn die ik niet nodig heb, vooral niet met de missie op *Mission Impossible*-niveau die al op mijn bord ligt om een presidentskandidaat te vermoorden.

Ik richt mijn aandacht daarop en pak de e-mail met details over Bransfords aanstaande reis- en openbare verschijningsschema. Stap één is om te verifiëren dat hij inderdaad de vader van Chloe is. Daarvoor hebben we zijn DNA nodig.

Er zijn tientallen manieren om dit te doen, maar de meest voor de hand liggende zou zijn als ik onder het mom van een potentiële donateur een van zijn inzamelingsacties zou bijwonen en discreet een monster zou bemachtigen, door bijvoorbeeld zijn wijnglas te stelen. Het probleem met die strategie is dat die evenementen veel meer openbaar zijn dan waar ik me prettig bij voel, vooral gezien Alexei's onverwachte aankomst in de Verenigde Staten. Nu, meer dan ooit, moet ik onder de radar blijven om te voorkomen dat ik onze locatie bekend maak - wat een andere eenvoudige oplossing uitsluit: een één-op-één-ontmoeting met Bransford.

Gezien zijn status als koploper in de primaire race van zijn partij, zou ik grondig worden doorgelicht en zou mijn informatie in een database terechtkomen waartoe de hackers van de Leonovs toegang zouden kunnen hebben. Bovendien zou het niet verstandig zijn om op de radar van Bransford te komen. Zelfs als de moordenaars de connectie tussen mij en Chloe niet hadden gemaakt voordat ik ze uitschakelde, zou Bransford misschien weten dat ze voor het laatst in dit gebied van Idaho was gesignaleerd, en als hij op de een of andere manier ontdekt dat ik hier woon, dan zal hij achterdochtig worden.

Nee, hoe handig en bevredigend het ook zou zijn, ik kan zijn DNA niet persoonlijk te pakken krijgen - of de moord uitvoeren. Niet zonder mijn familie en Chloe in groter gevaar te brengen. Voor nu tikt de klok. Als de moordenaars hun werkgever hebben verteld dat Chloe bij het plaatselijke benzinestation naar mijn vacature had geïnformeerd, dan is het slechts een kwestie van tijd voordat er een paar andere huurlingen van hem aan mijn deur zullen verschijnen.

Ik moet Bransford als een bedreiging uitschakelen en snel.

Tot een besluit komend, stuur ik een e-mail waarin ik een van Valery's nieuwkomers opdraag om zich bij het volgende evenement als ober voor te doen, zodat hij Bransfords DNA van een gebruikt glas of een gebruiksvoorwerp kan halen. Het is op dit moment een formaliteit. Ik weet dat ik over hem gelijk heb – ik voel het aan mijn water. Echter, gezien de omvang van wat ik van plan ben, heb ik ijzersterk bewijs nodig en dit is de beste manier om het aan te pakken. Het enige sterkere bewijs zou een regelrechte bekentenis van zijn schuld zijn, en ik zie geen mogelijkheid om de man te ontvoeren – een taak die nog moeilijker is dan hem regelrecht te doden.

Voor nu ga ik te werk alsof hij schuldig is en begin de aanslag te plannen. Op die manier kan ik, zodra de DNA-test zijn relatie met Chloe bevestigt, de trekker overhalen – figuurlijk, zo niet letterlijk. De kogel van een sluipschutter zou te veel warmte genereren, dus we kunnen het beste een van onze zorgvuldig vervaardigde geneesmiddelen gebruiken of een soort ongeluk organiseren.

Hij zal hoe dan ook boeten voor het vermoorden van Chloe's moeder en vanwege de poging om haar te vermoorden.

Tom Bransford weet het misschien nog niet, maar hij is al dood.

Ik besteed de volgende twee uur aan verschillende logistiek, en dan controleer ik de camerafeed van Chloe's kamer opnieuw.

Ze is nog steeds bij Slava, hij ligt op haar bed, zijn boeken en LEGO-stukken liggen over haar deken verspreid. Ze lijken een spel te spelen waarbij ze hem iets in een boek laat zien en hij speelt het voor haar na. Terwijl ik toekijk, springt hij van het bed en huppelt door de kamer, een konijn nadoend.

"Dat is een *zaychik,* toch?" zegt ze glimlachend, en Slava's ogen worden groot voordat een grote glimlach zijn gezichtje overneemt.

"*Da!*"

"Ja," corrigeert ze, terwijl haar eigen glimlach breder wordt. "We zeggen *ja* in het Engels."

Mijn zoon knikt heftig met zijn hoofd. "Ja, ja ja!" Hij springt nu op en neer, te opgewonden om stil te staan en ik maak een mentale notitie om Chloe wat meer woorden in het Russisch te leren. Op die manier kan ze hem weer zo willekeurig verrassen, en zal ik kunnen genieten om naar haar schattige, Amerikaans geaccentueerde Russisch te luisteren.

Nu ik erover nadenk, zou ik haar ook wat sekswoorden moeten leren, zodat ik haar zachte, hese stem die tegen me kan horen zeggen als we in bed liggen.

Mijn lichaam verhardt zich bij het idee en ik moet diep ademhalen om mezelf te beheersen. Ik heb haar al een keer gehad – of beter gezegd, meerdere keren op één nacht – en het is lang niet genoeg. Ik voel me als een uitgehongerde man die een enkele lik ijs mocht nemen.

Ik wil meer. Ik wil haar elke avond neuken, haar in elk gaatje nemen en haar op alle mogelijke manieren plezieren. Ik wil gaan slapen terwijl ik haar vasthoud en wakker worden terwijl ik diep in haar begraven zit. Ik wil allerlei duistere, verdorven dingen met haar doen, en ik wil haar daarna knuffelen als ze van de genotspijn-high bij komt.

Ik wil haar zo volledig bezitten dat ze helemaal vergeet dat ze me wil verlaten.

Binnenkort, beloof ik mezelf, terwijl ik de laptop dichtdoe als ik opsta. Ze zal snel beter zijn, en dan zal ik haar hebben.

In de tussentijd moet ik doen wat nodig is om haar te beschermen.

10

CHLOE

EEN PAAR MINUTEN VOOR DE OFFICIËLE LUNCHTIJD VAN half twaalf komt Lyudmila Slava halen om hem mee naar beneden te nemen.

"Nikolai komt snel met eten," zegt ze in haar zwaar geaccentueerde Engels, terecht vermoedend dat de grommende geluiden uit mijn maag op honger duiden. Ik glimlach verlegen naar haar, maar ze jaagt Slava al de deur uit terwijl ze in razendsnel Russisch tegen hem praat.

En ja hoor, Nikolai verschijnt precies om half twaalf met een dienblad.

"Hoe zit het met de naleving van specifieke maaltijden in militaire stijl?" vraag ik terwijl hij naast me gaat zitten en het dienblad op het nachtkastje zet voordat hij de heerlijk ruikende gerechten tevoorschijn haalt.

Het is iets wat ik me al dagen afvraag, maar ik heb nog geen kans gehad om het te vragen - en ik denk dat deze vraag een stuk gemakkelijker te beantwoorden is dan de andere die ik heb voorbereid.

Een wrange glimlach tilt een hoek van Nikolais sensuele lippen omhoog. "Je zei het al: het is een overblijfsel van het leger. Meer specifiek, Pavels tijd in het leger. Hij leidt ons huishouden sinds hij zo'n dertig jaar geleden uit het leger kwam en dit is een van zijn regels. Ik vind het niet erg. Ik ben zo opgegroeid, dus ik vind het een geruststellend ritueel."

"Hoe zit het met de formele kleding tijdens het diner? Is dat ook iets van Pavel?" Dat zou vreemd zijn, aangezien ik de beerachtige Rus nog nooit in iets heb gezien dat op een pak of een smoking lijkt, maar er is in dit huishouden veel vreemd.

De kleine spieren rond Nikolais ogen spannen zich samen, hoewel de glimlach op zijn lippen blijft. "Niet helemaal. Dat is iets waar mijn moeder op stond. Ze zei dat we in ons leven iets moois nodig hadden om alle lelijkheid te verdoezelen."

"Oh, ik begrijp het." Mijn hartslag versnelt van verwachting. Dit is de eerste keer dat hij met mij over zijn moeder praat - of beter gezegd over een van zijn ouders. Het enige wat ik voor Alina's angstaanjagende onthullingen wist was dat hun beide ouders dood waren.

"Hier," zegt Nikolai, terwijl hij een stuk stokbrood die met boter en kaviaar is besmeerd naar mijn lippen brengt. "Mond open."

Ik bijt gehoorzaam als de invalide die we allebei doen alsof ik ben in het gastronomische aanbod. Mijn gedachten zijn echter niet bij ons vreemde spelletje; mijn brein maalt van alle vragen. Er is nog zoveel dat ik over mijn gevaarlijke beschermer niet weet en ik moet het weten.

Ik moet alles weten, want een klein, irrationeel deel van mij hoopt nog steeds dat de duisternis die in hem schuilt niet zo pikdonker is als het lijkt.

Ik laat hem me wat van de andere hapjes op het dienblad voeren, evenals de schilferige witte vis met citroensaus en gebakken aardappelen die het hoofdgerecht is, en als hij naar het dessert overschakelt - gepocheerde peren met zwarte bessen en honingzoete walnoten - recht ik mijn rug en begin aan mijn geplande ondervraging.

"Dus," zeg ik zo nonchalant mogelijk, "zijn jullie van de maffia?"

Ik ben er vrij zeker van dat ik het antwoord hierop al weet, maar ik kan het net zo goed uit de prachtige mond van hemzelf horen.

Tot mijn verbazing, trilt zijn mond van geamuseerdheid in plaats van uit belediging of woede in de verdediging te springen. "Nee, zaychik. Tenminste niet zoals jij het je voorstelt. We handelen niet in illegale drugs of wapens of iets dergelijks - dat is meer het terrein van de Leonovs. De overgrote meerderheid van onze bedrijven is legaal en betrouwbaar, en het kleine deel dat niet daarbinnen valt is het domein van Konstantin – dark web, hacken, social media bots, al het hightech gedoe."

Ik knipper ongelovig naar hem, het beeld van het

pistool in zijn hand helder en duidelijk in mijn hoofd. Het is onmogelijk dat een gewone rijke zakenman, zelfs niet een met een militaire opleiding, in staat zou zijn om zo nonchalant te doden en te martelen als dat hij had gedaan. "Maar ik zag je... En je mannen... En-"

"Ik heb niet gezegd dat we engelen waren. Doe open." Hij brengt een vork vol peer met bessen naar mijn lippen en wacht tot ik ga kauwen voordat hij verder gaat. "In Rusland moet je meedogenloos zijn om macht te krijgen en te behouden. Je moet bereid zijn om te doen wat nodig is. Dat is sinds mensenheugenis altijd zo geweest."

Ik open mijn mond om iets te zeggen, maar hij geeft me nog een hap van de peer en gaat op een lichte, gelijkmatige toon verder, alsof hij een verhaaltje voor het slapengaan voorleest.

"Mijn familie heeft dat altijd begrepen," zegt hij, "daarom hebben we het sinds de tijd van de Mongoolse heerschappij goed gehad. Onze eerst bekende voorouder was zelfs een van de rechterhanden van Genghis Khan - een aardige, vriendelijke kerel die zich in de dertiende eeuw al plunderend, platbrandend en verkrachtend een weg door heel Siberië en de regio Moskou baande. Zijn kinderen volgden in zijn voetsporen, en tegen de tijd dat Peter de Grote zijn stad bouwde, waren de Molotovs - of Nebelevskys, zoals we toen heette - een vaste waarde aan het tsaristische hof, en leidden en regisseerden ze het nationale beleid van achter de schermen. We waren ook stinkend rijk en bezaten duizenden en duizenden lijfeigenen - wat het extra ironisch maakt dat mijn overgrootvader tijdens de revolutie een van degenen was die de 'verachtelijke edelen' en de 'slechte bourgeoisie' voor misdaden tegen de gewone mensen heeft berecht. Hij veranderde zelfs zijn naam in Molotov, waarvan de wortel in het Russisch 'hamer' betekent - een veel communistischere achternaam dan Nebelevsky. Maar zo werken we." Een vleugje bitterheid vormt zich om Nikolais lippen. "We doen wat nodig is om aan de top te blijven: of het nu om het runnen van de goelag-werkkampen tijdens het Stalintijdperk ging of het leiden van de propagandamachine van de Communistische Partij in de jaren vijftig en zestig – of het springen op de olie- en gasbonnen tijdens de Perestrojka en daarna risicospreiding om de resulterende miljarden aan rijkdom te behouden. We zijn net kakkerlakken, alleen het soort dat niet alleen weet hoe te overleven, maar ook hoe ze hun hoekje van de wereld moeten regeren."

Ik ben zowel verontrust als gefascineerd, zo erg dat ik vergeet de volgende hap van het toetje te kauwen voordat ik vraag, "Dus je bent geen echte maffia?"

Mijn mond is zo vol dat de woorden er verward uit komen, maar Nikolai begrijpt het en glimlacht. "Nee, maar dat betekent niet dat we ervoor terugdeinzen om onze handen vuil te maken. In Rusland aan de top blijven is als het bouwen van een huis op een zandstrand aan de oceaan: de grond eronder spoelt bij elk tij weg en er broeit altijd een storm aan de horizon. Zo werd mijn overleden grootvader - de vader van mijn vader - in de jaren vijftig bijna geëxecuteerd toen een hooggeplaatste partijrivaal hem valselijk van ontrouw aan het communistische regime beschuldigde. Hij heeft twee jaar in een van de Siberische goelags doorgebracht waar hij toezicht op had gehouden en toen hij naar buiten kwam, was het eerste wat hij deed bewijsmateriaal bij zijn rivaal planten en *hem* naar de goelags laten sturen terwijl hij de regering alles van zijn eigendom naar zichzelf over liet dragen. En later, deed mijn vader-" Hij stopt en zijn gezicht wordt duisterder.

Ik ga rechter zitten. "Je vader wat?"

Nikolais gezicht wordt onbewogen. "Niets. De jaren negentig in Rusland waren gewoon een bijzonder corrupte en vluchtige tijd, dus toen moest mijn familie extra waakzaam en meedogenloos zijn."

"Vooral je vader." Ik ben niet van plan om hem dit onderwerp te laten vallen, niet nu ik eindelijk wat antwoorden krijg.

"En zijn broer, Vyacheslav, mijn oom. Zijn zoon, Roman, is nu bijna net zo rijk als wij."

"Uh-huh." Op elk ander moment zou ik de kans grijpen om meer over Nikolais uitgebreide familie te weten te komen, maar op dit moment ben ik alleen op zijn vader gefocust. Ik laat hem me nog een paar vorken van het dessert voeren, en nadat ik het heb doorgeslikt, vraag ik voorzichtig: "Dus wat voor dingen moest je vader doen om in de jaren negentig aan de top te blijven?"

Nikolais ogen krijgen een groenere tint amber.

"Niets ergers dan enige andere oliemagnaat van zijn generatie: veel omkoping, wat chantage en afpersing, een beetje fysieke dwang en – indien nodig – het krachtig uit de weg ruimen van obstakels. Tactieken waarvan je zou kunnen denken dat ze tot het domein van de georganiseerde misdaad behoren, behalve dat het destijds in Rusland standaard bedrijfsstrategieën waren. En het waren niet alleen de oliemagnaten - de regering gebruikte dezelfde middelen. Dat is tot op zekere hoogte nog steeds het geval, rechtmatigheid en criminaliteit zijn in mijn land zeer flexibele, voortdurend evoluerende concepten, elk met veel ruimte voor interpretatie."

Ik doe mijn best om mijn uitdrukking neutraal te houden, ook al prikken mijn armen van de kou. *Fysieke dwang* en *gewelddadige eliminatie-* dat zijn duidelijk eufemismen voor marteling en moord. En hij is opgevoed om dit als standaard bedrijfsstrategieën te zien?

De Molotovs zijn misschien geen maffia in de formele zin van het woord, maar in sommige opzichten zijn ze zelfs nog gevaarlijker.

"Heb je Slava daarom hierheen gebracht? Omdat Rusland zo'n wetteloze plek is?" vraag ik, niet in staat om mezelf tegen te houden. Dit is een ander mysterie dat aan me knaagt, en hoewel ik van plan was dit verhoor op zijn vader gericht te houden, kan ik de kans niet voorbij laten gaan om op dit front wat antwoorden te krijgen.

Na wat hij me net over zijn familie heeft verteld,

kan ik hem niet kwalijk nemen dat hij zijn zoon zo ver mogelijk van Rusland wil opvoeden.

"Nee, zaychik." Zijn mooie mond neemt de cynische ronding aan die hij zo vaak draagt. "Ik ben niet zo'n goede vader, vrees ik."

"Dus waarom *ben* je hier? Je had beloofd dat je het me zou vertellen." Hij heeft eerlijk gezegd helemaal niet zoiets beloofd. Het enige wat hij tijdens het videogesprek had gezegd waarin ik hem hierover had ondervraagd, was dat het een lang verhaal was.

Dat moet hij ook nog weten, want zijn ogen glinsteren van plezier. "Leuk geprobeerd." Hij werpt een blik op het nu grotendeels lege dienblad. "Zit je vol of wil je nog iets anders?"

Ik ben zo vol dat mijn maag op het punt staat om te ontploffen, maar ik wil nog niet dat hij gaat. Niet nu we net bij de dingen komen die ik zo graag zou willen weten. "Ik zou nog wel wat fruit willen," zeg ik hoopvol. "Misschien wat bessen als je die hebt? En koffie. Ik zou graag wat koffie willen."

Hij ziet er nog geamuseerder uit, maar komt zonder een discussie te voeren overeind. "Oké. Ik ben zo terug."

Hij drukt een kus op mijn voorhoofd, pakt het dienblad op en loopt naar buiten.

11

NIKOLAI

IK LACH NOG STEEDS ALS IK DE KEUKEN BINNENSTAP. Mijn zaychik is in haar pogingen tot manipulatie zo heerlijk transparant. *Je hebt het me beloofd.* Het had me heel wat moeite gekost om haar niet ter plekke vast te pakken en te kussen - vooral omdat ze, terwijl ze het zei, haar onderlip in een kleine pruilmond, als een zeurend kind, naar voren had geduwd.

Ik vind het geweldig dat ze nu minder bang voor me is, dat er in plaats van afschuw nieuwsgierigheid in haar mooie bruine ogen te zien is. Ik heb mijn best gedaan om in haar aanwezigheid het beest in me onder controle te houden, om haar een comfortabel en veilig gevoel te geven, en het lijkt erop dat ik daarin slaag - wat alle terughoudendheid de moeite waard maakt. Dus wat als mijn handen bijna trillen van de behoefte om haar aan te raken, om haar stevig tegen me aan te drukken terwijl ik mezelf diep in haar gladde, warme lichaam stoot?

Ik kan geduldig zijn.

Ik kan zachtaardig zijn.

Ik kan als een verdomde castraat voor haar zorgen als dat is wat nodig is om de herinnering aan het verhaal van mijn zus uit haar hoofd te wissen.

Niet dat het waarschijnlijk zal zijn dat dat zal gebeuren. Ik weet waar Chloe met al haar vragen naartoe wilde. Ze wil het hele verhaal weten en ik kan het haar niet kwalijk nemen. De koffie, de bessen - dat is maar een voorwendsel. Wat ze wil is meer tijd met mij, meer tijd om te onderzoeken, en ik moet beslissen hoeveel van de waarheid ik haar eventueel wil geven.

"Hoe gaat het met haar?" vraagt Lyudmila terwijl ik het dienblad op het aanrecht zet en ik haar over Chloe's toestand vertel, namelijk dat het beter met haar gaat. Ik heb vanmorgen haar verband verwisseld en de wond leek goed te genezen. Ik heb ook stiekem de pillen op haar nachtkastje geteld en het lijkt erop dat ze er tot nu toe maar een paar heeft ingenomen - nog een goed teken.

Rationeel gezien weet ik dat Chloe van een paar pijnstillers waarschijnlijk niet verslaafd zal raken, maar na getuige te zijn geweest van Alina's worstelingen, kan ik niet anders dan me zorgen maken.

"Het is goed dat ze zo'n eetlust heeft," zegt Lyudmila nadat ik Chloe's verzoeken aan haar heb doorgegeven. "Maar het is beter als ze thee drinkt."

"Mee eens. Maar laten we haar de koffie geven die ze wil."

Lyudmila gromt instemmend en zet een dienblad

met kunstig gerangschikte aardbeien, frambozen en bosbessen klaar, samen met een kop dampende koffie. Ik bedank haar en haast me terug naar boven, waar mijn zaychik ligt te wachten.

Ik heb besloten dat er een vraag van haar *is* die ik vandaag kan beantwoorden, een deel van de waarheid die ik haar kan geven.

Haar ogen zijn helder nieuwsgierig als ik haar kamer binnenloop en op de rand van het bed plaatsneem, waarbij ik het dienblad op zijn plek op het nachtkastje zet.

"Dus," begint ze, "over de-"

"Open," beveel ik zacht, terwijl ik een aardbei bij de steel oppak, en wanneer haar volle lippen gehoorzaam van elkaar scheiden, duw ik de sappige bes naar binnen en kijk hoe haar witte tanden in het vlees wegzinken - zoals ik mijn tanden in de hare wil laten zakken.

De schok van lust is zo plotseling, zo sterk, dat ik elke spier in mijn lichaam zich moet aanspannen om te voorkomen dat ik op de aandrang handel. Er is iets bijna kannibalistisch in de manier waarop ik haar wil, de manier waarop het water me bij de gedachte haar gladde, gebronsde huid te proeven in de mond loopt en de zweetdruppels van haar naakte lichaam te likken nadat ik haar opnieuw tot uitputting heb geneukt. Ik herinner me hoe haar tepels op mijn tong aanvoelden, de essentie van zout en bessen, en de controle die ik had waar ik net zo trots op was, voelt plotseling zo dun en gerafeld als een oud touw.

Zij is ook gespannen, haar ogen op de mijne gericht,

haar slanke lichaam stijf met het oerbewustzijn van een prooi. Er ontsnapt een straaltje aardbeiensap uit haar mond, en ik vang het instinctief met mijn duim op, mijn hart bonst hevig bij het gevoel van haar warme huid, de zachtheid van haar onderlip, helemaal glanzend rood en plakkerig van het sap. Ik houd haar blik vast, breng mijn duim naar mijn mond en zuig hem schoon, zoals ik op die zoete, plakkerige bessen lippen van haar zou zuigen als ik erop kon vertrouwen dat ik daar zou stoppen.

Haar ogen worden groot, haar adem stokt door mijn actie terwijl haar blik even naar mijn lippen gaat voordat ze mijn ogen weer ontmoet. Ze is net zo opgewonden als ik, ik kan het zien, en de verzengende spanning suddert tussen ons in de lucht, de kamer verwarmend tot mijn botten voelen alsof ze in brand staan, mijn pik zo hard dat de rits een afdruk op de lengte ervan achter zal laten. Ik kan haar soepele vlees bijna onder mijn handpalmen voelen, kan bijna die glinsterende, roodgekleurde lippen proeven -

Een verre kreet van kinderlijk gelach brengt me tot bezinning en ik realiseer me dat ik naar haar toe leunde, mijn hand al in haar deken. *Fuck.* Ik laat mijn vuist los, sta op en loop naar het raam. Terwijl ik diep, zuiverend ademhaal, zie ik mijn zoon over de oprit rennen terwijl Arkash hem achtervolgt. Hij lacht zo hard dat ik hem zelfs door het kogelvrije glas kan horen en het geluid verdrijft verder de mist van lust die mijn hersenen omhult.

Fucking fuck. Ik dacht dat ik mezelf in de hand had

- ik wist het zeker nadat ik haar gisteren in bad had gedaan terwijl ik mijn zelfbeheersing vasthield. Ik wilde haar, ja, maar ik kon afstand van die behoefte nemen en me alleen op haar welzijn concentreren, op het feit dat ze net uit een operatie was gekomen en dat ze mij als haar verzorger nodig had. Maar vandaag is ze beter - en mijn zelfbeheersing is duizend keer slechter.

"Eh, Nikolai..." Chloe's toon is onzeker, haar stem zacht en een beetje hees. Als ik het hoor, huiver ik weer van de honger. Deze keer is ze echter niet vlakbij, en is het gemakkelijker om mezelf bij elkaar te rapen en de woeste behoefte te bedwingen.

Ik strijk mijn gezichtsuitdrukking glad, sluit mijn handen ineen achter mijn rug en draai me naar haar toe. "Ja, zaychik?"

Haar tere keel rimpelt wanneer ze slikt. "Wat is Slava daarbuiten aan het doen?"

"Hij speelt een spelletje tikkertje met een van mijn bewakers." Ik loop terug naar het bed en ga aan het voeteneinde ervan zitten, ongeveer zo ver van haar af als ik maar kan zijn terwijl ik nog steeds op hetzelfde meubelstuk zit. "Pavel moet hem hebben gevraagd om op Slava te letten terwijl hij na de lunch opruimt."

Haar kleine witte tanden bijten in haar onderlip. "Juist. Juist." Ze kijkt me aandachtig aan, pakt de koffiemok en blaast op de hete vloeistof. Ik kan raden wat er door haar heen gaat - ze twijfelt over de beste manier om het onderwerp te benaderen dat haar het meest interesseert - dus besluit ik om haar te helpen.

Ik ben nog niet klaar om over mijn vader te praten, maar ik kan haar de waarheid over mijn zoon vertellen.

Ik houd haar blik vast en zeg gelijkmatig, "Vijf jaar geleden vierde mijn broer Valery zijn tweeëntwintigste verjaardag in een nachtclub in Moskou. Het was het feest van het jaar, iedereen in ons deel van de wereld was daar - inclusief, zoals ik later hoorde, Ksenia Leonova, de teruggetrokken dochter van de oude vijand en rivaal van onze familie."

Chloe fronst verward. "Leonova? Zoals in de Leonovs die je eerder hebt genoemd? De echte Russische maffiafamilie?"

"Ze zouden dat label ook afwijzen, maar ja. Ze vissen in een veel vuilere vijver. Hoe dan ook, Ksenia was, in tegenstelling tot haar broer Alexei, altijd uit het publieke oog gebleven, dus ik had geen idee wie ze was toen ze me benaderde." Ik haal diep adem om de bekende woede die in me opborrelt te bedwingen. "Ik dacht dat ze gewoon een of andere socialite of een model-wannabe was, dus we hebben gedanst, hebben een paar shots genomen en zijn toen naar een hotel gegaan om te neuken."

Chloe deinst een beetje terug, de koffiemok wiebelt in haar hand. Ik beweeg me snel, pak hem van haar af en plaats hem terug op het dienblad voordat er iets van de donkere vloeistof kan morsen. Dan ga ik dichter bij haar zitten.

Het goede aan het denken aan Ksenia is dat het mijn libido doodt.

"Ik had een condoom om, zoals ik altijd doe,"

vervolg ik en Chloe's ogen worden groot. Ze moet beseffen waar het verhaal naartoe gaat. "Ja," zeg ik voordat ze het kan vragen, "het ging kapot. Dat of ze heeft er op de een of andere manier mee geknoeid - ik weet nog steeds niet wat het is. Ik heb er toen niets van gemerkt. Ik had wat gedronken en de avond was niet bijzonder gedenkwaardig. Ik was het zelfs helemaal vergeten tot iets meer dan acht maanden geleden, toen ik een telefoontje van een vriendin van Ksenia kreeg die me vertelde dat Ksenia bij een auto-ongeluk was omgekomen en een zoon achter had gelaten - *mijn* zoon, volgens haar dagboek."

"Oh mijn god," zegt Chloe, met een verafschuwde blik. "Dus Slava's moeder was-"

"Iemand die ik niet eens met een beschermend pak zou hebben aangeraakt als ik had geweten wie ze was, ja. De relaties tussen onze families waren op zijn zachtst gezegd al tientallen jaren gespannen."

"Tientallen? Hoezo?"

"Herinner je je het verhaal dat ik je net vertelde, over mijn grootvader die naar de goelag werd gestuurd?"

Chloe knikt en pakt voorzichtig haar koffie weer op.

"De man die hem van ontrouw aan de partij had beschuldigd was Matvey Leonov, de grootvader van Ksenia."

Ze verstijft, de mok halverwege haar mond. "Oh. Wauw."

"Ja. Hij was zoals alle Leonovs een giftige slang,

maar vooral Ksenia." Van mezelf gruwelend druipt mijn stem van bittere haat. "Tot op de dag van vandaag weet ik niet of ze al die tijd van plan was geweest om me te neuken, of dat het een ongeluk was dat ze zwanger was geraakt. Hoe dan ook, ze heeft me niet verteld dat ik een zoon had. Ze zou het me waarschijnlijk nooit hebben verteld. Als ze niet was gestorven, dan had ik misschien nooit van Slava's bestaan gehoord - in ieder geval niet voordat hij oud genoeg was om in onze kringen te verschijnen. Op dat moment zou de gelijkenis iedereen van zijn Molotov-erfgoed op de hoogte hebben gebracht, zo niet noodzakelijkerwijs zijn werkelijke vaderschap." Mijn mond verdraait zich. "Je hebt mijn broers of mijn neef niet gezien, maar we lijken allemaal erg op elkaar."

Chloe zet de koffie terug op het nachtkastje zonder ook maar een slok te nemen. "Waarom denk je dat ze je die avond benaderd heeft? Ze moet toch geweten hebben wie *jij* was?"

"Natuurlijk wist ze dat." In tegenstelling tot haar stond ik in de high society van Moskou goed bekend. "Over het waarom heb ik nog steeds geen idee. Misschien had ze het hele gebeuren gepland, tot aan het kapotte condoom toe, of misschien was ze gewoon jong en dom en wilde ze met gevaar flirten. Ik weet niet eens waarom ze op het feest was of hoe ze binnen is gekomen - absoluut geen enkele Leonov was uitgenodigd. Hoe dan ook, het eindresultaat is hetzelfde: ik heb een zoon van wie ik tot acht maanden geleden niets van wist. Een zoon die half Leonov is."

Chloe hapt naar adem. "Wacht eens even. Is dat waarom je -"

"Hier bent?" Bij haar knikje glimlach ik humorloos. "Je raadt het al, zaychik. Zijn moeders familie heeft hem nou niet echt aan me overgedragen. Een week na Ksenia's dood hoorde ik over het bestaan van Slava en tegen die tijd woonde hij al bij Boris Leonov, de vader van Ksenia - een man die om zijn wrede en gewelddadige neigingen bekend staat. Ik heb nooit kinderen gewild, was nooit van plan om ze te krijgen, maar ik kon mijn zoon niet in zijn klauwen achterlaten, kon hem niet in de steek laten om in dat addernest op te groeien."

"Dus je deed wat? Heb je hem van hen gestolen?"

Ik knik. "Het heeft mijn broers en mij bijna twee maanden gekost om een manier te vinden om hun beveiliging te doorbreken, maar we hebben hem eruit gehaald en ik heb hem hierheen gebracht, waar niemand weet wie we zijn en niet aan de Leonovs kan melden dat ik plotseling een kind heb."

Haar gladde voorhoofd krijgt rimpels van de verwarring. "Ik begrijp het niet. Waarom ben je niet gewoon via de juridische kanalen gegaan? Jij bent Slava's vader. Had je niet met een simpele vaderschapstest de voogdij kunnen krijgen?"

"Dat had ik kunnen doen — en zou ik hebben gedaan — als het om iemand anders dan de Leonovs was gegaan. Ze haten onze familie net zoveel als wij die van hen haten, en ze zouden alles doen om ons te dwarsbomen... om *mij* te dwarsbomen. Op het moment dat ik de voogdij aan zou vragen - het moment dat ze zouden beseffen dat ik van Slava's bestaan afwist - dan zou hij weg zijn gehaald, ergens verborgen waar we hem nooit zouden hebben gevonden. Misschien zou omwille van de rechtbanken zijn dood in scène zijn gezet - of misschien zouden ze hem echt hebben vermoord. Alles om mij de kans te ontnemen om mijn zoon op te voeden."

Chloe hapt van afschuw naar adem. "Denk je dat ze...?"

"Ik zou me wat betreft de oudere Leonov nergens over verbazen." Of Alexei en Ruslan, de even meedogenloze broers van Ksenia.

Chloe kijkt geschokt. "Dat is vreselijk." Dan worden haar ogen groot en snakt ze weer naar adem. "Opa Eend! Oh God... denk je dat Ksenia's vader Slava pijn heeft gedaan toen hij bij hem woonde?"

"Het zou me niet verbazen." Ik probeer een vlakke toon te houden, maar donkere woede sijpelt in mijn stem door, waardoor het hard en keelachtig wordt. "Slava heeft nooit over zijn tijd met zijn grootvader gesproken, maar de manier waarop hij zich in het begin bij mij en Pavel in de buurt gedroeg... de manier waarop hij zich tot op zekere hoogte nog steeds om mij heen gedraagt..." Ik stop, mijn keel sluit zich in een golf van woede af.

De vage vermoedens die ik over Boris Leonovs behandeling van mijn zoon koesterde waren een bijna zekerheid geworden toen Chloe me over Slava's vreemde reactie op opa Eend in het kinderverhaal had verteld. De enige reden waarom Ksenia's vader nog leeft, is dat het team van Konstantin het zorgvuldig verborgen feit heeft ontdekt dat hij alvleesklierkanker in een vergevorderd stadium heeft en dat hij naar verwachting niet langer dan een paar maanden vol pijn zal leven.

Hem doden zou een genade zijn die ik niet wil geven.

Chloe legt haar hand op mijn knie. "Het spijt me, Nikolai." Haar zachte bruine ogen zijn met sympathie gevuld en met een echo van dezelfde woede die in mij brandt.

Ook zij zou iedereen die Slava pijn heeft gedaan willen verscheuren, dat kan ik zien.

Met moeite bedwing ik mijn woede. De natuur heeft al de meest voortreffelijke marteling voor Boris Leonov bedacht en daar moet ik tevreden mee zijn. Het enige wat een aanslag op Ksenia's vader zou opleveren, is zijn lijden te verminderen en een regelrechte oorlog tussen onze families te veroorzaken. Op dit moment hebben we weliswaar niet precies de strijdbijl begraven, maar hebben we tenminste een wapenstilstand: er is ondanks constante wrijving op zowel zakelijk als persoonlijk vlak al in een aantal jaren geen bloed vergoten.

Dat zal veranderen als ik Boris vermoord - of als ze erachter komen dat ik achter Slava's ontvoering zit. Ze kunnen nu op dat vlak wat vermoedens koesteren - Alexei heeft tijdens onze ontmoeting in Dusjanbe zeker enkele hints laten vallen - maar ze zullen niet op die vermoedens reageren tenzij ze er zeker van zijn. Niet alleen omdat dat zou betekenen dat ze die oorlog zouden beginnen, maar ook omdat als ze het bij het verkeerde eind zouden hebben en ik niets van Slava weet, hun aanval me op de hoogte zou kunnen brengen en het de hele nare beerput zou openen.

Aan mijn kant heb ik mijn best gedaan om ervoor te zorgen dat twijfels het enige zijn dat ze hebben. Ik heb drie weken voordat we Slava uit hun complex hebben gehaald Rusland verlaten, zodat de tijdlijnen niet al te nauw overeen zouden komen en Ksenia's vriendin, degene die me heeft gebeld nadat ze het dagboek had gevonden, is met een miljoen dollar en een nieuwe identiteit naar Nieuw-Zeeland verhuisd - en een belofte dat als ze contact met een van de Leonovs op zou nemen om ons gesprek door te geven, haar familie in Rusland daar de prijs voor zou betalen.

Ik ga nu met Chloe niet op al die details in. Het is niet nodig, ze kan uit wat ik haar heb verteld haar eigen conclusies trekken. In plaats daarvan bedek ik haar hand met de mijne en zeg ernstig, "Dank je, zaychik." Haar medeleven en haar woede namens Slava bekoelen mijn woede, de warmte van haar kleine handpalm sijpelt ondanks de dikke stof van mijn spijkerbroek in mijn huid.

Ze slikt en trekt haar hand terug, haar blik afwendend. Ze is hier bang voor, realiseer ik me met een steek - bang voor emotionele intimiteit met mij. Het is zowel ontmoedigend als bemoedigend. Ontmoedigend omdat ik wil dat we hier voorbij zijn, terug naar hoe het voor Alina's onthullingen was. En bemoedigend omdat het me vertelt dat er nog hoop voor ons is... dat hoe graag ze ook van me zou willen walgen en bang voor me zou willen zijn, haar gevoelens complexer zijn dan dat.

Ik bedwing mijn frustratie en wacht tot ze weer naar me kijkt, en als ze dat doet, pak ik de koffie en geef die aan haar. "Hier, Zaychik." Mijn toon is kalm en zacht. "Je moet het drinken voordat het koud wordt."

Ik laat haar zich voorlopig voor de waarheid verbergen, laat haar haar schilden en verdedigingen opzetten. Ze zullen haar niet van mij redden. Niks zal dat doen.

Of ze het nu wel of niet leuk vindt, ik zal haar bezitten.

Hart, geest, lichaam en ziel.

12

CHLOE

ONDANKS DAT IK DE VOLLE KOP KOFFIE DRINK, VAL IK direct na de lunch in slaap en doe een dutje tot Nikolai me het avondeten brengt. Ik denk dat het de pijnstillers zijn die me zo slaperig maken - dat of mijn hersenen gebruiken slaap als een manier om de meest recente onthullingen te verwerken terwijl ze zich voor de angstopwekkende onbeantwoorde vragen verbergen.

Ze hebben Slava ontvoerd, hebben hem van de familie van zijn moeder gestolen. Ik denk dat ik geschokt zou moeten zijn, maar dat ben ik niet. Ik denk dat ik ergens zoiets al had vermoed. Het maakte deel uit van de onjuistheid die ik oppikte, die verontrustende sfeer die ik steeds van deze familie kreeg – vooral van mijn duistere, betoverende gijzelnemer.

Ik wil zijn acties veroordelen, maar in plaats daarvan kan ik niet anders dan ze toejuichen. Om zijn zoon uit een mogelijk gewelddadige situatie te bevrijden, heeft Nikolai zijn leven volledig op zijn kop gezet, zijn thuisland verlaten en zijn rol als hoofd van het Molotov-conglomeraat opgegeven. Niet elke vader zou dat voor zijn kind doen, zeker niet voor een kind dat hij niet kende.

Een kind dat hij naar eigen zeggen nooit gewild heeft.

Mijn borst knijpt zich samen als ik me die bekentenis herinner, zo nonchalant geuit, alsof het er niet toe doet. Hij legde het niet uit, ging niet in details, maar ik kon tussen de regels door lezen.

Het was niet de wens om voor zichzelf te leven, of te reizen, of overbevolking te voorkomen - of een andere reden die mensen doorgaans geven om ervoor te kiezen om geen kinderen te krijgen. In het geval van Nikolai wilde hij geen vader zijn omdat hij dacht dat hij geen goede vader zou zijn... en omdat hij niet wilde dat zijn lijn voort zou duren. Er is een deel van mijn gijzelnemer dat zichzelf veracht, vanwege wat hij heeft gedaan of wat hij is.

Een Molotov.

Ik heb over het verhaal nagedacht dat hij me vertelde, over de geschiedenis van zijn familie en de manier waarop hij is opgevoed. Over dat laatste heeft hij niet veel gezegd, maar zijn weglatingen waren net zo veelzeggend als de details die hij wel vermeldde. Het was duidelijk dat hem werd geleerd om het leven als een nooit eindigende strijd om te overleven en te heersen te zien, een strijd die alleen de meest meedogenloze kan winnen.

Ik durf te wedden dat zijn opvoeding door de handen van zijn vader niet ver van de manier verwijderd was waarop zijn Mongoolse voorouder *zijn* zoon in de dertiende eeuw zou hebben opgevoed, met martelvaardigheden en zo.

Tijdens het eten probeer ik dieper te peilen, maar Nikolai heeft geen zin meer om over zichzelf te praten. In plaats daarvan, terwijl hij me in wijn gepocheerde hertenvlees met champignonjus en zoete aardappelpuree voert, houdt hij het gesprek op mij gericht: wat ik wel en niet lekker vind, mijn favoriete films, mijn vrienden op de universiteit. En hij doet het zo vakkundig dat ik merk dat ik zonder voorbehoud met hem praat, glimlachend en lachend terwijl ik de keer beschrijf hoe de kat van mijn kamergenoot op mijn bed had geplast en hoe een van mijn vrienden mijn moeder voor een van de studenten aanzag en haar tijdens onze eerstejaarsoriëntatie probeerde te versieren.

Het is alsof we terug bij onze videogesprekken zijn, alsof alles wat er sinds zijn terugkeer is gebeurd niets anders dan een vreselijke koortsdroom is.

Pas als het eten klaar is en hij me welterusten kust, zijn lippen zacht en koel op mijn voorhoofd, besef ik dat ik de kans heb gemist om de antwoorden op de rest van mijn brandende vragen te krijgen.

Het patroon herhaalt zich de volgende ochtend, wanneer Nikolai me het ontbijt brengt. Hij ontwijkt vakkundig mijn pogingen om het gesprek naar zijn vader – of *mijn* vader – te brengen. In plaats daarvan, terwijl hij me *grechka* voert - de geroosterde boekweit kasha die Alina lekkerder vindt dan havermout - bespreken we Slava's voortgang en de volgende lessen die ik heb gepland. Daarna helpt hij me met douchen, verwisselt hij mijn verband en kleedt hij me op mijn aandringen aan in een yogabroek en een zacht T-shirt.

Mijn enkel voelt beter aan, net als mijn arm, dus ik ben van plan om op te staan.

"Overdrijf het niet," waarschuwt hij me terwijl ik vastberaden naar Slava's kamer strompel in plaats van me door hem daarheen te laten dragen. "Je hebt nog tijd nodig om te genezen."

"Ik zal het rustig aan doen, maak je geen zorgen," zeg ik terwijl ik tot grote vreugde van de jongen op Slava's bed plof. "We gaan wat boeken lezen, kastelen bouwen... Niets inspannends, dat beloof ik."

Nikolai kijkt nog steeds bezorgd, dus ik schenk hem een stralende glimlach. "Ik ben helemaal beter, echt waar. Ik had vanmorgen niet eens een pijnstiller nodig." Dat laatste is niet helemaal waar - ik zou voor de doffe, zeurende pijn in mijn arm zeker een pijnstiller kunnen gebruiken - maar ik had besloten om er geen te nemen, om te zien of ik het zo vol kon houden.

Hoe dan ook, mijn geruststelling werkt zoals bedoeld. Nikolais gezicht klaart op. "Goed dan," zegt hij, en met een paar woorden in het Russisch tegen zijn zoon laat hij ons aan onze lessen over.

Halverwege de ochtend doet mijn arm nog meer pijn - Slava was per ongeluk tegen de mitella aangestoten terwijl hij op mijn schoot klom - dus strompel ik terug naar mijn kamer om toch de pijnstiller te nemen.

In de gang kom ik Lyudmila tegen, die een enorm boeket bloemen van weelderige rozen tot zonnebloemen en tulpen bij zich heeft. "Alina is jarig," informeert ze me als ik vraag waar het voor is. "Grote. Vijfentwintig vandaag."

Oh shit. Alina had wel gezegd dat ze deze week jarig is toen we samen wiet rookten. Ik had echter geen idee dat het vandaag was.

Ik denk snel na en vraag Lyudmila, "Waar is Nikolai?"

Ik heb een soort geschenk nodig, en het enige wat ik kan bedenken is een eigen boeket - wilde bloemen die in het nabijgelegen bos zijn geplukt. Tijdens mijn wandelingen had ik een paar plekken gezien waar ze volop groeien.

Het lastige zal zijn om met mijn enkel die zich misdraagt op een van die plekken te komen, maar dat is waar Nikolai hopelijk bij kan helpen.

Lyudmila knikt naar zijn kantoor. "Hij werkt."

Ze strijkt langs me heen en loopt verder naar Alina's kamer, en ik bijt op mijn lip terwijl ik naar

Nikolais gesloten kantoordeur kijk. Durf ik te onderbreken?

Het vrouwelijk gelach en geanimeerd Russisch geklets dat uit Alina's kamer komt, beslist het voor me.

Ik kan niet in ieder geval *iets* voor Nikolais zus halen.

Ik strompel naar Nikolais kantoor en klop zachtjes aan.

"*Da*," antwoordt zijn diepe stem - *ja* in het Russisch.

Ik haal diep adem. "Ik ben het, Chloe. Ik vroeg me af of-"

De deur zwaait open en de woorden sterven op mijn lippen terwijl prachtige groen-gouden ogen de mijne ontmoeten, me de adem benemen en mijn hartslag laten versnellen.

Verdomme.

Zal mijn lichaam ooit ophouden om zo sterk op hem te reageren? Ondertussen hebben we geneukt en hij heeft me verschillende keren in bad gedaan, maar zijn mannelijke schoonheid verblindt me nog steeds elke keer dat we een paar uur uit elkaar zijn geweest.

"Wat is er, zaychik?" vraagt hij, zijn donkere wenkbrauwen samentrekkend terwijl hij me een snelle, bezorgde blik geeft. Voordat ik kan antwoorden, pakt hij mijn handen vast. "Is alles goed?"

"Ja, alles is in orde. Ik wilde gewoon..." Ik werp een snelle blik over mijn schouder. De gang is leeg, maar ik demp nog steeds mijn stem, voor het geval dat. "Ik heb een cadeau voor Alina nodig."

"Ah. Kom binnen." Hij leidt me naar zijn kantoor en

leidt me naar een stoel, waar ik dankbaar in wegzak. Ik heb het misschien met al het lopen vandaag overdreven - mijn enkel is aan de beterende hand, maar hij is zeker nog niet helemaal goed. Mijn arm ook niet.

Die pijnstiller wordt met de minuut noodzakelijker.

"Hier," zegt Nikolai en trekt een la van zijn bureau open. Hij haalt een klein zwart doosje tevoorschijn en geeft het aan me. "Je kunt dit aan haar geven."

Verward open ik het - en staar naar de met diamanten bezette armband erin.

Wat voor de duivel?

Mijn blik springt naar zijn gezicht. "Wat bedoel je, geef dit aan haar?"

"Het kan jouw geschenk zijn," zegt Nikolai nuchter. "Ik zal haar een ander sieraad geven."

Meent hij dit nou?

"Natuurlijk kan het niet mijn geschenk zijn," zeg ik als ik mijn spraakvermogen heb hervonden. "*Jij* hebt dit voor haar gekocht, niet ik. Ik kan me niets eens één steen van die armband veroorloven, en dat weet Alina."

Hij haalt zijn schouders op. "Dus? Ze zal er hoe dan ook van genieten."

Oh mijn god. Ik haal diep adem en tel tot drie. "Nee, dat zal ze niet. Omdat ik haar iets anders ga geven - iets dat echt van mij komt."

"Zoals?"

"Bloemen. Ik zou graag een boeket voor haar willen samenstellen. Ik heb niet ver hier vandaan een paar hele mooie zien bloeien."

Zijn wenkbrauwen trekken zich weer samen. "Je gaat met die enkel echt niet wandelen."

"Het is niet ver. Het lukt me wel. Vooral als jij met me meegaat en helpt."

Er verschijnt een eigenaardige glans in zijn tijgerogen. "Wil je dat ik je meeneem om bloemen te plukken?"

Nu hij het heeft gezegd, realiseer ik me hoe belachelijk het klinkt - en hoe groot het is wat ik vraag. Wat dacht ik in godsnaam? Hij is niet mijn vriendje, hij is mijn gijzelnemer, een machtige, gevaarlijke man die veel belangrijkere-

"Oké," zegt hij voordat ik het terug kan nemen. "Geef me even de tijd om hier af te ronden, dan gaan we."

13

NIKOLAI

Ik negeer Chloe's bewering dat ze 'prima' kan lopen. Ik draag haar naar haar kamer en keer terug om het bericht dat ik aan het schrijven was af te maken, waarbij ik Valery's nieuwste aankomst instrueer over hoe en waar ik het DNA-monster wil laten afnemen. Het is niet een man die mijn broer voor deze baan heeft gestuurd, maar een vrouw - wat nog beter is.

Het opent een aantal interessante mogelijkheden om in de buurt van Bransford te komen.

Ik beantwoord dan nog een paar dringende berichten en ga Chloe voor onze bloemenplukexpeditie halen.

Mijn hart bonst van verwachting als ik haar kamer nader. Misschien lees ik er te veel in, maar ik voel me aangemoedigd dat ze me actief heeft opgezocht, dat ze tijd met me door wil brengen, ook al is het onder dit bullshit-voorwendsel.

Mijn strategie om niets meer te zijn dan haar

geduldige, platonische verzorger, werkt. Langzaam maar zeker verliest mijn zaychik haar angst voor me en laat ze haar schilden zakken. En dat is maar goed ook, want ik weet niet hoelang ik nog geduldig kan blijven.

Hoe beter ze zich voelt, hoe moeilijker het is om het beest in me in bedwang te houden, om mezelf ervan te weerhouden haar op te eisen zoals mijn instinct vereist.

Ze kijkt naar het nieuws terwijl ik haar kamer binnenloop. Als ze me ziet, zet ze de tv uit en staat op, een stralende glimlach op haar gezicht. "Ik ben er klaar voor."

Iets diep in mijn borst breidt zich tegelijkertijd uit en trekt samen. "Laten we die bloemen dan maar gaan halen."

Ik laat haar alleen naar me toe lopen, gewoon om te zien hoe goed haar enkel aan het genezen is. Maar zodra ze me bereikt, pak ik haar op en negeer opnieuw haar bezwaren. Ik kan haar niet zwak zien - dat doet me te veel pijn - dus de enige manier waarop deze wandeling doorgaat, is met haar in mijn armen.

"Je bent toch niet serieus van plan om me helemaal daarheen te dragen?" zegt ze als we het huis uitlopen.

Ik glimlach naar haar. "Waarom niet, zaychik?"

Ik hou ervan om haar vast te houden, haar tegen me aan te voelen drukken. Totdat haar enkel genezen is, ben ik van plan om haar zoveel mogelijk rond te dragen - en misschien ook daarna.

"Om te beginnen is het minstens een kilometer naar de plek die ik in gedachten heb," zegt ze met de grootste ernst, alsof een kilometer echt een enorme afstand is. "Als je me gewoon je elleboog leent, dan zou ik er in een langzaam tempo naartoe kunnen lopen."

"Dat gaat niet gebeuren."

"Maar ik ben zwaar. Je gaat absoluut niet-"

"Je maakt een grapje, toch?" Ik grijns naar haar kleine, verontwaardigde gezicht. "Zaychik, ik heb hele dagen rugzakken gedragen die zwaarder zijn dan jij."

Ze knippert. "Je bedoelt... toen je in het leger zat?"

"En nu. Pavel en ik trainen regelmatig met de bewakers om fit te blijven."

"Uh-huh. Maar toch-"

"Wat denk je hiervan? Ik beloof je dat ik je laat lopen als ik moe word." Of liever, als ik dood neerval. Dat is de enige manier waarop ze op die enkel van haar door dit bos zal lopen.

Ze gnuift. "Goed dan. Wees maar helemaal macho, kijk of het mij wat kan schelen als je armen eraf vallen. De bloemen zijn die kant op." Ze wijst naar een klein zandpad dat naar het bos ten oosten van ons leidt en legt dan haar hoofd op mijn schouder, alsof ze van plan is om een dutje te doen.

Ik lach en loop het pad af dat ze aangaf, voorzichtig om haar tegen laaghangende takken en struiken te beschermen. Ik kan me niet herinneren wanneer ik me voor het laatst zo licht heb gevoeld, zowel fysiek als mentaal. In plaats van me te vermoeien, steunt haar lichte gewicht in mijn armen me, het gevoel van haar lichaam tegen het mijne roept niet alleen de gebruikelijke vleselijke honger op, maar ook iets warms en puurs... iets dat bijna op vreugde lijkt.

Het is alsof de donkere wolken die de afgelopen jaren boven me hebben gehangen, even zijn opgetrokken en een stukje zonovergoten lucht onthullen.

De sensatie houdt de hele weg naar onze bestemming aan, af en toe geholpen door haar gemopper over dwaze machomannen en hun ego's. Ik weet zeker dat ze het beledigend bedoelt, maar het enige wat ik voel is geamuseerdheid vermengd met opluchting. Ik vind het leuk als ze sarcastisch en chagrijnig is. Het betekent dat ze zich veilig bij me voelt en dat ze de dingen vergeet die ze me heeft horen en zien doen.

Vergeet dat ik een monster ben.

Als we bij een kleine, met wilde bloemen bezaaide weide komen, zet ik haar neer om haar de bloemen te laten verzamelen. Ondanks de mitella is ze snel en efficiënt in haar taak, haar behendige vingers plukken de wilde planten en rangschikken ze tot iets moois. Tegen de tijd dat ze klaar is, moet ik toegeven dat het een goed cadeau-idee *was* - mijn zus zal dol zijn op dit ongewone, naar bos geurende boeket.

"Ik ben klaar voor mijn rit naar huis," zegt ze met geveinsde hooghartigheid, en ik lach terwijl ik haar optil, voorzichtig om de bloemen die ze vasthoudt niet te verpletteren. Hun geur vermengt zich met de frisse, bedwelmende geur van haar haren en mijn lichaam ontbrandt met een golf van opwinding, mijn pik wordt hard als ze haar hoofd op mijn schouder legt, haar neus die langs mijn nek streelt.

"Het is bergopwaarts moeilijker, nietwaar?" zegt ze vrolijk terwijl ik het pad oploop dat naar het huis leidt. Ze tilt haar hoofd op, legt haar handpalm op mijn borst en grijnst. "Je hart begint al sneller te kloppen."

Dat doet het ook, maar niet om de reden die ze denkt. Het kost me alles wat ik in me heb om haar niet tegen de dichtstbijzijnde boom te zetten en me diep in haar strakke lichaam te stoten. Het gevoel van haar lichaam, haar geur, die ondeugende twinkeling in haar ogen - het voegt allemaal brandstof toe aan het vuur dat in me woedt, aan de hevige honger die ik zo hard heb geprobeerd om te onderdrukken.

Mijn pas vertraagt als mijn blik op haar lippen valt, zo mooi en zacht, zo verleidelijk in die heldere, plagerige glimlach gebogen.

Doe het niet.

Mijn bonzende hartslagen intensiveren zich tot een gebrul in mijn oren.

Doe het verdomme niet.

Mijn zicht wordt tunnelachtig, de wereld om ons heen vervaagt tot een onscherp zicht. Het enige wat ik kan zien is haar glimlach, zo stralend en warm als de zon. Het enige wat ik kan voelen is de vleselijke hitte die mijn aderen verschroeit.

Doe het verdomme niet.

Haar glimlach vervaagt, een behoedzame blik komt in haar zachte bruine ogen terwijl ik helemaal tot stilstand kom en naar haar staar. "Nikolai, ik bedoelde niet-"

Mijn lippen bedekken de hare en slikken de rest van haar woorden in. *Verdomme, ze smaakt goed.* Zoals appels en bessen en bloemen, iets heilzaams en wilds en fris. De bedwelmende smaak voedt de duistere honger die in me woedt en draagt bij aan de hevige behoefte die onder mijn huid roffelt.

Haar lippen gaan onder de druk van de mijne uiteen en mijn tong dringt de gladde, warme diepten van haar mond binnen, op zoek naar elk beetje van die smaak, van de zoete, schone essentie van haar wezen. Hebzuchtig adem ik haar hijgende uitademing in, van het gekreun genietend dat haar keel laat trillen terwijl ik met mijn tanden aan haar onderlip trek, waarbij ik in het proces bijna de kwetsbare huid laat scheuren.

Van mij. Ze is verdomme van mij. Ik wil haar consumeren, haar verslinden, haar brandmerken... haar nemen, haar grijpen, haar vernietigen. Nee, niet vernietigen - bezitten, hoewel het, aangezien ik een Molotov ben, in wezen één en hetzelfde is. Mijn behoefte aan haar is obsessief en donker, zowel voor haar als voor mij gevaarlijk. Maar ik weiger om daar nu aan te denken, weiger me de ruzies van mijn ouders en de waarschuwingen van mijn grootmoeder te herinneren. Het lot heeft Chloe bij mij gebracht en het lot zal ons pad bepalen. Voor nu is ze van mij om te claimen, van mij om te bezitten.

Uitgehongerd verdiep ik de kus en ze reageert met evenveel enthousiasme, haar tong duelleert met de mijne terwijl haar linkerarm zich om mijn nek wikkelt. Mijn armen klemmen zich om haar heen, drukken haar tegen mijn borst en wringen een pijnlijke kreet uit haar keel.

Fuck. Haar mitella.

Wat ben ik aan het doen?

Met bovenmenselijke inspanning trek ik mijn mond weg en zet haar op haar voeten. Ik adem hard en trek me terug terwijl ze, met wijd opengesperde ogen en gezwollen lippen die van elkaar gescheiden zijn, naar me staart.

Geschokt. Ze is geschokt door wat er is gebeurd, en ik ook. Geschokt dat ik haar heb laten gaan, dat ik de kracht heb gevonden om haar los te laten terwijl het beest in mij huilt en raast en eist dat ik haar hier en nu neem, hoe gewond en kwetsbaar ze ook is.

"Nikolai, ik..." Ze slikt moeizaam en brengt haar linkerhand naar haar borst. Het boeket dat ze vasthoudt is beschadigd, sommige bloemen zijn gescheurd en doormidden gebogen. "Ik denk niet dat dat een goed idee is. Ik bedoel, jij en ik-"

"Ik begrijp wat je bedoelt." Mijn toon is net zo scherp als de mesachtige honger die in me ronddraait en die mijn zelfbeheersing aantast.

Ik was er zo dicht bij geweest om haar te neuken. Nog even en ik zou diep in haar strakke, natte warmte zijn gedoken, en zou al haar verwondingen zijn vergeten.

Het is bevestigd. Ik ben een verdomde wilde.

Er is in mijn gedachten geen twijfel meer.

Ze kauwt op haar volle onderlip, waardoor ik hetzelfde wil doen. "Ik ben niet—"

"Je moet dat fixen." Bij haar uitdrukkingsloze blik grom ik, "De bloemen. Ze zijn verpletterd."

Ze knippert met haar ogen en kijkt naar beneden, alsof ze zich nu pas realiseert dat ze ze nog steeds in haar hand heeft. "Juist." Ze stapt onvast terug. "Laat mij dat maar doen."

Ze knielt om de paar verwilderde bloemen te verzamelen die langs dit pad groeien en ik draai me om en haal diep adem. Tegen de tijd dat ze mijn naam weer roept, heb ik mezelf onder controle. *Voor het grootste gedeelte.*

Ik draai me weer naar haar toe en strijk mijn gezichtsuitdrukking glad. "Laten we gaan."

Ze loopt mank naar me toe en ik knars op mijn tanden terwijl ik naar voren ga en haar van haar voeten til. Zelfbeheersingsproblemen of niet, ik laat haar niet zelf teruglopen.

Terwijl ik haar stevig tegen mijn borst houdt, verleng ik mijn pas tot ik bijna aan het rennen ben. Ze blijft stil, hoewel ze mijn ademhaling van inspanning moet horen versnellen. Er is geen geplaag meer over machomannen, geen protesten meer over hoe ze zelf kan lopen. Ze wil de aandacht niet op zichzelf vestigen, en dat is maar goed ook.

Mijn zelfbeheersing hangt aan een zijden draadje.

Pas als we het huis naderen, spreekt ze. "Dank je," zegt ze zacht, me dwingend om haar aan te kijken - iets wat ik de hele weg terug heb vermeden. "Ik waardeer het echt."

"Natuurlijk. Blij om te helpen." Mijn toon is ongedwongen, kalm, alsof we het erover hebben dat we bloemen zijn gaan plukken. Maar we weten allebei dat we dat niet aan het doen zijn.

Waar ze dankbaar voor is, is het feit dat ik haar niet heb geneukt - dat ze voorlopig haar muren omhoog mag houden en doen alsof.

14

CHLOE

Zodra Nikolai me in mijn kamer heeft afgezet, ga ik Alina zoeken. Ik vind haar in de keuken, waar ze met Lyudmila aan het kletsen is, en ik geef haar de bloemen, samen met de verjaardagswensen.

"Dank je." Met een stralende glimlach neemt ze het boeket in ontvangst. "Waar heb je deze in hemelsnaam vandaan? Ze zijn zo mooi."

Ik glimlach terug. "Oh, hier in de buurt."

"Echt? Met je enkel in deze staat?"

Mijn wangen worden warm bij de herinnering aan wat er bijna in het bos is gebeurd. "Nikolai heeft misschien een beetje geholpen."

Haar glimlach vervaagt een beetje, maar ze zegt niets tegen me. In plaats daarvan wendt ze zich tot Lyudmila, die wat groenten bij de gootsteen aan het snijden is, en ze spreekt een paar woorden Russisch tegen haar. De blonde vrouw haast zich om een mooie vaas met water te vullen, en Alina schikt de bloemen erin voordat ze hem meeneemt naar de eetkamer, waar hij bij het andere boeket wordt gezet dat de tafel siert.

"Hoe voel je je?" vraag ik, haar daarheen volgend. De tafel is al met diverse hapjes gedekt. Het ziet er naar uit dat het vandaag een extra chique lunch gaat worden. "Nog hoofdpijn gehad?"

"Dat zou ik aan jou moeten vragen." Ze kijkt me aan, haar jade ogen glinsteren. "Hoe gaat het met je arm? Je enkel?"

"Helemaal beter." De enkel op dit moment niet zozeer - ik heb het vandaag zeker overdreven - maar daar zeg ik niks over.

"Daar ben ik blij om." Ze aarzelt en vraagt dan zachtjes, "Heb je Nikolai gesproken?"

Mijn pols versnelt. "Hij heeft me over Slava en de Leonovs verteld." Staat ze op het punt om meer te vertellen? Heeft ze toch besloten om het hele verhaal te onthullen?

Haar gezicht krijgt een sfinxachtige uitdrukking. "Aha."

Ik denk dat het antwoord nee is. Ik kom in de verleiding om haar onder druk te zetten, maar ik wil op haar verjaardag geen traumatisch onderwerp ter sprake brengen - hoewel je zou kunnen zeggen dat ze het gewoon zelf ter sprake heeft gebracht.

"Wil je vanavond na het eten samen nog wat doen?" vraag ik impulsief. "Misschien wat bordspellen spelen, een paar biertjes drinken? Uiteraard is Lyudmila ook welkom."

Mijn aanbod is slechts gedeeltelijk door mijn wens

gemotiveerd om naar meer informatie te kunnen vragen. Ik wil Alina vooral beter leren kennen, want ik begin haar echt aardig te vinden.

Ze kijkt geschrokken, maar herstelt zich snel. Met een warme glimlach zegt ze, "Dat klinkt geweldig. Eens kijken hoelang het diner duurt en dan beslissen we wat we gaan doen."

Aangezien ik al beneden ben, ga ik met iedereen lunchen in plaats van dat Nikolai me in mijn kamer te eten geeft. Ik voel me niet alleen goed genoeg om weer een functionele volwassene te zijn, maar na wat er bijna in het bos is gebeurd, voelt alleen zijn met Nikolai als een gevaarlijke onderneming, vooral naast een bed.

Ik weet zeker dat hij alleen is gestopt omdat hij bang was om mijn arm pijn te doen, iets dat veel minder zorgwekkend zou zijn geweest als het comfortabel op een kussen had gelegen.

Mijn hart bonst sneller bij de gedachte en ik werp van onder mijn wimpers een blik op hem. Ik kan zijn lippen nog steeds de mijne voelen verslinden, kan nog steeds zijn warme, muntachtige adem proeven. Mijn tepels voelen overgevoelig aan, en mijn onderlip klopt op de plek waar hij erin had gebeten, de pulsaties galmen tot diep in mijn binnenste.

Ik wil hem. En niet op een nonchalante, zou leuk zijn om te hebben, manier. Zelfs nu ik weet wat hij is, hunker ik zo naar hem dat het op een ziekte lijkt, een verslaving die even ongezond en gevaarlijk als de afhankelijkheid van een heroïnegebruiker is. Ik heb bij hem in de buurt geen wilskracht, geen vermogen om zijn aanraking te weerstaan. Eigenlijk zou hij me bang moeten maken en afstoten, maar in plaats daarvan voel ik me net zoveel, zo niet meer dan eerst, tot hem aangetrokken.

Het is gestoord. Het is verkeerd. Dat weet ik, maar ik kan er niets aan doen.

Mijn lichaam en hart willen niet synchroon met mijn hoofd lopen.

Hij ziet me naar hem kijken en zijn tijgerogen sluiten zich half, gevuld met onmiskenbare donkere hitte. Mijn hartslag schiet verder omhoog, mijn adem stokt als ik wegkijk. Hoe graag ik hem ook wil, hij wil mij nog meer. En zijn verlangen is niet van de zachte en zoete variëteit. Ik heb vandaag de woeste urgentie in hem gevoeld, de behoefte om te domineren en te veroveren. Zonder mijn verwondingen zou hij me gewoon daar op de met bladeren bezaaide aarde hebben genomen. En hij zou ook niet zachtaardig zijn geweest.

Als we weer seks hebben, dan zal het verwoestend voor me zijn, zowel fysiek als mentaal, en de enige manier om te voorkomen dat het gebeurt, is buiten zijn bereik te blijven - wat in mijn huidige situatie een onmogelijkheid is. Zelfs als ik bereid zou zijn om een ontmoeting met een nieuw stel van Bransfords schurken te riskeren, dan zal Nikolai me niet laten gaan.

Voor het eerst sta ik mezelf toe om over de toekomst na te denken en wat die inhoudt. Zal Nikolai me ooit laten gaan? En als hij dat doet, zal ik dan ooit veilig zijn? Als Tom Bransford me inderdaad dood wil hebben, wat zou hem dan tegenhouden om steeds weer achter me aan te gaan? Afgaande op de peilingen, wordt hij hoogstwaarschijnlijk de kandidaat van zijn partij. Als hij dan de algemene verkiezingen wint, dan zijn er bijna geen grenzen aan zijn macht - niet dat er nu veel grenzen zijn.

Verheven stemmen halen me uit mijn donkere gepieker. Het zijn Alina en Nikolai, die in het Russisch een discussie hebben. Ik was zo in gedachten verzonken dat ik de gespannen sfeer aan tafel niet heb opgemerkt, maar die is nu niet meer te missen.

Broer en zus staan duidelijk op gespannen voet en Slava kijkt naar hen, zijn gouden ogen wijd opengesperd van nieuwsgierigheid - en meer dan een zweem van bezorgdheid.

Ik trek aan zijn mouw. “Hé. Hoe noemen we dit in het Engels?” Ik wijs naar de tomaat op zijn bord.

Hij knippert naar me.

“We hebben het vanmorgen geleerd, weet je nog?” Hij ziet eruit alsof hij nog steeds geen idee heeft, dus ik besluit hem een hint te geven. “Het is een groente die we de to-”

“Tomaat!” roept hij terwijl hij naar me opkijkt.

“Dat klopt.” Grijnzend ga ik met mijn hand door zijn zijdezachte haar. Mijn doel was om hem van de ruzie van de volwassenen af te leiden, maar het lijkt erop dat mijn bemoeienis de ruzie helemaal heeft beëindigd, waarbij Alina en Nikolai hun aandacht op ons richtten.

"Hij leert zo snel," zeg ik, en Slava zet trots zijn borst vooruit terwijl Alina hem een warme glimlach schenkt en iets zegt dat in het Russisch als lof klinkt.

"We zouden Engels met hem moeten praten." Nikolais stem heeft nog steeds een ondertoon. "Tenminste als Chloe in de buurt is. Zo zal hij het nog sneller leren."

Alina's lippen verstrakken, maar ze knikt. "Zoals je wilt. Hij is jouw zoon."

Ik ben buitengewoon benieuwd waar hun ruzie over ging, maar ik denk niet dat het een goed idee is om daarheen te gaan. In plaats daarvan vraag ik Alina hoe ze normaal gesproken haar verjaardag viert, en ze vermaakt me met beschrijvingen van uitstapjes naar exotische oorden en uitbundige feesten in Moskou, waarbij de laatste door allerlei glitterati wordt bijgewoond.

"Wacht, even terug," zeg ik als ze terloops vermeldt hoe een filmster tijdens een verjaardagsfeestje in Mykonos op haar jacht was flauwgevallen. "Ken je beroemdheden uit Hollywood?"

Ze lacht. "Natuurlijk niet allemaal, maar wel een paar. Het zijn ook mensen, weet je. Niets bijzonders in het grote geheel van dingen."

Niet speciaal voor *haar,* misschien, maar ik ben gefascineerd. Ik laat haar alles over haar beroemde vrienden en kennissen vertellen en voor ik het weet, ronden we de maaltijd af. En dat is maar goed ook, want zelfs *TMZ*-waardige verhalen over zich misdragende beroemdheden hebben mijn besef van Nikolai en zijn vastberaden, niet aflatende focus op mij niet verminderd.

De hele maaltijd door heeft hij met het dodelijke geduld van een roofdier naar me gekeken, iemand die weet dat het slechts een kwestie van tijd is voordat hij zijn prooi zal verorberen.

Onze ogen ontmoeten elkaar als we opstaan van de tafel, en ik kijk weer weg, mijn huid tintelt terwijl mijn hartslag ongecontroleerd opspringt.

Dit is niet goed. Ik had erop gerekend dat Nikolai zich nog minstens een paar dagen in bedwang zou houden, maar ik denk niet dat ik zoveel tijd zal krijgen. Nog een dag, misschien, als ik geluk heb.

Zo niet, dan beland ik vanavond in zijn bed.

"Laten we naar je kamer gaan," zeg ik tegen Slava, terwijl ik probeer de opvlieger te negeren die mijn hele lichaam verwarmt. "We kunnen Batman en Robin spelen of Batman en Superman."

Het kind grijpt gretig mijn hand en we lopen samen de eetkamer uit terwijl Nikolai en Alina met wat als in het Russisch op weer een ruzie lijkt beginnen.

15

NIKOLAI

"Ik zeg je, je kunt haar niet in het ongewisse laten," zegt Alina opnieuw terwijl Chloe en mijn zoon uit het zicht verdwijnen. "Het is haar vader. Ze verdient het om te weten wat je van plan bent."

Verdomde Pavel. Hij heeft Lyudmila over Bransford verteld en ze kon het natuurlijk niet laten om het aan mijn zus te vertellen - die opnieuw vastbesloten is om inspraak te hebben in een zaak die haar niet aangaat.

Ik kijk haar dreigend aan. "Je moet je er verdomme niet mee bemoeien. Dit is tussen mij en Chloe, begrepen?"

Alina's groene ogen knipperen naar me, een en al gewonde onschuld. "Ik ging me er niet mee bemoeien. Ik zeg alleen maar dat als je kans op een echte relatie met haar wilt maken, je het haar moet-"

Ik gnuif. "Wat weet jij over echte relaties?"

Ze haalt diep adem en recht haar schouders. "Luister, het was fout om me er laatst mee te bemoeien.

Ik kan me daar niet genoeg voor verontschuldigen. Maar het feit blijft: Chloe is niet zoals wij. Wat Bransford ook heeft gedaan, hij is nog steeds haar biologische va-"

"Hij is de verkrachter van haar moeder, meer niet." Ik kan mezelf er niet eens toe brengen om hem een spermadonor te noemen. Dat was *ik* de eerste vier jaar van zijn leven voor Slava, maar zodra ik van zijn bestaan hoorde, kon ik me niet voorstellen dat ik een haar op zijn hoofd zou krenken, laat staan de opdracht tot een aanslag op hem te geven... niet eens als hij op een dag de opdracht zou geven om een aanslag op mij te plegen.

Alina krimpt ineen bij mijn scherpe toon. "Dat weet ik. Ik zeg niet dat ze hem als familie ziet of zo. Maar ze verdient het nog steeds om geraadpleegd te worden."

"Waarom? Zodat ze zijn dood op haar geweten kan hebben?"

"Wat als ze hem niet dood wil hebben?"

"Dat is niet haar beslissing." Ik laat die klootzak echt niet leven, zelfs niet als Chloe erom smeekt.

"Maar dat zou het wel moeten zijn," zegt Alina gefrustreerd. "Als het om mij zou gaan-"

"Ik zou jou die last ook niet opleggen." Ik zou die zelf dragen, zoals ik nu doe.

Haar ogen worden donker. "Kolya..."

"Niet doen." De dood van onze vader is geen onderwerp dat ik met haar wil bespreken. Ooit. "Blijf verdomme uit mijn relatie met Chloe, begrepen?"

En voordat ze me nog meer kan irriteren, loop ik weg.

Ik breng de middag door met het inhalen van zaken - zelfs als mijn broers de meeste verantwoordelijkheid voor het conglomeraat van onze familie op zich nemen, is er voor mij genoeg om te doen - en dan zet ik de videofeed vanuit Chloe's kamer aan, waar ze zich voor het avondeten zou moeten klaarmaken.

En ja hoor, ik zie haar uit haar kast komen, al in een avondjurk gekleed. Even vraag ik me af hoe ze erin is geslaagd om zich zonder hulp om te kleden - ik was van plan om haar zo te gaan helpen - maar dan stapt mijn zus in het zicht van de camera.

"Ga hier staan," zegt ze tegen Chloe en begeleidt haar naar het raam. "Aangezien je arm buiten werking is, zal ik je make-up doen."

Ik leun achterover in mijn stoel en kijk geamuseerd toe hoe ze Chloe's gezicht met de verschillende tubes en penselen die ze uit een zakje haalt op begint te maken. Ik herinner me dat ze haar poppen ongeveer op dezelfde manier op stond te maken toen ze klein was. Ik denk dat ze het nooit is ontgroeid. Ik vind het niet erg. Chloe heeft geen make-up nodig - ze is mooi zoals ze is - maar dit is iets wat vrouwen doen als ze zich optutten en ik vind het leuk als mijn zaychik opgetut is. Of minder gekleed. Of beter nog, helemaal naakt.

Mijn lichaam verhardt zich bij de gedachte en ik

moet een paar keer diep ademhalen om mijn versnellende polsslag onder controle te krijgen. Ik kan haar niet hebben. Nog niet. Het maakt niet uit hoeveel pijn het fysiek doet om mezelf te verloochenen.

Voorlopig kan ik alleen kijken en plannen wat ik met haar ga doen als ze helemaal gezond is.

16

CHLOE

TOT MIJN OPLUCHTING IS DE SFEER TIJDENS HET ETEN NIET IN HET MINST GESPANNEN, deels omdat Pavel en Lyudmila zich bij ons voegen in plaats van in de keuken te blijven. Hun aanwezigheid draagt bijna net zo goed bij aan het feestelijke gevoel van de maaltijd als alle exotische, kleurrijke gerechten die op tafel staan.

Pavel heeft zichzelf vandaag overtroffen, het is meer een gastronomisch huwelijksfeest dan een verjaardag.

Afgezien van het prachtig verzorgde, heerlijke eten, is er volop alcohol, alles van wijn tot wodka en cognac. Om de paar minuten brengen Pavel, Lyudmila of Nikolai een toost op de jarige uit en drinken we - of in mijn geval neem ik een slokje wijn. Ik kan de grote hoeveelheden sterke drank die de Russen consumeren onmogelijk bijhouden. Nou ja, iedereen behalve Slava. Hij slurpt aan sinas - een traktatie voor speciale gelegenheden, vermoed ik, want het is de eerste keer dat ik het kind iets anders dan water zie drinken.

Terwijl de gang met vlees naar buiten komt, gaan het volume en de frequentie van proosten omhoog totdat het voelt alsof iemand non-stop het glas op Alina's gezondheid, schoonheid, slimheid of toekomstig succes heft. Het gesprek is een onstuimige mix van Russisch en Engels, het laatste waarschijnlijk alleen voor mij. Er wordt ook veel gelachen, samen met grappen die niet altijd logisch zijn als ze uit het Russisch worden vertaald - 'anekdotes', noemt Nikolai ze. Ze zijn iets in de trant van "een ezel en een paard lopen een bar binnen," maar veel creatiever en uitgebreider. Hij legt uit dat het vertellen van deze grappige anekdotes op sociale bijeenkomsten in zijn land een traditie is en dat zowat elke zichzelf respecterende Rus een repertoire heeft dat ze voortdurend aanvullen door het internet af te speuren en speciale boeken te kopen.

Tegen de tijd dat Pavel in de keuken verdwijnt en met een theeblad en een drielaagse, met kaarsen bezaaide taart naar buiten komt, lach ik zo hard dat ik ervan overtuigd ben dat ik ondanks mijn voorzorgsmaatregelen dronken ben geworden. Nikolai die bezig is om te amuseren is niet iets dat ik eerder heb gezien, en ik heb geen verdediging tegen zijn droge, geestige charme. Dat geldt voor iedereen aan tafel, zo lijkt het. Slava, die door suiker en volwassen vrolijkheid hyper is geworden, vergeet in dit alles om afstand van zijn vader te houden en klimt op zijn schoot, terwijl

Alina dronken haar arm om Nikolais nek slaat en hem een dikke knuffel geeft, waardoor er een afdruk van lippenstift op zijn wang achterblijft - dit is de eerste keer dat ik haar zich als een speelse jongere zus zie gedragen.

Het doet me beseffen hoe gereserveerd zij en alle anderen in dit huishouden gewoonlijk zijn, hoe weinig ik van een normale gezinsdynamiek tussen hen heb gezien.

Het besef brengt me weer bij zinnen, mijn voorzichtigheid opnieuw wakker makend, maar dan blaast Alina onder luid gejuich de kaarsen uit en vergeet ik dat ik niet op een typisch verjaardagsfeest ben, dat de prachtige, scherp geklede man die met zijn familie lacht zowel mijn gijzelnemer als mijn beschermer is.

Nikolai is gevaarlijk, en niet alleen omdat ik hem met mijn eigen ogen heb zien doden.

Het is omdat hij zo veel complexer is dan een man zonder geweten zou moeten zijn.

Als ik hem van dichterbij observeer, realiseer ik me dat hij, in tegenstelling tot alle anderen, niet dronken lijkt te zijn. Er zit een zekere berekende kwaliteit in zijn gelach en grappen, in de charmante, luchtige façade die hij heeft aangenomen. Het doet me aan Alina's bewering denken dat haar broer niets per ongeluk doet, dat al zijn acties gepland zijn.

Maar zelfs dit kan mijn hart er niet van weerhouden om zich van tederheid samen te knijpen als ik de oprechte zachtheid in zijn ogen zie terwijl hij zijn zoon voorzichtig omhelst - die nu giechelt en op zijn schoot zit te stuiteren terwijl hij in het Russisch kletst. Ik vang het woord 'papa' in de snelle stroom van woorden op en mijn borst zwelt op van een emotie die zo intens is dat de tranen achter mijn oogleden prikken.

Papa, Slava heeft hem ongevraagd in het Russisch papa genoemd.

Ze beginnen eindelijk een band als vader en zoon te krijgen.

Ik knipper het brandende vocht terug en kijk naar mijn half opgegeten toetje - om vervolgens de achterkant van mijn nek met vertrouwd bewustzijn te voelen tintelen. En ja hoor, als ik opkijk, is Nikolais blik op mij gericht, zijn tijgerogen zijn met zenuwslopende intensiteit gevuld.

Ik had gelijk. Hij is totaal niet dronken. De alcohol heeft hem in ieder geval scherper gemaakt, meer gefocust.

"Vind je de taart niet lekker, zaychik?" mompelt hij, zijn stem te zacht om naar de rest van de tafel te dragen, waar Pavel en Lyudmila alweer luid op Alina proosten. "Of zit je gewoon te vol?"

Mijn gezicht wordt warm. Waarom voelt die simpele vraag als een seksuele toespeling? Dat zou niet zo moeten zijn, zelfs niet met dat verleidelijke, intieme randje in zijn toon.

Hij houdt zijn zoon vast, in godsnaam.

"Ik zit vol," zeg ik, maar ik wil de woorden meteen

terugnemen als zijn mond zich in een boosaardige halve glimlach vormt.

Het is Slava die me redt. "Papa," zegt hij luid in het Engels, terwijl hij zijn lichaampje draait om zijn armen om Nikolais nek te slaan. "*Mijn* papa."

Nikolais blik verschuift naar zijn zoon, en de kwaadaardige glans in zijn ogen verdwijnt en wordt door een uitdrukking vervangen die zo pijnlijk teder is dat mijn hart bijna in mijn borst oplost. Dit is zoveel meer dan een kind dat nonchalant het woord 'papa' laat vallen.

Slava claimt Nikolai officieel als zijn vader en hij omhelst hem met alle bezitterigheid die hij in zijn kleine Molotov-hart heeft.

Ik forceer de woorden langs de groeiende brok in mijn keel. "Ja, lieverd. Dat is *jouw* papa. Goed gedaan." De stomme tranen branden weer achter mijn oogleden en ik besef dat mijn vreugde om dit te zien bitterzoet en getint met jaloezie is.

Als kind had ik ervan gedroomd om mijn vader te ontmoeten - en hem precies op deze manier te omhelzen.

Gelukkig kijkt Nikolai me niet aan. Al zijn aandacht gaat naar zijn zoon. Hij mompelt iets in het Russisch en strijkt zachtjes Slava's haar naar achteren... en mijn keel dreigt helemaal dicht te gaan als ik een kleine trilling in zijn sterke, eeltige hand opmerk.

Wat ik op Nikolais gezicht zie, is slechts het topje van de emotionele ijsberg. De machtige, meedogenloze man die voor me zit wordt volledig tenietgedaan door zijn zoon.

Moeizaam slikkend, dwing ik mezelf om weg te kijken voordat het mij ook teveel wordt. Het is al erg genoeg dat mijn lichaam voor hem smelt, nu doet mijn hart ook mee. Ik kan hem vanaf nu op geen enkele manier als een psychopaat bestempelen, ik kan op geen enkele manier doen alsof de meedogenloze moordenaar voor wie ik gevallen ben, niet tot echte emoties in staat is.

Wat Nikolai misschien wel of niet voor me voelt, hij is tot over zijn oren verliefd op zijn jonge zoon.

17

CHLOE

HET ETENTJE DUURT TOT LAAT IN DE AVOND, DUS IK krijg daarna niet de kans om met Alina samen te zijn. Tegen de tijd dat Nikolai me naar mijn kamer draagt en me met douchen en omkleden helpt, ben ik zo dronken en uitgeput dat ik bijna in zijn armen in slaap val.

Pas de volgende ochtend realiseer ik me dat ik, in tegenstelling tot mijn angsten, niet in Nikolais bed ben beland. Opnieuw was hij de perfecte verzorger geweest, die voor me had gezorgd zonder er iets voor terug te eisen. Zelfs de overvloedige hoeveelheid alcohol had zijn zelfbeheersing niet ondermijnd - hoewel ik vermoed dat het feit dat ik min of meer in coma was toen hij me naar boven bracht, bij zijn besluit heeft geholpen.

Na die scène met zijn zoon, heb ik me tot de wijn gewend om mijn weerbarstige emoties te beheersen, en tussen dat, de pijnstiller die ik eerder op de dag had genomen en mijn nog steeds genezende lichaam, was ik in feite een menselijke boomstam.

Gelukkig heb ik niet zo'n kater, dus ik ben op tijd bij het ontbijt. Tot mijn opluchting - en meer dan lichte teleurstelling - is Nikolai er niet.

"Met Rusland aan het bellen," legt Alina uit. Net als ik lijkt ze niet erg veel last van de nachtelijke festiviteiten te hebben en na het ontbijt voegt ze zich bij mij en Slava in onze speellessen, en gaat ze zelfs zo ver dat ze haar neefje in een spelletje tikkertje achtervolgt, ondanks het feit dat ze haar gebruikelijke kleding van een deftige jurk en hoge hakken draagt.

"Ik heb geen idee hoe het kan dat je tenen er niet af vallen," zeg ik terwijl ik naar haar stiletto's kijk, en ze lacht en legt uit dat ze zo gewend is om zulke schoenen te dragen dat sneakers voor haar raar aanvoelen.

"Russische vrouwen zijn er trots op dat ze in naam van schoonheid allerlei soorten ongemak kunnen verdragen," vertelt ze me wrang. "Het is onze lijdzame, masochistische aard. Dus terwijl leggings en dergelijke hun intrede in mijn thuisland hebben gedaan, zul je onze schoenen met hoge hakken van onze koude, dode voeten moeten wrikken."

Ik lach en laat het onderwerp varen. Ik mag Alina echt heel graag. Haar schoonheid was in het begin zo intimiderend dat het even duurde voordat ik er voorbij kon zien. Nu ik dat heb gedaan, realiseer ik me dat veel van haar aanvankelijke terughoudendheid een vorm van zelfbescherming was. Zoals het nu met haar familie is, heeft ze haar glanzende, prikkelbare façade nodig om haar kwetsbaarheid te verbergen - en het trauma waar ze nog steeds van aan het herstellen is.

In de komende dagen gaat mijn wens om Alina beter te leren kennen in vervulling, deels omdat Nikolai veel van mijn zorg aan haar heeft gedelegeerd. Nu is zij het die me met aankleden en douchen helpt, hoewel hij nog steeds degene is die het verband om mijn arm verwisselt als dat nodig is.

Ik vermoed dat het komt omdat naarmate ik beter word, hij zijn zelfbeheersing niet vertrouwd om stand te houden.

Ik vind het niet erg. Dit stelt me niet alleen in staat om een schijn van emotioneel evenwicht te bewaren als ik hem zie, maar Alina en ik ontwikkelen een echte verstandhouding. Nu mijn enkel snel beter begint te worden en mijn arm eindelijk uit de mitella is, maken we korte wandelingen in de buurt van het huis - waarbij ze haar stiletto's wel voor stijlvolle laarzen verwisselt - en we brengen veel tijd met Slava door, wiens Engels razendsnel vordert.

Ik denk dat het hem helpt als hij luistert wanneer ik met Alina praat. Hij begint woorden en zinnen op te pikken die ik hem niet formeel heb geleerd.

Het enige minpuntje is Alina's weigering om te praten over wat er met haar vader is gebeurd - of in het algemeen over haar familie en haar verleden. Hoe erg ik ook mijn best doe om iets te ontfutselen, ze onthult niets, en nu Nikolai me mijdt, behalve tijdens verbandwisselingen en maaltijden, ben ik geen stap dichter bij het krijgen van antwoorden.

In zekere zin vind ik dit ook niet erg. Hoe graag ik ook wil begrijpen hoe een man die zo openlijk genegenheid voor zijn zoon begint te tonen de verschrikkelijke misdaad van vadermoord kan hebben begaan, als ik niet alle details weet, dan dwingt het me om het uit mijn hoofd te zetten. Hetzelfde geldt voor de situatie met Bransford. Zonder updates te krijgen, kan ik uren, zelfs dagen doorgaan zonder bij het gevaar stil te staan dat mijn biologische vader vormt en wat mijn toekomst kan brengen.

Deze rustige, gemakkelijke dagen voelen als een onderbreking van de tijd, een onderbreking van de angstaanjagende realiteit die mijn leven is.

Een onderbreking die eindigt wanneer het mysterieuze meisje arriveert.

18

CHLOE

Slava en ik staan voor het huis en kijken naar drie eekhoorns die van boom tot boom achter elkaar aan zitten, als de zwarte pick-up de oprit oprijdt. De ramen zijn niet zo donker getint als die van het voertuig van de overleden moordenaars, maar ik sta nog steeds stokstijf stil waar ik sta, overvallen door een flashback die zo intens is dat het koude zweet me uitbreekt.

"Chloe? Chloe, wie is dat? Wie is dat, Chloe?"

Ik knipper met mijn ogen naar Slava, die aanhoudend aan mijn mouw trekt, en probeer de gruwelijke herinneringen aan mijn Toyota die tegen de boom werd gesmeten terug te dringen. Ik dacht dat ik over wat er was gebeurd heen begon te komen - zelfs mijn nachtmerries zijn tijdens deze hectische dagen afgenomen - maar ik denk dat ik mezelf voor de gek hield.

Ik ben net zomin van mijn trauma als Alina van het hare hersteld.

"Wie is dat?" vraagt Slava nog een keer, op zijn hielen heen en weer wiegend terwijl de truck een paar meter van ons vandaan tot stilstand komt. Omdat zowel zijn Engelse vaardigheden als zijn relatie met Nikolai zijn verbeterd, is hij tot mijn grote vreugde veel meer een assertieve - en soms irritante - kleine jongen geworden.

Het lukt me om warm naar hem te glimlachen. "Ik weet het niet, schat. Laten we eens kijken."

We staren met zijn tweeën aandachtig naar de auto terwijl de bestuurderskant opengaat en een tengere jonge vrouw gekleed in een spijkerbroek, een nauwsluitend wit T-shirt en versleten wandelschoenen van de stoel springt. Ze is tenger en heeft toch subtiele rondingen, met delicate, symmetrische gelaatstrekken en dik blond haar wat hoog op haar hoofd in een rommelige knot is vastgemaakt. Ze lijkt zeventien of achttien jaar oud te zijn en ze doet me aan een kruising tussen Saoirse Ronan en Marilyn Monroe denken - als een van beide aan de speed had gezeten.

Als een wervelwind komt ze op ons af. "Hallo daar! Jij moet Chloe zijn." Voordat ik kan antwoorden, pakt ze mijn hand en schudt ze er enthousiast mee. Dan valt ze op haar knieën en kijkt stralend naar Slava. "*A ti Slavochka, da?*"

Haar plotselinge schakeling naar het Russisch overrompelt me. Ze had in puur Amerikaans Engels tegen me gesproken. Slava lijkt ook verrast te zijn. Geen van de volwassenen om hem heen is meestal zo bruisend en energiek.

"Hoi," zeg ik terwijl ze weer overeind springt. Letterlijk springt, als een kind. Misschien is ze nog jonger dan ik dacht? "Ik *ben* inderdaad Chloe. En wie ben jij?"

Haar brede grijns zorgt voor kuiltjes, haar grijze ogen fonkelen aantrekkelijk. "Je mag me Masha noemen."

"Leuk je te ontmoeten, Masha. Ben je-"

"Waar is Nikolai?" onderbreekt ze me. "Ik ben hier om hem te zien."

Er wringt iets diep in mij, een lelijke achterdocht die zich in mijn hoofd vormt. "Hij zou in zijn kantoor moeten zijn. Wil je dat ik je daarheen breng?"

"Niet nodig," zegt ze luchtig en rent naar het huis.

Het knijpende gevoel verandert in een ronduit omdraaien van mijn maag. Dit meisje is mooi - meer dan mooi. Ze is oogverblindend, zelfs in haar vrijetijdskleding. Doe haar een van Alina's jurken aan en ze kan over de catwalk lopen - of in ieder geval op de rode loper, want ze heeft niet eens mijn lengte. En hoewel ze jong is, is ze verre van kinderlijk. Sterker nog, haar zelfverzekerde manier van doen doet me denken dat ze misschien helemaal geen tiener is. Terwijl ik haar het huis in zie verdwijnen, herinner ik me dat Nikolai, voordat hij mij ontmoette, de gewoonte had om allerlei mooie vrouwen hierheen te laten vliegen - waaronder, voor zover ik weet, misschien wel deze Masha.

Hoe lijkt ze anders te weten waar ze heen moet? Of waar heeft ze anders over Slava gehoord?

Of over mij?

Dat laatste past niet in deze theorie, moet ik toegeven. Als zij de scharrel van Nikolai is, heden of verleden, waarom zou hij haar dan over mij vertellen? Tenzij ze natuurlijk een rare vrienden-die-met-elkaar-naar-bed-gaan-situatie hebben, en, in tegenstelling tot mij, ze geen jaloers bot in haar lichaam heeft.

"Heb je haar ooit eerder gezien?" vraag ik aan Slava, terwijl ik mijn best doe om mijn toon ongedwongen te houden. "Ik bedoel, vóór vandaag?"

Slava knippert naar me op. Hij begrijpt nu een deel van wat ik zeg, maar niet alles.

Met een zucht pak ik zijn hand en leid hem naar het huis. Ik begrijp niet waarom ik zo graag wil weten wie deze jonge vrouw is - als Nikolai zijn interesse in mij verliest, dan kan dat alleen maar het beste zijn. Maar wat mijn rationele geest ook zegt, alleen al de gedachte aan hem met Masha zorgt ervoor dat ik elk bot in haar kleine, Marylin Monroe-achtige lichaam wil breken.

19

CHLOE

IK LAAT SLAVA BIJ LYUDMILA IN DE KEUKEN ACHTER EN GA NAAR NIKOLAIS KANTOOR. Mijn ribbenkast staat strak terwijl ik de trap op ga.

Het is dom om jaloers te zijn. Irrationeel. Maar ik kan het niet helpen dat het groene monster zich naar buiten klauwt. Wat als ik Nikolais vermijding van mij de afgelopen twee weken volledig verkeerd heb geïnterpreteerd? Misschien wil hij me niet meer, in plaats van tegen zijn verlangen naar mij aan het vechten te zijn. Door voor mijn verwondingen te zorgen, is hij mijn lichaam misschien in een ander licht gaan zien.

Ik ben nooit bijzonder onzeker over dat lichaam geweest, maar ik heb ook nog nooit een relatie met een man gehad die zo goddeloos mooi als Nikolai is.

Wacht, nee, we hebben geen relatie. Dat was misschien eerder zo, toen ik dacht dat hij een normale, gezagsgetrouwe - zij het obsceen rijke - man was. Ik weet niet hoe ik het nu moet noemen. Als de persoon met wie je naar bed bent geweest je gevangenhoudt en je ook tegen iemand beschermt die je wil vermoorden, is dat dan een relatie? In ieder geval van de niet-Stockholm-syndroomvariant? Om nog maar van het feit te zwijgen dat hij technisch gezien nog steeds mijn werkgever is - de enveloppen met geld liggen stipt elke dinsdag in mijn kamer.

Ik zet die overpeinzingen voorlopig aan de kant en nader de deur van zijn kantoor. Het is dicht, en als ik er met mijn oor tegenaan druk, hoor ik stemmen die Russisch spreken. Terwijl ik luister, kan ik de heldere, vrouwelijke tonen van de nieuwkomer onderscheiden, samen met de diepe, zachte, gevaarlijk verleidelijke klanken van Nikolai.

“Wat ben je aan het doen?”

Geschrokken draai ik me om en kijk Alina aan, die nieuwsgierig in de gang staat. “Uhm...”

In haar ogen glinstert amusement. “Bespioneer je mijn broer?”

“Nee, natuurlijk niet.” Ik voel mijn gezicht branden terwijl ik een goede verklaring bedenk. “Ik was gewoon-”

“Kom mee.” Ze pakt mijn elleboog en trekt me door de gang naar haar kamer, waar ze me bijna naar binnen duwt voordat ze zich naar me omdraait. “Oké, vertel het me nu. Wat is er aan de hand?”

“Niets.”

Ze trekt een wenkbrauw op en lijkt verontrustend veel op haar broer.

Ik geef toe. "Oké prima. Er is net een jonge vrouw aangekomen, en-"

"Bedoel je Masha?"

De moed zakt me in de schoenen. "Ken je haar?"

"Ze is Valery's nieuwste vondst." Bij mijn niet-begrijpende blik zegt ze, "Mijn jongste broer verzamelt mensen met verschillende nuttige vaardigheden. Ik heb geen idee wat die van haar zijn, maar ik heb haar kort bij hem thuis gezien voordat we Moskou verlieten, en in tegenstelling tot zijn andere huisdieren, heeft ze zichzelf voorgesteld."

"Zijn huisdieren?"

Ze knikt. "Zo noem ik ze. Hij wekt bij deze mensen een bijna pathologische loyaliteit op."

Huh, oké. Misschien is ze niet Nikolais scharrel - of in ieder geval niet alleen dat.

"Heeft Nikolai haar ook ontmoet? In Moskou? Of-"

"Chloe..." Alina aarzelt en zegt dan vriendelijk, "Ik denk niet dat je je op die manier zorgen om haar hoeft te maken."

Mijn gezicht wordt weer rood. "Ik ben niet—"

"Dat ben je wel en ik snap het. Ze is ongewoon mooi. Maar ze is hier niet om Nikolais bed te verwarmen."

"Dus je weet waarvoor ze hier is?" Mijn opluchting wordt snel door angstige nieuwsgierigheid overschaduwd. Om de een of andere reden voelt de komst van deze Masha onheilspellend aan, als een slecht voorteken.

Alina aarzelt weer en schudt dan haar hoofd. "Niet echt. Je zou over dit alles met Nikolai moeten praten."

"Dit alles? Heeft het met je vader te maken?"

Haar ineenkrimping is bijna onmerkbaar, net als haar snel verborgen verbazing. "Ik kan niets zeggen," zegt ze, haar uitdrukking zorgvuldig versluierd. "Mijn broer is degene met alle antwoorden."

Ik staar haar aan, mijn gedachten tollen. Als dit niet over haar vader gaat... "Heeft dit iets met *mij* te maken?"

Ze zucht. "Praat gewoon met Nikolai, Chloe. Alsjeblieft."

En voordat ik haar verder onder druk kan zetten, leidt ze me haar kamer uit.

Ik krijg pas later op de avond de kans om met Nikolai te praten. Hij brengt de hele middag in zijn kantoor door met Masha - dat weet ik, want ik ben tientallen keren langs zijn deur gelopen. Op een gegeven moment heeft Pavel zich bij hen gevoegd en het gemompel van twee stemmen worden er drie, waarbij het gegrom van de beerman gemakkelijk te herkennen is.

Tegen etenstijd vertrekt Masha - Slava en ik kijken uit zijn slaapkamerraam toe hoe haar pick-up truck vertrekt - maar een maaltijd met de familie is geen goed moment om Nikolai over een potentieel brandbare kwestie te ondervragen, dus ik slik mijn brandende vragen in en wacht.

Mijn moment komt na het eten, wanneer Lyudmila de tafel afruimt en iedereen opstaat om naar hun kamers te gaan. Het hele diner heb ik Nikolais intense tijgerblik op me gevoeld, de speculatie in zijn blik gevoeld.

Wat er ook gebeurt, het heeft met mij te maken. Ik ben er nu bijna zeker van.

Alsof ze van mijn plan op de hoogte was, grijpt Alina Slava vast en verdwijnt met een recordsnelheid de trap op, mij en Nikolai alleen in de eetkamer achterlatend.

"Kunnen we een slaapmutsje pakken?" vraag ik terwijl hij zich ook omdraait om weg te gaan. Mijn stem is vast, zelfs als mijn hart onregelmatig klopt. Dit is in meer dan één opzicht gevaarlijk. Niet alleen riskeer ik een einde aan de rust en kalmte te maken die de afgelopen twee weken in mijn leven heerste, maar mijn schotwond is ook bijna volledig genezen.

Als Nikolai op die manier nog steeds in me geïnteresseerd is, dan is er weinig dat hem ervan zal weerhouden om naar dat verlangen te handelen.

Hij draait zich weer naar me om. Zijn kaak staat strak, zijn ogen glimmen als oude barnsteen. "Een slaapmutsje? Ik dacht dat je niet zo'n fan van digestieven was, zaychik."

Ik slik tegen de droogte in mijn keel in. "Ik heb zin in een beetje cognac."

Ik kan het in ieder geval gebruiken om me moed in te drinken.

Nikolais stem wordt ruwer. "Oké. Geef me even een

momentje." Hij verdwijnt in de keuken en komt met een dienblad met kristallen karaffen omringd door drinkglazen tevoorschijn. Pavel moet vanavond geen serveerdienst hebben - dat of Nikolai wil ook privacy.

Terwijl hij ons elk een drankje inschenkt, ga ik weer zitten en veeg mijn vochtige handpalmen stiekem aan de rok van mijn avondjurk af. Het is van een zijden materiaal in een koraal-perzikachtige tint gemaakt die, volgens Alina, mijn teint er "helemaal goudkleurig en glimmend" uit laat zien. Ik vraag me af of Nikolai dat ook denkt, of dat het enige wat hij ziet als hij me nu aankijkt de lerares van zijn zoon is.

Wat goed zou zijn. Geweldig, echt. Ik zou niet willen dat zo'n gevaarlijke man op mij gefixeerd is en allerlei zenuwslopende beweringen over het lot doet en-

"Wat wilde je bespreken, zaychik?" Nikolais stem is weer van geborsteld fluweel terwijl hij in de stoel tegenover me wegzakt. Terwijl hij de cognac in zijn glas laat ronddraaien, kijkt hij me over de rand aan, zijn oogleden zijn half gesloten. "Ik neem aan dat je hier niet bent omdat je ineens naar mijn gezelschap verlangt."

Mijn huid wordt helemaal rood. Ik verlang eigenlijk wel naar zijn gezelschap, hoe onwillig ik ook ben om het toe te geven. Sinds onze bloemenplukexpeditie hebben we niet veel tijd samen doorgebracht, althans niet alleen. Tijdens de maaltijden dienen Alina en Slava als buffer en zijn Lyudmila en Pavel altijd op de achtergrond aanwezig. Zelfs het verband verwisselen is gestopt, omdat hij tijdens de enige keer dat hij alleen mijn kamer binnenkwam, zag dat er zich een korst op mijn wond had gevormd en het niet langer bedekt hoeft te worden.

De waarheid is dat ik de afgelopen dagen nauwelijks contact met hem heb gehad, en ik heb het gemist. Ik heb onze gesprekken gemist, zijn niet aflatende focus op mij... zelfs de manier waarop hij me het gevoel geeft dat ik een muis ben waarmee door een eng hete kat wordt gespeeld. Ik kan hem dit natuurlijk niet laten weten. Niet als ik nog een greintje hoop heb dat mijn leven ooit weer normaal zal worden - een normaal waarbij geen gevaarlijke mannen betrokken zijn die martelen en doden.

Ik adem in en duik er meteen in. "Waarom was ze hier? Wie is ze?"

Hij zwijgt even en bestudeert me op die intense manier van hem terwijl de cognac onaangeroerd in zijn hand blijft. "Ze is een middel," zegt hij ten slotte. "Mijn broer Valery heeft haar gestuurd toen ik je situatie had uitgelegd."

Mijn hart maakt een sprongetje en mijn mond wordt droog. Na mijn gesprek met Alina vroeg ik me af of dit het geval zou kunnen zijn, maar om het zo bot te horen bevestigen... Trillend reik ik naar mijn cognac, neem een slok en laat een pad van vuur langs mijn slokdarm glijden. "Wat voor soort middel?" vraag ik wanneer de drang om te hoesten afneemt.

"Oorspronkelijk het soort van de overheid. Nu die van ons."

Een spion dus, of een ander soort agent - en lang niet zo jong als ik dacht als ze zo'n achtergrond heeft. Ik veronderstel dat ik het kan zien. Als ik Masha op straat had ontmoet, dan had ik nooit vermoed dat ze een 'middel' was, maar dat is waarschijnlijk het punt. Die sprankelende, jeugdige buitenkant zorgt voor een effectief masker.

Voordat ik kan vragen wat precies haar rol in mijn situatie is, spreekt Nikolai nog een keer. "Zaychik..." Zijn toon is weer verontrustend zacht. "Het is bevestigd. Bransford is je biologische vader."

Mijn hartslag schiet verder omhoog, een rilling prikt in de huid van mijn armen. "Je bedoelt..."

"Masha heeft een DNA-monster van Bransford te pakken gekregen. Het is een match met die van jou."

Een match met die van mij. Mijn maag draait zich misselijkmakend om, de kou verspreidt zich naar de rest van mijn lichaam. Ik wist dat dit het geval moest zijn vanaf het moment dat Nikolai me had verteld wat zijn oudere broer had ontdekt, maar een deel van mij moet nog steeds een sprankje hoop hebben gehad.

Een hoop die nu verpletterd en tot stof vermalen is.

"Waarom heb je-" Ik stop om de heesheid in mijn keel te verwijderen. "Waarom wilde je het bevestigen?"

Ik wil er niet aan denken hoe deze Masha aan het monster van Bransford of aan die van mij is gekomen. Dat laatste moet eigenlijk makkelijk zijn geweest: mijn tandenborstel, een paar losse haren op mijn kussen, een kopje waar ik uit gedronken heb... Een presidentskandidaat met alle bijbehorende beveiliging, aan de andere kant-

"Omdat ik het zeker moest weten."

Ik knipper met mijn ogen en realiseer me dat ik mijn gedachten van de hoofdvraag heb laten afdwalen. "Maar waarom? Ik bedoel, begrijp me niet verkeerd, ik ben dankbaar." Tenminste, ik denk dat ik dat ben. Is het beter om te weten dat je het nageslacht van een moordende verkrachter bent of om gewoon een sterk vermoeden te hebben?

Nikolai zet zijn glas neer, de vloeistof die erin zit nog onaangeroerd. "Ik heb beloofd om je te beschermen, zaychik."

De kou golft weer over me heen, mijn geest waagt zich op een pad waarvan ik wilde dat hij niet die kant op zou gaan. "Dat heb je gedaan. Dat heb je. Ik ben hier veilig, nietwaar?" In ieder geval voor Bransford.

Hij leunt naar voren, zijn grote, warme handpalmen bedekken mijn bevroren handen. "Dat ben je. En je zult nog veiliger zijn als hij niet langer een bedreiging voor je is."

Ik staar in zijn hypnotiserende irissen, dat rijke, diepe goud gespikkeld met groen. "Hoezo geen bedreiging?" Ik heb juist om deze reden vermeden om aan de toekomst te denken: omdat ik me er geen voor kan stellen waar Bransford *geen* bedreiging zal vormen. Net als een schildpad, was ik tevreden om me in mijn schild te verstoppen, om per dag, per uur te leven, terwijl ik mezelf voorhield dat ik er uiteindelijk achter zou komen en de moordenaar van mijn moeder voor het gerecht zou brengen.

Maar Nikolai niet. Hij heeft zich niet voor de realiteit verstopt - hij is aan het plannen geweest. En het is de aard van die plannen waardoor ijzige vingers over mijn ruggengraat dansen.

Ik heb het gevoel dat Nikolais idee van gerechtigheid drastisch van het mijne verschilt.

Hij lacht alsof ik een naïef kind ben. "Je hoeft je geen zorgen te maken, zaychik. Ik regel het."

Voor een kort, laf moment kom ik in de verleiding om precies dat te doen: me geen zorgen te maken, de zaak in zijn bekwame, meedogenloze handen te laten... degenen die de mijne zo bezitterig, zo zachtaardig vasthouden.

Dezelfde handen die zonder aarzeling twee levens voor mijn ogen hadden genomen.

Het is die herinnering, die levendige herinnering aan het geschreeuw van de gemartelde huurmoordenaar, die het voor me bepaalt. Ik heb misschien een talent ontwikkeld om de realiteit te vermijden, maar zelfs ik kan mijn ogen niet sluiten en doen alsof ik blind ben.

"Wat ga je met hem doen?" Mijn stem is even onvast als mijn polsslag. "Nikolai, alsjeblieft, ik moet het weten. Wat ga je doen?"

De kleine spieren rond zijn ogen spannen zich aan - de enige verandering in zijn gezichtsuitdrukking. "Niets dat hij niet verdient."

Ik trek me terug en trek mijn handen uit zijn greep. "Je kunt hem niet doden."

"Waarom niet?" Zijn stem is gelijkmatig, zijn toon zo flauw alsof we het over naar een feest gaan hebben. Hij leunt achterover en pakt zijn cognac weer, en deze keer neemt hij een rustige slok voordat hij hem neerzet.

Ik kijk hem ongelovig aan. "Omdat hij een *persoon* is." Hoezo is dit niet vanzelfsprekend? "Een kwaadaardig mens, absoluut, maar je kunt niet zomaar iedereen vermoorden die-"

"Die probeert om jou te vermoorden? Dat kan ik en dat zal ik."

Mijn hart slaat een slag over. Hij meent het, ik kan het zien, en het besef vervult me met allerlei gestoorde emoties: dankbaarheid bedekt met doodsangst, hoop omzoomd met angst, en, het meest verontrustende, een wraakzuchtige soort leedvermaak.

Ik wil Bransford dood voor wat hij mijn moeder heeft aangedaan. Ik wil het zo graag dat ik het kan proeven. En ik wil het ook voor mezelf. Ik wil mijn leven terug, mijn vrijheid, mijn gemoedsrust. Ik wil de hele nacht doorslapen zonder nachtmerries te hebben en om zonder angst over straat te lopen. Ik wil niet meer in elke pick-up, elk onbekend gezicht gevaar zien.

Ik wil dat Bransford onder de groene zoden ligt en als Nikolai het voor elkaar krijgt, dan ben ik vrij... en net zo'n moordenaar als dat hij is.

Het is die laatste gedachte die mijn duistere verlangen verplettert. Hoe graag ik ook vrijheid en wraak wil, we hebben het over moord - koelbloedige moord met voorbedachten rade. Het was één ding dat Nikolai de twee gewapende moordenaars in het bos had gedood. Hoe verontrustend het ook was om er getuige van te zijn, wat hij deed is uiteindelijk niet anders dan wat een agent in zijn situatie zou hebben gedaan, minus het martelgedeelte. Waar we het nu over hebben is een heel ander niveau van verknipt, en hoewel een deel van mij niet anders kan dan verheugd zijn over Nikolais bereidheid om me tot op deze hoogte te beschermen, kan ik niet toekijken en het laten gebeuren.

Omdat een beroep op gezond verstand doen niet heeft gewerkt, probeer ik het over een andere boeg te gooien. "Nikolai, alsjeblieft. Wees redelijk. Hij is een prominente politieke figuur. Je kunt hem niet gewoon even doden. Het zou een moordaanslag zijn, een met grote wereldwijde gevolgen. De FBI, de CIA, de media-"

"Dat weet ik. Daarom moest ik zeker zijn van zijn schuld."

Er loopt weer een koude rilling over mijn rug. Zijn gezicht is onverbiddelijk, zijn stem nog steeds verontrustend gelijkmatig. Hij heeft hier goed over nagedacht, dit is van zijn kant geen impuls.

Om mij te beschermen, gaat hij een presidentskandidaat uitschakelen, en er is niets wat ik kan doen om hem van gedachten te doen veranderen.

Ik probeer het toch, al is het maar om *hem* te beschermen. "Hoe zit het met je familie? Het leven dat je hier met Slava opbouwt? Als ze erachter komen dat jij erachter zit-"

"Dat zullen ze niet."

"Hoe kun je daar zo zeker van zijn? Er zal een wereldwijde klopjacht zijn, het soort dat niet meer is gezien sinds-"

"Zaychik..." Hij leunt naar voren en bedekt mijn handen weer, waardoor ik me realiseer dat ik ze handenwringend op tafel had liggen. Zijn stem is zacht, zijn toon griezelig kalm terwijl zijn blik de mijne vasthoudt. "Ik weet wat ik doe. Bransford zal sterven en dat zal een natuurlijke oorzaak hebben. Zijn partij zal rouwen, de natie zal rouwen, en dan zullen ze met een ander glanzend nieuw ding verder gaan, een andere politicus met een zilveren tong."

"Natuurlijke oorzaak? Op zijn vijfenvijftigste?"

"Een hartafwijking, tot nu toe niet gediagnosticeerd. Het zal behoorlijk tragisch zijn." Hij leunt achterover en pakt zijn glas. "Waar een wil is, is een weg - en wij Molotovs blinken uit in het vinden van die wegen."

20

NIKOLAI

ZE STAAT BEVEND OP EN STAART ME AAN, EN IK VECHT tegen de neiging om haar in mijn armen te nemen. Ik vecht ertegen omdat onder de behoefte om te troosten duistere, gevaarlijkere driften schuilgaan, die uit een honger geboren zijn die zo diep en woest is dat ik er zelfs bang voor ben.

Als ik er eenmaal aan toegeef, als ik het beest loslaat dat in me gromt, dan is er geen weg meer terug.

Ik heb haar twee weken gegeven. Gedurende twee weken die eeuwen leken te duren heb ik het onmogelijke gedaan en ben weggebleven. Nou, niet helemaal. Ik heb tientallen uren via de camera's in Slava's kamer en in haar slaapkamer naar haar gekeken, maar dat en onze korte interacties tijdens de maaltijden hebben mijn kwelling alleen maar vergroot.

Ik heb mezelf nooit als een masochist beschouwt, maar dat moet ik wel zijn, want ik heb gewillig de voortreffelijke marteling omarmt om haar binnen handbereik te hebben, maar mezelf niet toe te staan om haar te bezitten.

En vanavond, zo lijkt het, is de ultieme test van mijn zelfbeheersing. Omdat ze me eindelijk op heeft gezocht, maar niet om de redenen die ik wilde. Een deel van me had gehoopt dat ze me zou missen, dat ze naar me toe zou komen omdat ze mij met dezelfde wanhoop wil als dat ik haar wil.

Omdat ze met alles wat het inhoudt klaar is om de mijne te zijn.

"Ik zou naar bed moeten gaan," zegt ze met een onvaste stem, en ik moet een golf van teleurstelling bedwingen. Wat had ik dan verwacht? Ze is geschokt, en met een goede reden. Weinig gewone burgers beseffen hoe gemakkelijk het is om een moord op iets anders te laten lijken - als dat de gewenste uitkomst is. Alle spraakmakende moorden en stralingsvergiftigingen die het nieuws halen, zijn bedoeld om nieuwswaardig te zijn. Ze zijn een boodschap, een waarschuwing voor anderen die misschien proberen tegen een zaak in te gaan.

Voor elk exotisch gif dat naar geheime overheidsbetrokkenheid schreeuwt, zijn er tientallen gezondheidsproblemen en routine ongevallen die de obstakels op de paden van machtige, meedogenloze mensen wegnemen... mensen zoals mijn familie.

Dit is niet de eerste geheime moord die ik heb moeten plannen.

Oorspronkelijk was ik niet van plan om Chloe er iets van te vertellen. Ze zou net als iedereen op het nieuws over de dood van Bransford hebben vernomen, en alle vermoedens die ze op dat moment had gehad, zouden lang niet zo zwaar zijn geweest als de kennis die ze nu bij zich draagt. Maar ze kwam vanavond naar me toe om antwoorden te eisen, en ik kon mezelf er niet toe brengen om tegen haar te liegen. In zekere zin is mijn zus daar ook verantwoordelijk voor. Hoewel Alina in de buurt van Chloe haar mond heeft gehouden, is ze bijna dagelijks naar me toe gekomen en heeft ze erop gestaan dat Chloe het recht heeft om te weten wat ik van plan ben, dat het haar beslissing moet zijn.

Ik ben het absoluut niet met het laatste eens, maar ik ben de waarde van het eerste gaan inzien. Ik wil niet dat mijn zaychik zich druk maakt over haar situatie, bang dat er elk moment nog meer moordenaars op onze stoep zullen staan. Niet dat ze erdoor zouden komen, maar toch, het moet een last voor haar zijn, de wetenschap dat iemand daarbuiten haar dood wil hebben.

Dat haar biologische vader haar dood wil hebben.

Nee, het is het beste dat ik het haar heb verteld. Masha heeft minstens een paar weken nodig om haar missie te voltooien, en op deze manier weet Chloe dat ik het afhandel en dat ze zich geen zorgen hoeft te maken.

Nu ze haar bezwaren bekend heeft gemaakt, kan ze zich met een zuiver geweten ontspannen. Het is mijn beslissing, mijn zonde, niet de hare.

Ik sta op en glimlach naar haar, in de hoop dat ze de

verwrongen honger in mijn ogen niet kan zien, de donkere behoefte die als verse lava in mijn aderen borrelt. "Natuurlijk. Als je moe bent, moet je naar bed gaan, zaychik."

Hoe graag ik haar ook wil claimen, vanavond is niet het moment. Ik heb te veel honger, bevind me te dicht bij de rand, en hoewel haar verwondingen zo goed als genezen zijn, is ze nog lang niet in de buurt waar ze moet zijn om me aan te kunnen.

Ze deinst achteruit, alsof ze mijn gedachten kan lezen, maar dan trekken haar schouders zich recht en komt haar tere kin omhoog. "Nee," zegt ze resoluut en ze stapt om de tafel naar me toe. "Ik ga niet weg voordat je belooft een van die 'wegen' te vinden."

21

CHLOE

Ik weet dat dit een slecht idee is. Ik weet ook dat ik geen lafaard kan zijn en weg kan sluipen alsof hij niet net heeft toegegeven dat hij van plan is om namens mij een man te vermoorden. Een vreselijke, nare man, maar nog steeds een man... die toevallig mijn biologische vader is.

Er flikkert iets donkers in Nikolais ogen als hij op me neerkijkt, en dan pas merk ik de gevaarlijke strakheid van zijn kaak op.

"Zaychik..." Zijn stem is een zacht gegrom. "Je moet gaan. Nu. Nu het nog kan."

Mijn adem stokt terwijl het besef van wat hij bedoelt bij me binnenkomt, mijn hartslag versnelt en mijn spieren verlammen.

Hij wil me nog steeds, heel graag, maar om wat voor reden dan ook, houdt hij zichzelf in.

Ik zou naar hem moeten luisteren. Ik zou me terug moeten trekken en moeten gaan terwijl hij me deze kans geeft. Als ik dat niet doe, dan zal het alles veranderen, dan zal het een einde aan de onderbreking maken, de afstand tussen ons overbruggen die me zo veilig heeft gehouden.

Omdat het grootste gevaar voor mij niet daarbuiten is.

Het is hier.

Hij is het altijd geweest.

Ik wil mijn spieren laten bewegen, de verwoede bevelen van mijn hersenen laten gehoorzamen, maar ik zou net zo goed kunnen wensen om met een auto te willen bankdrukken. Het enige wat ik kan doen is naar hem staren met droge mond en hartkloppingen terwijl de pulserende spanning laag in mijn buik toeneemt. Mijn tepels steken naar voren en mijn huid begint met wervelingen van warmte te kleuren.

Ik zie de woeste storm die in zijn ogen woedt, kan het geknetter van die elektrische lading in de lucht voelen, en toch blijf ik stil, bevroren en stom staan, de perfecte prooi voor het grijpen.

"Chloe..." Het hees geuite woord is gelijke delen een waarschuwing en overgave. Langzaam, met overdreven zachtheid, omhult hij mijn gezicht met beide handen, terwijl de hitte van zijn brede handpalmen mijn koude huid laat branden. Zijn ogen zijn het goud van een hypnotiserende alchemist terwijl hij fluistert, "Mijn lieve zaychik, het is voorbij. Je hebt je laatste kans om te ontsnappen verspeeld."

22

CHLOE

IK STA NOG STEEDS OP MIJN PLAATS ALS ZIJN LIPPEN OP DE MIJNE NEERDALEN, even onvermijdelijk en heftig als een blikseminslag die in een boom op een vlakte slaat. De schok ervan schokt mijn hele lichaam en verbrandt elke cel die hij onderweg tegenkomt.

Er zit geen finesse in zijn kus, geen zachtheid. Hij vraagt niet, hij neemt. Met mijn hoofd geïmmobiliseerd tussen zijn handpalmen, neemt hij elke centimeter van mijn mond, zuigt hij me in een draaikolk van woest verlangen, een lust zo donker en vulkanisch dat het me diep van binnen verschroeit.

Hij smaakt naar cognac en gevaar, zoals elk verwrongen, geheimzinnig verlangen dat in me zit. De bedwelmende smaak bedwelmt me, de sensuele tonen van zijn ceder en bergamot cologne doen mijn hoofd tollen. Welke gedachten aan weerstand ik nog koesterde, zijn verdampt, mijn wilskracht lost als een korreltje suiker in hete thee op. Met een hulpeloze kreun krom ik me tegen hem aan, mijn buik drukt tegen zijn kruis terwijl mijn handen zijn zij vastgrijpen.

Hij is helemaal hard, de dikke bobbel in zijn broek steekt tegen mijn zachtheid en herinnert me aan hoe het voelde om hem in me te hebben. De herinnering roept zowel opwinding als angst op - het was niet gemakkelijk geweest om iets van die omvang in me op te nemen. Maar zelfs die gedachte verdwijnt al snel, door de felle hitte van verlangen weggebrand, door de brute verleiding van zijn genadeloze kus vernietigd.

Ik vergeet waar we zijn. Ik vergeet alles, zo erg zelfs dat ik schrik als hij zich terugtrekt om me tegen zijn borst aan te tillen. Pas als hij de trap oploopt en ze met twee treden tegelijk neemt, wordt mijn hoofd helder genoeg voor een vleugje rationeel denken.

Wat ben ik in hemelsnaam aan het doen? Dit was niet mijn bedoeling. Het is zelfs het tegenovergestelde. Mijn doel was om met hem te praten, hem te overtuigen om niet-

Met een lage grom drukt hij me boven tegen de muur in de gang en eist mijn mond terug, alsof hij het niet kan verdragen om me onderweg naar zijn kamer niet te kunnen proeven, en ik vergeet mijn doelen. Ik vergeet dat ik buiten dit moment besta, dat er iets buiten hem is.

We fuseren, althans zo voelt het. Zijn mond is met de mijne versmolten, zijn adem zit in mijn longen, zijn geur zit in mijn neusgaten. Zijn krachtige lichaam omringt me, een en al hitte en hardheid en rauwe oermannelijkheid. Ik ben nu verticaal, sta op mijn tenen terwijl hij mijn lippen verslindt, en zijn handen dwalen over mijn rug, mijn zij, mijn kont, de laatste knijpend en knedend, terwijl hij de lange jurk op mijn dijen naar boven werkt. Ademloos grijp ik de koele, zijden lokken van zijn haar vast terwijl hij me optilt tot mijn benen om zijn heupen zijn gewikkeld en mijn bekken op de zijne rijdt, mijn pijnlijke vrouwelijkheid tegen zijn erectie schuurt.

We kussen, onze tongen duelleren, totdat we helemaal geen lucht meer hebben. Dan gaat zijn mond naar mijn hals, hij regent hete, bijtende kusjes op de zachte holte bij mijn oor. Kreunend buig ik mijn hoofd naar achteren en duw ik harder tegen hem aan, me van niks anders dan het donkere, verzengende genot bewust. De spanning in mij kronkelt en bouwt zich op, mijn zenuwuiteinden zijn zo gevoelig dat de beweging van lucht als een aanraking op mijn huid aanvoelt.

Ik ga van hem droogneuken klaarkomen, realiseer ik me met verre verbazing.

Het gaat weer gebeuren.

En dan gebeurt het, de ontlading even verrassend als welkom. Mijn vingers klemmen zich krampachtig in zijn haar vast en mijn innerlijke spieren verkrampen als extase door mijn lichaam trekt, mijn tenen krommen zich en een kreet wringt zich uit mijn keel. Alleen houdt hij niet op, hij blijft doorgaan, zijn heupen in mijn bekken stotend, de naschokken die door mijn kern gaan versterkend. Met dichtgeknepen ogen, schreeuw ik het weer uit, en als een dier dat zijn partner opeist, bijt hij in mijn hals terwijl zijn grote, eeltige hand in mijn korset duikt en in mijn blote borst knijpt terwijl zijn duim over mijn-

"Chloe? Nikolai, wat ben je - oh fuck. Laat maar zitten."

Alina's stem haalt me uit het verhitte delirium en ik verstijf terwijl mijn ogen openvliegen. En ja hoor, over Nikolais schouder zie ik haar achteruitlopen, haar bleke gezicht ongewoon roze. Voordat ik iets kan zeggen, of het feit kan verwerken dat dit de tweede keer is dat ze ons bijna op neuken betrapt, draait ze zich om en verdwijnt weer in haar kamer.

Die verderop in de gang is.

De openbare gang waar iedereen ons had kunnen zien - en me had horen klaarkomen.

Mijn gezicht, mijn lichaam, zelfs de wortels van mijn haren voelen aan alsof ze in brand staan als Nikolai zich terugtrekt om me aan te staren. Zijn gouden ogen zijn halfgesloten, zijn haar, met mijn handen er nog steeds in gebald, zit in de war, zijn sensuele lippen zijn nat en gezwollen, in een uitdrukking van pure lust gescheiden.

Het is de manier waarop een gevallen engel eruit zou kunnen zien nadat hij zijn eerste zonde had begaan - behalve dat deze engel nooit een onschuldig bestaan heeft gekend.

Hij is altijd de duivel geweest.

Ik maak mijn lippen vochtig. "Je zus-"

"Fuck mijn zus."

Voordat ik op die woedend gegromde uiting kan reageren, tilt hij me in zijn krachtige armen op en draagt hij me met lange, ongeduldige passen naar zijn kamer.

23

NIKOLAI

IK ZOU MOETEN STOPPEN, OF HET OP ZIJN MINST rustiger aan moeten doen, maar dat kan ik niet. Nu ik haar weer heb geproefd, is de honger in me te sterk, te wild. Als een alcoholist die zijn eerste drankje van de avond heeft gedronken, kan ik me niet eens matiging voorstellen. De duistere behoefte pulseert in mijn aderen, een trommelslag van seksueel verlangen en een dieper, minder gedefinieerd verlangen, een hunkering die uit mijn ziel lijkt te komen.

Met de rafelende overblijfselen van mijn zelfbeheersing leg ik haar op het bed, voorzichtig om haar arm niet te bezeren. Er zit nu een korstje op die haar zijden, goudkleurige huid ontsiert. De aanblik ervan voedt het woeste beest in me en vult mijn borst met gelijke delen bezitterigheid en woede.

Ze is van mij, en ik zal iedereen vernietigen die haar ooit pijn heeft gedaan.

Niemand zal ooit een vinger op haar leggen... behalve ik.

Zonder dat ik het wil, liggen mijn handen al op haar jurk, scheuren ze aan de mooie, dunne stof en scheuren het van haar lichaam in een woedende poging om het voor mijn blik te ontbloten. Haar borsten springen eerst uit haar korset, twee kleine, heerlijke bolletjes met rechtopstaande bruine tepels, gevolgd door haar smalle ribbenkast en platte buik, allemaal door die gloeiende, gebronsde huid bedekt die me aan gevangen zonneschijn, aan warmte, licht, en zuiverheid doet denken - alle dingen waar ik naar verlang, alles wat ik wil.

Haar onderlichaam is het volgende, haar nauwelijks aanwezige string valt bijna uit elkaar in mijn handen om een kutje bloot te leggen dat zo delicaat en zacht is als ik me herinner. Het water loopt me in de mond bij de herinnering aan haar zoete, rijke smaak, aan hoe die tere plooien op mijn lippen voelden, onder mijn tong, om mijn vingers geklemd... vingers die niet anders konden dan haar dijen vastgrijpen en ze wijd uit elkaar trekken.

Haar zachte bruine ogen ontmoeten de mijne, sluimerend van verlangen, met die provocerende behoedzaamheid omzoomt, en de laatste flarden van mijn zelfbeheersing ontrafelen zich. Als een uitgehongerd dier val ik op haar aan, begraaf mijn gezicht tussen haar dijen, aan haar gladheid likkend, haar essentie van zout en bessen opetend, een aanval op de warmte en het zonlicht dat zij is.

Ze hapt naar adem en grijpt mijn hoofd vast, haar vingers klemmen zich in mijn haar terwijl ze zich onder me kromt, bij elke hebzuchtige streek van mijn tong kronkelend. Al snel doen mijn vingers ook mee, spelen met haar clit terwijl ik haar opening lik, van de nattigheid genietend die ik daar vind. Ze is zo lekker als ik me herinnerde, een en al zijde en warmte en gesmolten honing, en hoewel mijn pik op het punt van barsten staat, kan ik mezelf niet losrukken van wat ik aan het doen ben, ik kan niet stoppen totdat ik haar weer voel klaarkomen.

En komen doet ze. Met een gesmoorde kreet schokt ze onder me door, haar rug kromt zich van het bed terwijl haar vingers zich in mijn haar klemmen, het er bijna bij de wortels uittrekkend terwijl meer heerlijke gladheid mijn lippen en tong bedekt.

De golf van voldoening is even intens als kort, mijn lust is met haar orgasme alleen maar erger geworden. Heet bloed bonkt in mijn slapen, mijn ballen staan strak en elke spier in mijn lichaam is gespannen van behoefte. Ik heb geen zachtheid meer, geen geduld, alleen een rauwe oerhonger om te bezitten en te claimen, om mijn kloppende pik in haar hitte te begraven.

Gedreven door een puur dierlijk instinct, draai ik haar om en leg mijn arm onder haar heupen, terwijl ik haar welgevormde kleine kont naar me toe til totdat ze op handen en knieën zit. Haar gladde billen zijn iets voller, een beetje ronder dan de laatste keer dat ik haar naakt zag, de rozenknop van haar sluitspier een kleine, verleidelijke stip, en mijn honger neemt toe tot de scherpte van een mes, mijn lichaam verstrakt tot een ondraaglijke mate. Ik ben me nauwelijks van mijn acties bewust terwijl ik mijn gulp openruk en mijn pik tevoorschijn haal en hem dan tegen haar glanzende spleet leg.

Ik moet haar hebben. Nu.

Het geroffel van verlangen wordt oorverdovend, overstemt alles, vertroebelt de wereld om ons heen. Ik ben niet langer een man. Ik ben niets meer dan oerhonger, een wilde, atavistische behoefte.

Ik grijp haar slanke heupen vast en duik naar binnen, van de gladde greep van haar wanden genietend, in de heerlijke strakheid van haar smalle doorgang. Ze schreeuwt het uit, een geluid van pijn, maar ik kan niet stoppen, kan niets anders doen dan nog dieper stoten, haar nemen, haar opeisen, de wilde lust bevredigen die me van binnen verschroeit.

Van mij. Fucking helemaal van mij. Mijn heupen stoten woest, mijn hart bonst als een vuist tegen mijn borst. Ergens ben ik me ervan bewust dat ik veel te ruw ben, maar ik kan net zomin langzamer gaan als dat ik haar kan laten gaan. Ze is een en al zijdeachtige strakheid en natte warmte, het dichtst bij de hemel in de buurt dat een man kan kennen. Haar smekende snikken en huilen sporen me alleen maar aan, verhogen mijn lust en voeden het beest in mij.

Ik neuk haar alsof er geen morgen is, alsof niets buiten dit moment ertoe doet. Ik houd haar met één hand vast, wind de andere in haar haren en trek, waardoor ze haar rug kromt terwijl ik harder en dieper stoot en mijn merk op haar tere vlees afdruk. Ik voel het orgasme in me opborrelen, mijn ballen worden strakker totdat ze bijna net zo hard als mijn kloppende pik zijn en terwijl ze mijn naam schreeuwt en om me heen spasmen krijgt, stort de ontlading als een tsunami over me heen, waardoor extase door mijn zenuwuiteinden explodeert en de wereld om me heen helder wit schildert.

24

CHLOE

VERDWAASD LAAT IK ME OP MIJN BUIK VALLEN ZODRA NIKOLAI MIJN HAAR LOSLAAT EN ZICH UIT MIJN GEZWOLLEN, trillende vlees trekt. Zelfs met de orgastische naschokken die nog steeds door me heen kabbelen, voelt mijn vrouwelijkheid gehavend, mijn ingewanden pijnlijk. Ik kan niet helder nadenken, mijn geest zo traag alsof ik uit een diepe slaap kom.

Ondanks dat, als hij me tegen zich aantrekt en lieve woordjes begint te mompelen, ervaar ik weer dat ongewone gevoel van vrede dat ik alleen in zijn armen heb gekend. Mijn ogen vallen dicht, een zwevend gevoel komt over me heen terwijl hij me streelt en aait, lichte, rustgevende kusjes over mijn gezicht en hals laat regenen, de pijnen en blauwe plekken van zijn ruwe behandeling wegmasserend. Uiteindelijk smelten mijn onsamenhangende gedachten samen tot iets coherents, en ik forceer mijn oogleden om zijn betoverende ogen in de mijne te zien staren, het goudkleurige amber van zijn irissen met het donkerste groen gemengd.

"Zaychik..." Zijn stem is zacht, zijn uitdrukking is moeilijk te lezen als hij zijn grote handpalm over mijn wang legt. "Ik heb geen condoom gebruikt."

Even begrijp ik de woorden niet. Dan, met een schok van adrenaline, word ik me van een warme nattigheid tussen mijn benen en op mijn dijen bewust.

Veel nattigheid. Veel meer dan ik ooit heb gevoeld.

Mijn hartslag schiet omhoog, het zweverige gevoel verdwijnt. Ik trek me krachtig terug en ga rechtop zitten. "Hoe bedoel je? Ik slik niks. Mijn pillen waren weken geleden al op. Ik dacht - ik dacht dat je altijd een condoom om deed." Ik werp een blik op de dikke witte vloeistof op mijn blote dijen en probeer niet in paniek te raken terwijl ik verwoed de dagen tel.

Wanneer was mijn menstruatie? Was het deze week of vorige week? Waarom heb ik niet de moeite genomen om het bij te houden? Ik weet dat het een aantal dagen geleden is dat ik met bloeden ben gestopt, maar misschien-

"Dat doe ik ook." Nikolai gaat ook rechtop zitten, de krachtige spieren in zijn borst en arm spannen zich aan terwijl hij zijn hand door zijn haar haalt en de zwarte lokken verder door elkaar gooit. "Dat heb ik tenminste tot vandaag altijd gedaan."

Ik herinner me eindelijk wanneer mijn menstruatie begon: begin vorige week, bijna twaalf dagen geleden. Afgelopen maandag moest ik Alina om voorraden vragen.

Ik zit ongeveer in het midden van mijn cyclus.

Ik moet er net zo in paniek uitzien als ik me voel, want Nikolai houdt zijn hoofd schuin en kijkt me met diezelfde niet te ontcijferen uitdrukking aan. "De timing is precies goed, nietwaar? Of beter gezegd, verkeerd?"

Ik knik, mijn hand gaat instinctief naar mijn buik. "Waarom-" Ik stop om mijn trillende stem in bedwang te houden. "Waarom heb je geen condoom gebruikt?"

De raadselachtige glans in zijn ogen wordt dieper als hij naar me toe komt. "Zullen we ons eerst even gaan wassen en dan verder praten?"

Ik moet nog steeds in shock zijn, want ik maak geen bezwaar als hij me oppakt en naar de badkamer draagt. In plaats daarvan laat ik hem onder de douche voor me zorgen zoals hij had gedaan toen ik gewond was. Zijn aanraking is weer zacht, rustgevend en teder, zelfs als zijn pik met elke streling van zijn eeltige handen over mijn natte, naakte lichaam harder wordt.

Tegen de tijd dat hij klaar is met het wegwassen van het bewijs van onze fout, staat hij volledig rechtop, en zijn handen bewegen met groeiende intentie over me heen, houden mijn borsten vast en spelen met mijn tepels, terwijl hij tussen mijn dijen gaat om mijn clitoris te vinden. Het zou te veel moeten zijn, te snel, maar mijn lichaam reageert alsof het niet alleen een catastrofale omwenteling van zijn zintuigen heeft overleefd, alsof het woeste neuken dat me zo overweldigd heeft niets anders dan een voorproefje van het hoofdgebeuren was.

Mijn ademhaling versnelt, een spanning die zich laag in mijn buik verzamelt terwijl zijn lippen over de mijne komen in een diepe, onderzoekende kus, en dan naar mijn oor, mijn hals, mijn schouder gaan. Hijgend grijp ik naar zijn schouders terwijl hij mijn natte haar om zijn vuist wikkelt en me over zijn krachtig gespierde arm achteroverbuigt, mijn borsten als een offer naar hem opheffend. Zijn brede rug beschermt me tegen de waternevel terwijl hij zich over me heen buigt, zich aan de ene tepel vastklampt, en dan aan de andere, de hete, krachtige zuigkracht van zijn mond stuurt sensaties regelrecht naar mijn kern, waardoor mijn groeiende opwinding toeneemt.

Toch heb ik van binnen pijn, het is veel te pijnlijk om genot te voelen als twee van zijn vingers zich in me duwen en de gezwollen, gevoelige weefsels uit elkaar duwen. Dat wil zeggen, totdat die vingers in me buigen, een plek vinden die vonken achter mijn gesloten oogleden doet ontploffen en me zo snel over de rand brengt dat ik hijgend nauwelijks zijn naam kan zeggen.

De spasmen kabbelen nog steeds door mijn lichaam wanneer hij mijn tepel met een natte *plop* loslaat en hij me op mijn knieën laat zakken terwijl hij me met zijn lichaam nog steeds tegen de douchestraal beschermt. Verdwaasd knipper ik naar hem op, om te beseffen wat hij wil als hij de harde, massieve kolom van zijn pik tegen mijn wang slaat en dan de punt naar mijn mond brengt.

Instinctief leg ik mijn handen op zijn gespierde dijen en scheid mijn lippen, zodat ik hem zo ver mogelijk naar binnen kan brengen. Ik heb eerder pijpbeurten gegeven, maar dit voelt anders, niet als die informele, speelse tijden met mijn ex-vriendjes. Ik heb geen controle - hij heeft dat - en er is niets speels aan de genadeloze manier waarop hij mijn mond neukt. Zijn handen grijpen mijn schedel vast en houden me stil voor zijn diepe, langzame stoten, en het kost me alles wat ik in me heb om niet te kokhalzen als hij bij elke stoot verder in mijn keel gaat.

Het zou niet heet moeten zijn - hij gebruikt me alleen maar voor zijn genot - maar iets aan het feit dat ik als een neukpop wordt behandeld, stuurt warmtepulsen rechtstreeks naar mijn clitoris. Hij neemt van mijn lichaam wat hij wil, en het is zowel vernederend als pervers bevrijdend. Er is niets ingewikkelds aan deze uitwisseling. Ik behaag hem gewoon door te bestaan, door niets meer te zijn dan een warme, natte mond voor zijn gebruik. Mijn ogen knijpen zich dicht, de tranen stromen uit de zijkanten terwijl hij het tempo opvoert en zijn grote pik in mijn pijnlijke keel duwt, maar de drang om te kokhalzen blijft sluimerend, zelfs als mijn mond met genoeg speeksel overstroomt om een meer te vullen. Het druipt langs mijn kin, mijn hals, mijn borstkas, maar dat maakt allemaal niet uit, want ik voel de spanning in zijn lichaam opbouwen, ik voel zijn dikke schacht in mijn mond nog meer opzwellen. Met een kreun duwt hij zo diep naar binnen dat ik niet meer kan ademen, en warme vloeistof spuit door mijn keel terwijl zijn vingers stevig in mijn haar knijpen en hard genoeg aan de wortels trekken om me te doen huiveren.

Tegen de tijd dat hij zich uit mijn keel terugtrekt, ben ik zo wanhopig op zoek naar lucht dat mijn nagels verwoed in zijn dijen boren. Maar als ik mijn tranende ogen open en opkijk om zijn blik te ontmoeten, huiver ik van genot bij de warme bezitsdrang die daar weerspiegeld wordt.

"Zaychik..." Zijn stem is een donkere, fluweelzachte rasp als hij zijn handen onder mijn armen haakt en me overeind tilt, en me dan stabiel houdt totdat ik mijn evenwicht hervind. Hij houdt mijn schouder zachtjes met één hand vast, spoelt met de andere het sperma en het speeksel van me af, houdt dan mijn kin vast en staart met een merkwaardig ingespannen uitdrukking op me neer.

Mijn hartslag gaat weer omhoog, een vreemd voorgevoel dat mijn buik verstrakt terwijl hij zachtjes zegt, "Jij bent alles voor me, de bron van mijn grootste geluk en genot. Ik wil dat je de rest van ons leven bij me bent, zolang er adem in ons lichaam blijft. Het lot heeft je aan mijn deur gebracht, je bij me afgeleverd als het geschenk dat je bent, en ik zou niet dankbaarder kunnen zijn."

Mijn hart klopt nu in mijn keel, mijn adem komt zo snel dat mijn zicht grijs wordt. Dit kan onmogelijk heen gaan waar ik denk dat het heen gaat. Hij kan onmogelijk-

"Chloe Emmons..." Hij omlijst mijn gezicht met zijn brede handpalmen, zijn tijgerogen met een fel teder licht gevuld. "Ik wil dat je met me trouwt. Ik wil dat je mijn vrouw wordt."

25

CHLOE

EVEN BEN IK ERVAN OVERTUIGD DAT IK HEM VERKEERD HEB GEHOORD. Omdat er geen sprake van een aanzoek kan zijn, niet als we elkaar minder dan een maand kennen. Er bestaat alleen geen twijfel over de intensiteit in zijn hypnotiserende blik, zonder nog maar het feit te vergeten dat hij zojuist de woorden 'trouwen' en 'vrouw' heeft gebruikt.

Mijn geest tolt als een razende als ik zijn krachtige polsen omklem en instinctief zijn handen van mijn gezicht trek. De douche achter hem loopt nog steeds en vult de ruime cabine met stoom, maar ik krijg het ineens koud, kippenvel verspreidt zich over mijn natte huid.

"Nikolai, ik..." Ik heb geen idee wat ik moet zeggen, hoe ik zoiets krankzinnigs moet benaderen. Uiteindelijk flap ik eruit, "Je maakt een grapje, toch?"

Zijn blik wordt donker. "Waarom zou ik hier grappen over maken?"

"Omdat... omdat we elkaar amper kennen!"

Hij legt zijn handen op mijn schouders en knijpt zachtjes, zijn toon blijft zacht, zelfs als zijn kaak gevaarlijk strak wordt. "Ik weet alles wat ik over je moet weten."

"Nou, ik niet. Alles over jou, bedoel ik." Ik trek me terug uit zijn greep en veeg met een bevende hand over mijn gezicht om de waterdruppels te verwijderen. Mijn hart bonst onregelmatig en mijn maag draait zich om bij zijn snel donker wordende uitdrukking terwijl ik naar de deur van de douchecabine tast. "Nikolai, alsjeblieft, begrijp me niet verkeerd - ik ben super gevleid. Het is gewoon... dit is op dit moment geen goed idee." Of ooit.

Ik ben misschien voor deze bloedmooie man gevallen, maar ik ben niet vergeten wie en wat hij is - of wat hij op het punt staat om voor mij te doen.

Ik ben niet gemaakt om een maffiavrouw te zijn, ook al is dat niet het formele label.

Hij kijkt met samengeknepen ogen toe hoe ik me terugtrek, stoom komt achter zijn krachtige lichaam omhoog en ik moet echt mijn best doen om niet over de badkamermat te struikelen als ik naar buiten stap en een handdoek pak.

Ik hoef niet zo in paniek te zijn.

Hij heeft het gevraagd en ik heb geweigerd.

Einde van het verhaal.

"Wat moet je van me weten?" Hij stapt achter me aan naar buiten, zijn bewegingen zacht en weloverwogen. Een roofdier dat zijn prooi volgt. "Wat heb je nodig om ja te zeggen?"

"Nou..." Ik wikkel de handdoek om me heen, verwoed op zoek naar het minst aanstootgevende antwoord. Die is er niet, dus ik ben genoodzaakt om voor de waarheid te kiezen. "Nikolai, ik kan gewoon niet met je trouwen. We zijn te verschillend. Onze waarden, de manier waarop we dingen benaderen... De waarheid is dat ik niet denk-" Mijn hart maakt een sprongetje van de storm die zich in zijn ogen vormt, maar ik ben vastbesloten, dus ik zet door. "Ik denk niet dat dit op de lange termijn kan werken."

Hij zwijgt, zijn hand halverwege zijn eigen handdoek. Dan trekt hij het langzaam en doelbewust van het rek en droogt zich af, zijn ogen de hele tijd op mij gericht, zijn gezicht nu donkerder dan een maanloze nacht.

Ik slik moeizaam als de gespannen stilte groeit. "Ik moet naar bed gaan. We kunnen morgen praten."

Hij beweegt als de grote kat waaraan hij me doet denken. Een waas van explosieve beweging, en hij staat tussen mij en de badkamerdeur in, gebeeldhouwde spieren spannen zich terwijl hij op me neerkijkt met gouden ogen die tussen spleetjes door kijken.

"Nee, zaychik," zegt hij zacht. "*Wij* moeten naar bed. En morgen zul je met me trouwen. Hoe je je ook voelt."

26

CHLOE

IK WORD VERMOEID WAKKER, MIJN HOOFD BONKT EN MIJN lichaam doet overal pijn. Ik onderdruk een kreun en probeer me op mijn zij te rollen, maar ik merk dat ik door een zware arm die over mijn romp hangt op mijn plaats wordt vastgepind.

Adrenaline stroomt door mijn aderen, verdrijft de mist van de slaap en ik besef waar ik ben.

In bed met Nikolai.

Mijn adem stokt en ik draai voorzichtig mijn hoofd om naar hem te kijken. Ik heb hem maar één keer eerder zien slapen, de andere keer dat we samen de nacht doorbrachten, en het valt me weer op hoe mooi en gevaarlijk dierlijk hij er in rust uitziet, met gitzwarte wimpers die over zijn scherpe jukbeenderen waaieren en donkere stoppels die schaduwen op de harde lijnen van zijn kaak maken. Slaap verzacht zijn sterk gevormde gelaatstrekken niet, in plaats daarvan geeft het hem een woeste soort sensualiteit, een duistere primitieve aantrekkingskracht.

Zelfs nu is er iets roofzuchtigs, iets boosaardigs in de manier waarop zijn sensuele lippen gebogen zijn, de manier waarop ze een beetje uit elkaar staan.

Ik realiseer me dat ik een kostbare kans verspil door als een idolate groupie naar hem te staren. Ik wurm me voorzichtig onder zijn arm vandaan en kruip naakt naar de deur, mijn hart tegen mijn ribbenkast bonzend.

Ik moet ontsnappen, al was het maar naar mijn eigen kamer.

Ik moet wat afstand tussen ons scheppen.

Gisteravond, althans het gedeelte na de douche, is in mijn gedachten een waas, een mengelmoes van donkere seksuele sensaties en wilde emoties. Ik denk dat ik zo verbijsterd was door zijn uitspraak dat ik in een soort shock ben geraakt en tegen de tijd dat ik herstelde, lag ik al in zijn bed, met mijn polsen boven mijn hoofd gedrukt terwijl hij in mijn pijnlijke, maar pervers gretige lichaam aan het stoten was.

Ik kan me niet herinneren dat ik nee heb gezegd, maar ik moet het hebben gedaan. Ik wil niet geloven dat ik me door hem liet neuken na wat hij had gezegd... of dat ik nog een paar keer klaar ben gekomen terwijl hij me keer op keer met ongebreidelde wreedheid nam.

Die andere keren had hij tenminste een condoom gebruikt. Ik zou nu hyperventileren als het zonder condoom was geweest.

Bij de deur aangekomen werp ik een blik over mijn

schouder. Godzijdank slaapt hij nog. Ik weet niet hoe ik hem onder ogen moet komen - of wat ik met zijn dreiging met een huwelijk ga doen. En het is een bedreiging. Ik heb geen idee hoe hij me kan dwingen om tegen mijn wil ja te zeggen, maar ik weet dat het binnen zijn mogelijkheden ligt. Die duisternis die ik altijd in hem heb gevoeld, is nu op mij gericht.

Zoals hij me gisteren vertelde, blinkt hij uit in alles doen wat nodig is om zijn zin te krijgen.

Ik houd mijn adem in, reik naar de deurklink en draai eraan, inwendig huiverend bij de zwakke klik die hij maakt. Tot mijn opluchting slaapt hij verder, dus ik steek mijn hoofd naar buiten in de gang om zeker te weten dat het vrij is, en dan sprint ik naar mijn kamer, de pijn in mijn nauwelijks genezen enkel negerend.

Ik stap zonder incidenten naar binnen en loop naar mijn badkamer, waar ik onder de douche spring en mezelf met zeep schrob in een poging de herinnering aan zijn ruwe aanraking weg te wassen. Het is zinloos - sporen van zijn bezit zijn over mijn hele lichaam zichtbaar, mijn huid is op een tiental plaatsen door zijn stoppels geschraapt, mijn tepels doen pijn waar hij erop heeft gezogen en ze met zijn tanden heeft geschaafd. Het ergste is echter de pijn die diep in me zit, een herinnering aan zijn onverzadigbare honger naar mij - en mijn volledige onvermogen om hem te weerstaan, zelfs in het licht van de waanzin die hij van plan is.

Ik draai het water uit en stap uit de cabine, haal diep adem om mijn groeiende paniek onder controle te krijgen. Misschien meende hij het niet. Hij was misschien gewoon boos, omdat ik zijn aanzoek afwees, en als hij vanmorgen wakker wordt, dan zal hij beseffen hoe voorbarig het was.

Hij heeft me iets meer dan drie weken geleden aangenomen en we hebben in totaal twee nachten samen doorgebracht. Hoe kan hij er zo zeker van zijn dat hij me een leven lang wil, dat ik inderdaad de ware ben?

Maar wat ik ook tegen mezelf zeg, mijn paniek weigert af te nemen. Ondanks wat ik gisteravond heb gezegd, ken ik Nikolai. Diep van binnen ken ik hem - en ik weet dat hij geen dingen zegt die hij niet meent. Hij had toen ik hier amper een week was besloten dat we voorbestemd waren en niets van wat er sindsdien is gebeurd, heeft hem van het tegendeel overtuigd.

Wat enger is, is dat hij niet beweert dat hij van me houdt - en ik denk dat hij dat ook niet doet. Wat hij voor me voelt, is meer een obsessie. Met een schok herinner ik me dat Alina me op de avond dat we samen wiet rookten hiervoor had gewaarschuwd en dat ze me vertelde dat haar broer niet mijn prins op het witte paard is.

“Molotov-mannen hebben niet lief, ze bezitten,” zei ze. “En Nikolai is geen uitzondering.”

Ik wikkel een handdoek om mijn natte haar en staar naar mijn spiegelbeeld en zie de gezwollen roodheid van mijn lippen, nog steeds gekneusd en opgezwollen van zijn kussen. Bij mijn sleutelbeen zit een zuigzoen en op mijn heupen zitten vage donkere vlekken in de vorm van mannelijke vingers.

Nee, dit is geen liefde. Het komt niet eens in de buurt.

In het beste geval is het een wederzijdse fixatie - want zelfs nu ik hier sta en eruitzie alsof ik ben aangevallen, doen de herinneringen aan hoe elke afdruk op mijn lichaam is gekomen, me diep van binnen kloppen.

Terwijl ik me aankleed, bedenk ik me wat ik het beste kan doen.

Alina.

Ze heeft me al een keer geholpen, misschien kan ze dat nog een keer doen.

Ik weet niet eens wat voor soort hulp ik in gedachten heb - na mijn bijna-ongeluk met de moordenaars, is het idee van nog een ontsnappingspoging niet echt aantrekkelijk. Toch voel ik een sprankje hoop als ik op de deur van haar slaapkamer klop en ze hem gekleed in haar peignoir voor me opent. Voordat ik de kans krijg om me te verontschuldigen dat ik haar wakker heb gemaakt, kijkt ze de gang rond en leidt me snel naar binnen.

"Gaat het met je?" eist ze, terwijl ze een stap achteruit doet om me van top tot teen te bekijken. Haar blik richt zich op mijn gezwollen lippen en haar donkere wenkbrauwen trekken samen. "Heeft Kolya—"

"Nee, nee, er is niks met me aan de hand." Mijn gezicht wordt rood, waardoor ik dankbaar ben dat mijn gebronsde huid mijn blos verbergt - en mijn hooggesloten T-shirt verbergt de zuigzoen. "Hij zou niet- Het was allemaal met instemming, geloof me."

Ze blaast haar adem uit. "Oké, goed. Ik dacht al dat dat het geval was. Het is alleen... mijn broer is niet helemaal bij zijn gezonde verstand als het op jou aankomt."

"Dat kun je wel zeggen," mompel ik binnensmonds.

Ze hoort me toch, en haar frons keert terug. "Wat is er gebeurd?" Ze pakt mijn hand, leidt me naar haar onopgemaakte bed en laat me naast haar zitten. Aangezien ze net wakker is geworden, heeft ze geen make-up op, zoals die noodlottige keer dat ze me in mijn slaapkamer in een hinderlaag had gelokt, maar haar jadegroene ogen zijn helder, alleen door bezorgdheid vertroebeld. "Wat is er gebeurd? Vertel het me, Chloe. Alsjeblieft."

Ik haal diep adem en zet me schrap voor haar reactie. "Nikolai heeft een aanzoek gedaan."

Nul reactie. Ze knippert niet eens met haar ogen.

Heeft ze me niet gehoord?

"Hij heeft me ten huwelijk gevraagd," articuleer ik, voor het geval het niet duidelijk was. "Gisteravond heeft hij me gevraagd om zijn vrouw te worden."

Nu sluiten haar lange wimpers zich over haar ogen. "Ik snap het."

"Waarom ben je niet meer verrast?" vraag ik, verbijstert en meer dan een beetje verontrust door haar kalme aanvaarding. "Wist je dat hij dit zou doen?"

"Wist ik het? Nee. Een vermoeden? Ja." Ze zucht en duwt met één hand haar haren naar achteren. "Vanaf het moment dat ik je sleutels in zijn la zag liggen, dacht ik dat het zo zou kunnen gaan. Maar Kolya praat met mij natuurlijk niet over deze zaken, dus ik kan niet zeggen dat ik het zeker wist."

Mijn onrust neemt toe. "Ik begrijp het niet."

"Chloe..." Ze kijkt me rechtstreeks aan en grijpt mijn handen in die van haar. "Mijn broer is door jou geobsedeerd. Ik zag er vanaf de eerste dag dat we je in dienst namen tekenen van, maar ik dacht - ik had gehoopt - dat het slechts een voorbijgaande aantrekkingskracht van zijn kant was, dat je gewoon weer een meisje zou zijn dat hij zou neuken en vergeten."

"Jeetje, bedankt."

"Het is niets tegen jou. Het zou een goede zaak zijn geweest, geloof me." Ze knijpt in mijn handen. "Kijk, Nikolai is... Hij lijkt veel op onze vader. En onze grootvader. En uit de verhalen die ik heb gehoord, op de andere Molotov-mannen voor hen. Konstantin en Valery - ze zijn een beetje anders, maar Nikolai... hij is door en door een Molotov-man."

"Wat bedoel je daarmee?" vraag ik gefrustreerd. "Hij is wat? Geneigd om een aanzoek te doen nadat hij een vrouw pas net een maand kent?"

Ze schudt haar hoofd. "Voor zover ik weet, heeft hij nooit iemand anders een aanzoek gedaan - of is hij zo geobsedeerd door een vrouw geraakt." Ze ademt in. "Je bent de eerste, en als ik moest raden, de laatste. Zo gaat het vaak met de mannen in onze familie. Onze vader zag onze moeder op een feestje, liet haar verliefd op hem worden door haar familie met cadeautjes te overladen en twee weken later trouwde hij met haar. En zijn vader - onze grootvader van vaderskant - heeft onze grootmoeder letterlijk ontvoerd toen ze zestien was, haar uit haar dorp gestolen toen hij haar toevallig op het veld met andere schoolmeisjes zag."

"Dat meen je niet."

"Dat mocht ik willen." Haar gezicht staat somber. "Onze grootmoeder overleed toen ik tien was, maar ik herinner me de verhalen die ze me over haar leven met mijn grootvader vertelde, de manier waarop hij elke beweging van haar beheerste en absolute gehoorzaamheid eiste. Ze was diepongelukkig met hem, maar ze was maar een arm boerenmeisje en hij was een machtige man met goede connecties, dus ze kon niets doen. Hij zou haar niet laten gaan."

Ik staar haar aan, mijn maag draait zich om. "En je moeder? Was zij ook ongelukkig?"

Ze trekt haar handen terug en haar gezicht wordt gesloten. "In eerste instantie niet. Ze wist niet met wat voor man ze getrouwd was, niet tot pas veel later. Het was toen ze erachter kwam dat dingen uit elkaar begonnen te vallen en-" Ze stopt en haalt nog een keer diep adem. "Dat doet er nu niet toe. Mijn punt is dat Nikolai diezelfde intense, gepassioneerde persoonlijkheid bezit, een obsessieve neiging die zoekt en uiteindelijk iets - iemand - vindt om zich aan vast te klampen. Net als onze vader en onze grootvader voor hem, is hij vastberaden als het om het krijgen van de vrouw gaat die hij wil, en hij wil jou, Chloe. En hij zal je tegen elke prijs krijgen."

Ik weet niet wat ik moet zeggen. Met stomheid geslagen staar ik haar gewoon aan terwijl ze zachtjes zegt, "Ik weet ook niet of je het gemerkt hebt, maar er zit een vleugje mystiek in Nikolai, dit geloof in het lot dat hij van onze grootmoeder heeft geërfd. Ze is in een klein plattelandsdorpje opgegroeid, was zowel religieus als diep bijgelovig en ze bracht veel tijd met Nikolai door toen hij een kleine jongen was. Hij zou het waarschijnlijk ontkennen - hij beschouwt zichzelf helemaal niet als religieus - maar hij heeft veel van haar overtuigingen in zich opgenomen, inclusief haar houding ten opzichte van onze familie en hoe ons bloed kwaad in zich draagt... dat het onvermijdelijk was dat onze vader, haar zoon, zou worden zoals hij was geweest."

Ik slik moeizaam. "En dat is?" En nog belangrijker, is Nikolai hetzelfde geworden?

Alina's lippen vormen een dunnen streep. "Dat maakt niet uit. We hebben het nu over Nikolai."

"En mij. Alina..." Het is mijn beurt om haar handen vast te pakken. "Wat moet ik doen? Ik heb tegen hem gezegd dat ik niet met hem kan trouwen, maar hij is niet voor rede vatbaar. Hij staat erop dat we vandaag gaan trouwen."

Haar gezicht vertoont eindelijk een flikkering van verbazing. "Vandaag?"

"Ja vandaag!" Ik laat haar handen los en moduleer mijn toon. "Luister, misschien ben ik voor niets in paniek. Ik weet niet hoe hij me tot een huwelijk kan dwingen - we leven niet in de middeleeuwen. Maar voor het geval dat, kun je hem misschien wat verstand bijbrengen? Of me helpen uitzoeken hoe ik dat kan doen?"

Ze houdt haar hoofd schuin en haar jade ogen glinsteren. "Dus voor alle duidelijkheid, je wilt niet met hem trouwen?"

Ik knipper. "Natuurlijk niet. Ik bedoel… Ik ken hem nog geen maand."

"Maar je wilt hem toch? Gisteravond en die andere keer-"

"Dat is anders." Mijn gezicht wordt weer heet. "Dat is gewoon biologisch. Hij is een erg aantrekkelijke man en-"

"Dus het gaat voor jou gewoon om seks?"

Ik open mijn mond om ja te zeggen, maar het woord wil er niet uitkomen.

"Ik snap het." De glans in haar ogen wordt intenser. "Hou je van hem?"

"Ik..." Ik probeer tegen mijn ineens droge keel te slikken. "Ik weet het niet. Doet het ertoe? Ik kan nog steeds niet met hem trouwen. Hij is - dat wil zeggen, hij is niet..."

"Wat je je als echtgenoot voor had gesteld?" zegt ze terwijl mijn stem wegdwaalt. Een wrange glimlach vormt zich om haar lippen. "Weet je, de meeste vrouwen zouden de kans aangrijpen om met een rijke, knappe man te trouwen die gek op ze is."

"Zou jij dat doen? De kans grijpen om met iemand als je broer te trouwen?"

Haar gelaatstrekken verstrakken, de glimlach valt van haar gezicht. "We hebben het niet over mij." Ze staat snel op en loopt met grote passen, met een stijve rug naar het raam terwijl ze naar de verre bergtoppen staart.

Verward loop ik naar haar toe om haar daar te vergezellen. Ik heb geen idee wat haar van streek maakt, maar er is duidelijk iets. Voorzichtig raak ik haar schouder aan. "Hé, ik-"

Ze draait zich naar me om, haar gelaatstrekken weer kalm. "Luister naar me, Chloe. Je hebt gelijk dat je in paniek raakt. Als mijn broer zegt dat je vandaag met hem gaat trouwen, dan gaat dat gebeuren. Ik weet niet precies hoe, maar hij is vindingrijk. Als je dit echt niet wilt, dan kun je de bruiloft het beste uitstellen."

"Uitstellen? Maar-"

"Uitstellen," zegt ze resoluut. "Een regelrechte weigering werkt niet - het zal hem alleen maar vastberadener maken - dus je moet ja zeggen en dan een manier bedenken om een aantal voorwaarden op te leggen. Misschien heb je altijd al van een bepaalde trouwlocatie gedroomd of een speciale jurk of je studievriendinnen als bruidsmeisjes. Hij zou dat kunnen eren en misschien ook niet. Hoe dan ook, het is het proberen waard."

Ik staar haar aan en mijn hartslag gaat sneller. Ze heeft gelijk: ik heb dit helemaal verkeerd aangepakt. Gisteravond had Nikolai totdat ik de waarheid vertelde - dat ik niet dacht dat het op lange termijn tussen ons zou kunnen werken - voor rede vatbaar geleken, hij was meer geïnteresseerd in mij te overtuigen dan om me naar zijn wil te buigen.

Misschien als ik ermee instem om in de toekomst met hem te trouwen, dat we naar een gezondere dynamiek kunnen teruggaan, herstellen hoe de dingen waren.

"Het spijt me dat ik niet behulpzamer kan zijn," zegt Alina, en ik kan zien dat ze oprecht is. "Wat ik ook tegen hem zeg, zal alleen maar averechts werken. Het is beter als je hem zelf benadert."

"Nee, dit was erg nuttig, dank je." Ik draai me om om te vertrekken als er een gedachte bij me opkomt. Hoopvol draai ik me om. "Je hebt toch niet toevallig de morning-afterpil, ofwel? We hadden gisteravond een beetje last van... geheugenverlies."

Ze zwijgt, knippert. Als ze spreekt, is haar stem vreemd. "Nee, ik ben bang dat ik zoiets niet heb. En Chloe... misschien moet je een heel, heel goede vertragingstactiek bedenken. Weet je nog wat ik je vertelde over mijn broer en ongelukken? Hetzelfde geldt voor geheugenverlies."

Ik staar haar aan, er vormt zich een steen in mijn maag. "Je bedoelt..."

"Het klinkt voor mij alsof hij vastbesloten is om je aan hem te binden - en dat hij al alles uit de kast haalt."

27

NIKOLAI

IK WORD WAKKER MET EEN VERONTRUSTEND GEVOEL VAN DÉJÀ VU. Nog voordat ik me omdraai en de koele, lege lakens naast me voel, weet ik dat Chloe er niet is.

Ik voel haar afwezigheid diep vanbinnen.

De logica zegt me dat ze niet nog een keer weg zou kunnen lopen - de bewakers hebben strikte orders om haar het terrein niet te laten verlaten - maar mijn hart bonst nog steeds zwaar tegen mijn ribbenkast als ik van het bed spring en me met militaire snelheid aankleed.

Ik moet haar vinden. Nu.

Voordat ik de kamer kan verlaten, valt mijn oog op een flikkering van beweging buiten. Ik stap naar het raam en een golf van opluchting spoelt over me heen.

Het zijn Chloe en Slava, die samen aan de rand van de oprit staan en naar het groepje bomen aan de zijkant kijken. Als ik beter kijk, zie ik een grijsbruine bal van vacht voor hen zitten - een wild konijn. Ik vang ook een glimp op van een lange, magere wortel in de hand van mijn zoon.

De opluchting versmelt met een nieuw, puur gloeiend gevoel, een gloeiend soort warmte die elke kloof van mijn borst vult. Mijn zoon en mijn aanstaande vrouw - het voelt zo goed, zo perfect.

Zo helemaal gestoord.

Ik verdien dit niet. Diep vanbinnen weet ik dat. Een man als ik kan dit soort geluk niet ervaren, om gedurende lange tijd van echte vreugde te genieten. En Chloe verdient mij zeker niet. Het bloed dat door mijn aderen stroomt is puur vergif, mijn aard door en door meedogenloos. Een betere man zou haar lang geleden hebben laten gaan, haar tegen de duisterste delen van zichzelf hebben beschermd in plaats van deze luchtspiegeling van geluk met beide handen aan te grijpen.

Maar ik grijp het aan. Omdat ik een egoïstisch monster ben. Want toen ik haar gisteravond eindelijk in mijn armen had, wist ik dat ze daar thuishoorde. En ik wist dat het niet genoeg was om haar alleen daar te hebben.

Ik wil dat de wereld weet dat ze van mij is, dat ze alleen van mij is.

Ik laat mezelf nog een tijdje naar haar en Slava kijken, van het onverdiende geluk genietend, deze gestolen momenten van ongecompliceerde vreugde. Ik weet niet hoe ik mezelf al die tijd in bedwang heb kunnen houden, hoe ik me in heb kunnen houden en haar twee weken uitstel heb kunnen geven. Nu ik haar weer heb gehad, kan ik me niet voorstellen nog een nacht zonder haar door te brengen, ik kan niet eens proberen om het beest weer in het gareel te krijgen.

Ze wil niet met me trouwen. Het zij zo. Het verzengende vuur van woede en pijn bij haar weigering is er nog steeds, maar het is een beetje afgekoeld en tot een grimmige vastberadenheid verhard.

Het wordt tijd dat Chloe begrijpt met wie ze te maken heeft. Op de een of andere manier zal ze mijn ring aan haar vinger dragen.

Vanavond zal ze mijn vrouw worden.

28

CHLOE

DOOR PURE WILSKRACHT KOM IK DE OCHTEND DOOR terwijl ik met een glimlach door mijn lessen met Slava ga, ondanks de angst die mijn zenuwen verscheurt. Het helpt dat Nikolai niet bij het ontbijt op komt dagen, maar zichzelf met Pavel in zijn kantoor opsluit. Sterker nog, ik zie hem helemaal niet, behalve even in de gang, als hij voorbijloopt met niets meer dan een verhitte blik en een gemompeld "excuseer me, zaychik".

Het is alsof gisteravond nooit is gebeurd, alsof mijn lichaam de afdruk van zijn bezit niet draagt en mijn maag niet in de knoop zit terwijl ik de moed probeer te verzamelen om hem te confronteren.

Pas om elf uur verschijnt het eerste teken van de komende veranderingen. Tegen die tijd heb ik hoop gekregen dat Nikolai van gedachten is veranderd, en zijn dreigement toch ijdel was. Maar nee. Ik loop mijn kamer in en vind Lyudmila in mijn kast. Ze grijpt tientallen jurken met hun hangers bij elkaar en sleept ze langs me heen zonder een enkel woord te zeggen.

"Hé!" Ik haast me achter haar aan terwijl ze stevig door de gang loopt. "Wat gebeurt hier?"

Ze werpt een zijdelingse blik op me terwijl ik haar inhaal. "Je gaat vandaag verhuizen. Naar Nikolais kamer, niet?"

"Wat? Nee! Geef die aan mij." Ik probeer de kleren van haar af te pakken, maar ze blijkt verrassend wendbaar te zijn. Ze ontwijkt mijn beweging, rent Nikolais slaapkamer binnen, komt dertig seconden later weer tevoorschijn en loopt weer naar mijn kamer.

Fuck.

Ik ren achter haar aan. "Niet doen. Laat ze gewoon."

Ze luistert niet, grijpt nog een stapel kleren en duwt zich langs me heen, haar matroesjka-poppengezicht van elke uitdrukking verstoken. "Als je me in de weg staat, vraag ik Pavel om te helpen."

Verdomme.

Boordevol woede doe ik een stap achteruit en laat haar haar ding doen. Het alternatief - fysiek tegen haar en haar berg van een echtgenoot vechten - zou zowel zinloos als dom zijn. Wat maakt het uit waar mijn kleren zich bevinden? Het is wat deze verhuizing betekent dat ertoe doet.

Nikolai ontneemt me mijn kamer, mijn privéruimte... mijn enige toevluchtsoord voor hem.

Ik kan de confrontatie niet langer uitstellen. Als ik vandaag niet zijn vrouw wil worden, dan moet ik handelen.

Ik laat Lyudmila doen wat ze met mijn kast wil doen, loop naar Nikolais kantoor en klop resoluut op de deur.

"Ja?"

"Ik ben het, Chloe." Mijn stem is laag en woedend, mijn woede verbrandt alle voorzichtigheid.

De deur zwaait open en onthult Nikolais grote, breedgeschouderde gestalte. Hij steunt met een gespierde onderarm tegen de deurpost boven zijn hoofd en gaat met zijn blik over mijn lichaam. Als zijn ogen naar mijn gezicht terugkeren, zijn ze een helder, roofzuchtig goud. "Wat is er, zaychik?"

"We moeten praten."

Hij doet een halve stap naar achteren, zijn sensuele lippen komen van duister geamuseerdheid omhoog. "Kom dan maar binnen."

Hij staat nog gedeeltelijk in de deuropening, dus ik heb geen andere keuze dan me langs hem heen te dringen. Mijn schouder strijkt langs zijn hardgespierde borst en ik ruik een vage geur van bergamot en ceder, met de verleidelijke musk van een warme mannenhuid vermengd. Een bekende hitte verschroeit mijn aderen, mijn binnenkant wordt zacht en vloeibaar ondanks de woede die in mijn borst brandt.

Verdomde biologie. Dit is het laatste wat ik nodig heb.

Ik klem mijn tanden op elkaar en loop naar de ronde tafel, waar ik in een stoel plof, mijn ogen uitdagend op zijn gezicht gericht. Ik weiger om mijn lichaam mijn acties te laten dicteren, om seksuele behoeften mijn lot te laten bepalen.

Als het aan mij ligt dan trouw ik niet met deze mooie, amorele man. Hoe ik in bed ook op hem reageer.

"Dus..." Hij leunt achterover en rijgt zijn lange vingers over zijn ribbenkast. Zijn stem is van geborstelde zijde terwijl hij zachtjes zegt, "Je wilde praten."

Ik heb de hele ochtend de tijd gehad om na te denken over de beste manier om hem te benaderen, maar ik merk dat ik nog steeds mijn mond vol tanden heb, en mijn gedachten zijn een chaotische warboel. Gedeeltelijk is het de manier waarop hij naar me kijkt, met die cynische, spottende halve glimlach, alsof hij al in de toekomst heeft gekeken en precies weet wat ik ga doen en zeggen. Maar het is voornamelijk de koele vastberadenheid die ik in hem voel. De argumenten die ik heb geoefend lijken plotseling ontoereikend, het uitgangspunt van onderhandelen met hem diep gebrekkig.

"Hoe ben je van plan om het te doen?" flap ik er eindelijk uit. Het is niet waar ik mee zou beginnen, maar ik moet weten wat me te wachten staat als ik faal. "Hoe kun je me tegen mijn wil met je laten trouwen?"

De spieren rond zijn ogen spannen zich minutieus samen, ook al blijft de glimlach op zijn lippen aanwezig. "Tegen je wil? Is dat de leugen die je jezelf voedt, zaychik? Dat je gedwongen wordt?"

Het bloed stijgt naar mijn gezicht, woede vermengd

met onlogische verlegenheid. "Wat probeer je te zeggen?"

"Ik zeg dat ik je een plezier doe." Zijn glimlach wordt scherper. "Beslissingen kunnen een zware last zijn, vooral wanneer je ideeën over wat goed is in strijd met je werkelijke wensen zijn."

Mijn nagels drukken zich in mijn handpalmen. "Ik *wil* niet met je trouwen. Jij hebt het gevraagd en ik zei nee, weet je nog?"

"Oh ja, ik weet het nog." Hij gaat scherp naar voren zitten, de glimlach valt van zijn gezicht. "Sommige dingen zijn voorbestemd. Op een dag zul je het zien en dankbaar zijn, zaychik. Voor nu doe ik wat ik moet doen."

"En dat is wat? Hier een soort ambtenaar naartoe halen? En dan wat? Hoe ga je ervoor zorgen dat ik ja zeg?"

Hij antwoordt niet, leunt alleen met een ondoorgrondelijke uitdrukking achterover en mijn verbeelding maakt de sprong.

Ik staar hem vol afschuw aan en zeg met verstikte stem: "Je gaat me drogeren, nietwaar? Dat is je plan."

29

NIKOLAI

MIJN SLIMME ZAYCHIK. ZE KENT ME WEL, WAT ZE OOK beweert.

Het flesje staat al in mijn bureau, de vloeistof erin is klaar om in een spuit te worden gezogen en in haar aderen te worden gepompt. Het is de mildste, zachtste vorm van een van onze speciale medicijnen, de dosering is net genoeg om de randen van de realiteit te vervagen en iemands remmingen te verminderen.

Als ik het op Chloe gebruik, zal ze zich bewust zijn van wat er gebeurt, maar ze zal er geen bezwaar tegen hebben... want diep vanbinnen wil ze dit ook.

Ik ken haar inmiddels ook.

Daarom ben ik niet verbaasd als ze diep inademt en haar slanke schouders rechttrekt in plaats van te smeken of te huilen. "Prima," zegt ze, haar stem trilt maar een klein beetje. "Jij wint. Maar zodat je het weet, ik zal je niet vergeven als je hiermee doorgaat. Het zal alles tussen ons vergiftigen... net zoals de acties van je grootvader de kans op zijn huwelijk hebben verpest."

Verdomme, Alina. Ik had dit kunnen verwachten, maar Chloe's woorden speren me nog steeds als een vishaak, dringen diep door en haken zich recht in mijn hart.

Ik leun naar voren en mijn toon wordt scherper. "Je laat me geen keus."

"Nee. Je probeert *mij* geen keus te laten." Ze leunt ook naar voren en kijkt me vanaf de andere kant van de tafel aan. "Dat geen condoomgedoe - dat was expres, nietwaar? Je bent het helemaal niet vergeten."

Ik houd haar blik vast, de gloed van woede koelt af terwijl een merkwaardige pijn zich om mijn borst wikkelt. Heeft ze gelijk? Op dat moment leek het geen bewuste beslissing, meer een natuurlijke gang van zaken, een overweldigende drang om zonder enige vorm van barrières in haar te zijn. Het condoom was niet eens een overweging. Het is alsof mijn geest het bestaan van dergelijke beschermende maatregelen had geblokkeerd, laat staan de noodzaak ervan.

Ik wil niet meer kinderen - of ik dacht tenminste van niet. Toen zag ik mijn zaad op Chloe's dijen, en allerlei verleidelijke beelden stroomden door mijn hoofd: van Chloe die rondgroeide met ons kind, van haar die borstvoeding aan een mollige baby geeft... van ons die met een peuter met bruine ogen spelen wiens stralende glimlach een kamer verlicht.

Het was als een montage uit een verdomde

Hallmark-film, het was alleen dat ik er diep vanbinnen pijn van kreeg.

Met moeite schakel ik die gedachtegang uit. Of ik wel of niet bewust heb gehandeld, doet er niet toe. Het resultaat is hoe dan ook hetzelfde.

Ik dwing mijn schouders om te ontspannen, leun achterover en bestudeer Chloe's strak getekende gelaatstrekken. "Vertel me eens, zaychik... wat is er voor nodig om ons huwelijk te accepteren en gelukkig te zijn? Voor ons twee om het lot van mijn grootouders te ontlopen?"

Ze is te slim, te voorzichtig om hier binnen te komen om mij te berispen. Er is iets waar ze naar op zoek is, een soort doel dat ze hoopt te bereiken, en ik vermoed dat ik weet wat het is.

Ze staart me een paar lange seconden aan en ik voel de strijd in haar hoofd spelen. Doorgaan met de condoomvraag of doorgaan met haar eigenlijke doel?

Ze moet over de combinatie van de twee een beslissing hebben genomen, omdat ze rechtop gaat zitten en zegt, "Ten eerste wil ik dat we altijd bescherming gebruiken, tenzij en totdat ik ermee instem om een baby te krijgen. Sterker nog, ik wil dat je me meteen weer de anticonceptiepil geeft en vandaag een morning-afterpil voor me regelt."

"Voor elkaar," zeg ik, een irrationele golf van teleurstelling onderdrukkend.

Het is echt het beste, nog een Molotov is het laatste wat deze wereld nodig heeft. Ik weet niet wat me vannacht overkwam, maar ik ben van plan om me in de toekomst beter te beheersen. Ik heb de rest van de nacht zelfs condooms gebruikt, dus ik zal wat er is gebeurd met een kortstondig verval van de rede afdoen.

Chloe knippert, duidelijk verrast door mijn gemakkelijke berusting. "Oké. Goed. Wat dacht je ervan om de timing van de bruiloft te bespreken? Ik denk dat volgende zomer of herfst zou moeten-"

"Nee." Ik was niet van plan om overhaast met haar te trouwen, maar nu we deze weg zijn ingeslagen, kan ik me niet voorstellen dat ik nog een dag langer moet wachten. Hoe ongeduldig ik ook ben geweest om haar in mijn bed te hebben, het is niets vergeleken met mijn brandende drang om haar aan mij te binden. Ik was van plan geweest om haar pas over een paar weken een aanzoek te doen, nadat ik met Bransford had afgerekend, maar alles veranderde op het moment dat ik mijn zaad op haar zag en wist dat ik haar zwanger gemaakt zou kunnen hebben. Op dat moment werd het omdoen van mijn ring aan haar vinger mijn topprioriteit - en dat is het nog steeds, ongeacht of er wel of niet een kind komt.

Alleen al de mogelijkheid ervan deed me beseffen dat niets minder dan haar als mijn vrouw hebben goed genoeg zal zijn.

Ze haalt diep adem. "Maar-"

"Nee. Over de timing valt niet te onderhandelen." Ik weet dat ik onredelijk ben, maar ik kan niet - ik zal niet - toegeven. Iets irrationeels in mij is ervan overtuigd dat als ik dit nu niet laat gebeuren, ik haar zal verliezen... dat ik deze kans op geluk moet aangrijpen, hoe denkbeeldig die ook is.

Ze balt haar handen terwijl donkere vlekken op haar wangen verschijnen. "Ik dacht dat je wilde dat dit zou werken, dat we echt gelukkig zouden zijn in dit huwelijk."

"Dat wil ik ook... en dat zullen we ook zijn. Maar eerst moet er een huwelijk zijn. En daarvoor moet er een bruiloft zijn - en dat is wat er vandaag om vijf uur gebeurt."

"Deze middag?" Haar stem verspringt van toon. "Besef je wel hoe krankzinnig dat klinkt?"

Ik glimlach grimmig. "Gezond verstand wordt overschat, zaychik. Welk verstandig mens is ooit gelukkig? Over de logistiek hoef je je in ieder geval geen zorgen te maken. Alles is al geregeld."

Een paar tellen lang staart ze me alleen maar trillend aan, dan schuift ze haar stoel achteruit en springt overeind. "En hoe zit het met wat ik wil? Wat ik nodig heb om dit huwelijk te accepteren?"

"Vertel me wat het is, en ik zal mijn best doen om het te laten gebeuren - zolang het niet tot vertraging leidt." Ik sta ook op, stap om de tafel heen en pak haar fijngesneden kin, haar gezicht optillend om haar muitende uitdrukking in me op te nemen. "Vertel het me, zaychik. Wat kan ik doen om je gelukkig te maken? Wat heb je nodig?"

Ze grijpt mijn pols, haar ogen donker van turbulente emoties. "Ik heb het nodig dat je me dit niet laat doen."

Ik glimlach en buig mijn hoofd om de fragiele schelp van haar oor te kussen, mijn lichaam verstrakt terwijl ik haar wilde bloemengeur inadem. "Nee, zaychik," mompel ik als ik haar voel rillen. "Dat is precies wat je nodig hebt."

Iemand die zo onschuldig is als zij, zal nooit een man als ik accepteren zonder zich zorgen te maken over hoe het haar door de maatschappij opgelegde moraal in gevaar brengt en op zijn minst enige vorm van schuldgevoelens doet voelen.

Wat ik zei meende ik. Op mijn eigen egoïstische manier *doe* ik haar een plezier. Zo kan ze doen alsof ze dit niet wil, dat ze me tegen haar wil accepteert.

De tere lijn van haar keel rimpelt bij een slik, en ze ademt haperend in en trekt zich terug uit mijn greep. Haar ogen zijn nog donkerder als ze de mijne ontmoeten, haar delicate gelaatstrekken strak getekend.

"In dat geval," zegt ze onvast, "heb ik nog twee voorwaarden. Als je eraan kunt voldoen, dan zal ik vandaag om vijf uur met je trouwen, zonder drugs."

Geïntrigeerd houd ik mijn hoofd schuin. "Ga verder."

"Ten eerste wil ik dat je me vertelt wat er precies met je vader is gebeurd. En ten tweede..." Haar stem wankelt. "Wil ik dat je belooft om de mijne niet te vermoorden. Ik wil dat Bransford boete doet, maar niet op die manier."

30

CHLOE

NIKOLAIS KAAK VERANDERT IN STEEN, VULKANISCHE wolken pakken zich in zijn ogen samen. Met een gevaarlijk vlakke stem zegt hij, "Ik kan het eerste doen, maar het tweede niet. Bransford is zolang hij leeft een bedreiging voor je."

"Niet als hij is ontmaskerd en mensen weten wat hij is. Ik kan mijn DNA-resultaten openbaar maken, met dat soort bewijs zal de media moeten luisteren."

Ik weet niet wanneer het idee van deze Faustiaanse onderhandeling met Nikolai bij me opkwam, en toen besloot ik dat, aangezien het onvermijdelijk was dat ik deze huwelijksstrijd zou verliezen, ik me in ieder geval op mijn eigen voorwaarden zal overgeven. Deze twee zaken - de waarheid over Nikolais verleden achterhalen en ervoor zorgen dat hij Bransford in leven laat - zijn even belangrijk voor me en ik moet het beetje invloed dat ik heb gebruiken.

Bransford moet voor zijn misdaden boeten, maar ik

wil zijn bloed niet aan Nikolais handen hebben en dus aan mijn geweten.

"De media?" Nikolais lippen verdraaien zich. "Je begrijpt wel wat dat zou inhouden, nietwaar, zaychik? Ze zullen als een zwerm hongerige meeuwen op je afkomen. Elk stukje van je leven zal ontleed worden, de dood van je moeder en alles over haar verleden zal in misselijkmakende details geanalyseerd worden. Je zult nooit meer een moment van rust hebben. En hoewel het schandaal de politieke carrière van Bransford waarschijnlijk zal schaden, is er geen garantie dat hij voor de verkrachting van je moeder naar de gevangenis zal gaan. De verjaringstermijn zou dat kunnen verhinderen."

"Hij is ook schuldig aan de opdracht tot haar moord."

"Ja, maar veel succes met het bewijzen daarvan nu de moordenaars uit beeld zijn.'

Verdomme. Hij heeft gelijk. In mijn haast om een alternatief te bedenken voor het doden van Bransford, heb ik dat laatste niet overwogen. Ik heb geen idee wat Nikolai met de lichamen van de moordenaars heeft gedaan, maar hoe dan ook kunnen dode mannen niet over de identiteit van hun werkgever getuigen. Erger nog, de autoriteiten op de graven van de moordenaars wijzen - of zelfs maar het incident in het bos onthullen - kan Nikolai allerlei problemen opleveren. Het laatste wat ik wil is dat hij wordt gearresteerd, omdat hij mij heeft beschermd... of dat de media over hem heen zullen komen, wat ze zeker zullen doen als we getrouwd zijn.

Nu Slava verborgen moet blijven voor de familie van zijn moeder, kan ik mijn relatie met Bransford niet openbaar maken. Het idee zelf is onbegonnen werk.

Toch ben ik niet klaar om op te geven. "Wat als *ik* het niet doe? Ik wed dat er naast mijn moeder andere vrouwen zijn bij wie hij dit heeft gedaan, andere meisjes die hij op een bepaald moment heeft aangevallen. Zulke mannen hebben meestal een bepaalde werkwijze, dus misschien kunnen we zijn andere slachtoffers vinden en-"

"Hoe wil je ze vinden?" Nikolais toon wordt zachter. "Ik begrijp wat je probeert te doen, zaychik, geloof me, maar zelfs als sommige slachtoffers gemakshalve in de coulissen op de loer lagen, zou het ons maanden of jaren kunnen kosten om ze te vinden en ze over te halen om naar voren te komen. Op dat moment zou hij president van de Verenigde Staten kunnen zijn, en hem neerhalen zal oneindig veel meer inspanning vergen. In de tussentijd zal hij op je blijven jagen... en misschien ook andere slachtoffers maken. Heb je dat ooit overwogen? Als hij inderdaad een voorliefde voor onwillige tienermeisjes heeft, dan vormt hij elke minuut dat hij leeft niet alleen een bedreiging voor *jou*. Door hem uit te schakelen, zal ik de wereld een plezier doen."

Ugh. Ik draai me om en wrijf over mijn voorhoofd. Hij heeft weer gelijk, maar ik kan niet accepteren dat moord het enige antwoord is. Er moet iets anders zijn dat we kunnen doen. Ik zou zelfs iets duisters kunnen accepteren, zoals chantage of-

Ik draai me om. "Wat als we ze, de slachtoffers, niet zouden hoeven te vinden? Wat als we ze zelf creëren?"

Nikolais donkere wenkbrauwen komen omhoog, zijn blik verlicht met een vleugje amusement. "Stel je voor om een paar vrouwen te betalen om hem te beschuldigen? Vals bewijs produceren? Vind je dat niet onethisch en verkeerd?"

"Niet als het alternatief is om hem te vermoorden. Bovendien is het niet alsof hij onschuldig is."

"Nee," zegt Nikolai vlak, zonder spoor van humor. "Dat is hij niet."

"Dus is dat een ja?" Ik stap dichterbij en kijk hem hoopvol aan. "Kunnen we dit proberen, kijken of het werkt?"

Hij veegt een pluk haar uit mijn gezicht. "Nee, zaychik. Valse beschuldigingen werken niet."

"Maar-"

"Als we slachtoffers willen creëren, dan moeten ze echt zijn... of in ieder geval moet het bewijs dat zijn."

Ik kijk hem knipperend aan. "Hoe bedoel je?"

"Ik heb een idee, maar ik moet het met Valery overleggen."

Er gaat in mijn hoofd een lampje branden. "Heb je het over Masha?" Welke leeftijd de 'aanwinst' van zijn broer ook is, ze zou gemakkelijk voor een tiener door kunnen gaan, dus als we haar in de buurt van Bransford kunnen krijgen-

"Precies." Nikolai loopt naar zijn bureau en klapt

zijn laptop open. Ik kijk met ingehouden adem toe terwijl zijn lange vingers over het toetsenbord dansen en een boodschap versturen.

Misschien juich ik te vroeg, maar het lijkt alsof hij aan boord is. Hij vindt dat dit idee kans van slagen heeft.

"Oké," zegt hij na een minuut, terwijl hij de laptop sluit. "Laten we eens kijken wat Valery denkt, en of Masha open zou staan om het huidige plan te wijzigen."

"En wat is dat?"

De ronding van zijn lippen bevat een vleugje ironie. "Laten we zeggen dat het eerste deel ervan niet al te verschillend is."

Ik knipper. "Zou ze hem gaan verleiden?"

"Net genoeg om hem een maaltijd met haar te laten eten."

Waar ze hem dat zou geven wat in die fatale 'hartafwijking' zou moeten resulteren.

Ik doe mijn best om mijn toon gelijk te houden. "Oké, dus dan zou het gemakkelijk moeten zijn, toch? Misschien kan ze hem nog wat verder verleiden en compromitterende foto's maken. Of-"

"Maak je over de details geen zorgen, zaychik." Hij loopt om zijn bureau heen en stopt voor me, zijn ogen zijn van de donkerste tint amber terwijl hij nog een lok haar achter mijn oor stopt. "Je enige taak vandaag is om de jurk te kiezen."

31

CHLOE

NIKOLAI HAD HET MIS. HET IS NIET ALLEEN DE JURK. NA de lunch valt een troep modieus geklede mensen het huis binnen, met alles van schoenen vanuit een warenhuis tot haarstylingtools. Alina regisseert ze allemaal met vlotte efficiëntie, en voor ik het weet, ben ik gewassen, gewaxt, geplukt, geparfumeerd, gestyled en tot in de puntjes opgemaakt.

Tegen de tijd dat we bij de kledingkeuze zijn, heb ik het gevoel dat ik een milde vorm van marteling heb meegemaakt en krijgt alles een surrealistische sfeer. Mijn trouwdag - alleen al die woorden zijn als iets uit een boek of film, een fictief verhaal over een meisje dat onmogelijk mij kan zijn.

Trouwen is nooit mijn droom geweest. Niet zoals het dat voor sommige vrouwen is. Het was gewoon iets waarvan ik dacht dat het in de toekomst zou gebeuren als ik de juiste persoon zou ontmoeten en alle sterren op één lijn zouden staan. Laten we zeggen, als we het allebei goed deden in onze carrière, van elkaars familie en vrienden hielden, en heel veel gemeenschappelijke interesses hadden. En als we de juiste leeftijd hadden, wat voor mij op zijn vroegst eind twintig is.

Ik had nooit gedacht dat ik op mijn drieëntwintigste zou trouwen - en zeker niet met een Russische gangster. Want dat is Nikolai, of hij dat label nu wel of niet accepteert. De Molotovs hullen zich in de pracht en praal van de high-society, maar in de kern zijn Nikolai en zijn broers wilden, even gewelddadig en amoreel als alle kartelleiders.

De gedachte om mijn leven met zo'n man te verbinden zou me angst moeten aanjagen, maar in plaats daarvan voel ik me verdoofd, zo overweldigd dat alles als witte ruis aanvoelt. Nog geen twee maanden geleden was mijn enige zorg het vinden van een baan na mijn afstuderen, en toen ging mijn leven zo ver van de rails dat niets van wat er vandaag gebeurt, heel erg eng of vreemd lijkt.

Of misschien is dat een leugen die ik mezelf vertel om deze dag door te komen. Misschien zal de enorme omvang hiervan me later treffen, wanneer ik beter toegerust ben om het te verwerken.

De jurken die ik te zien krijg zijn prachtig, stuk voor stuk een kunstwerk. Er zijn er veertien in totaal, en Alina laat me ze allemaal passen voordat ze verklaart dat nummer zeven - een item van ivoor met een zeemeerminnenstaart en een off-the-shoulder halslijn - de juiste is.

Ik weet niet of ik het met haar eens ben - voor mij

komen alle jurken rechtstreeks uit een sprookje - maar ik ben dankbaar dat ik haar begeleiding heb. Wat ze ook van de procedure van vandaag mag denken, ze heeft de leiding genomen en bemoeit zich namens mij met de binnenvallende roedel. Dankzij haar hoef ik geen lastige beslissingen te nemen, zoals welke kleur oogschaduw ik moet aanbrengen. Ze vertelt ze wat ze met me moeten doen en hoe, en ik moet daar gewoon als een zombiepop zitten terwijl ze alle dingen doen, inclusief wat concealer in mijn hals deppen om de zuigzoen en andere tekenen van Nikolais vrijpartij te verbergen.

Het is bijna vijf uur als ik helemaal klaar ben, en als de roedel vertrekt, arriveren er twee nieuwe auto's. In de ene zitten twee mensen met duur ogende camera-apparatuur, in de andere een slanke man van middelbare leeftijd in een zwart pak met een witte kraag gekleed.

"Niet-confessionele priester," legt Alina uit, die naast me bij het raam komt staan. "Hij zal de ceremonie leiden."

Ceremonie, juist. Mijn hart bonkt in paniek, een deel van mijn gevoelloosheid vervaagt. Dit *is* echt. Het gaat gebeuren. Een echte bruiloft, met een luxe jurk, een priester en een team van fotografen/videografen. Ik heb geen idee hoe Nikolai dit op zo'n korte termijn voor elkaar heeft gekregen, maar ik denk dat als je genoeg geld hebt om mee te strooien, je je over zulke volkse zorgen als het vooraf boeken van zeer gewilde professionals niet druk hoeft te maken.

"Waar is Slava?" vraag ik, terwijl ik me realiseer dat ik de jongen na onze lessen 's ochtends niet meer heb gezien. "Zal hij ook bij de ceremonie zijn?"

Alina knikt. "Lyudmila heeft hem uit het zicht gehouden, want hoe minder mensen van zijn aanwezigheid hier afweten, hoe beter. Maar Nikolai wil hem wel op de bruiloft en op de foto's, dus hij heeft met de priester en het fotografenteam de nodige voorzorgsmaatregelen genomen."

"Voorzorgsmaatregelen? Zoals in een soort geheimhoudingsverklaring? Wacht, bij nader inzien wil ik het niet weten."

Ze werpt me een oogverblindende grijns toe. "Slim van je. Maar ja, een NDA hoort daar geloof ik bij. Samen met wat zwaardere maatregelen."

Mijn hart geeft nog een bons en schiet dan in een totale galop. De realiteit komt bij me binnen en snel en daarmee een gevoel van paniek.

Wat ben ik aan het doen? Waarom heb ik hiermee ingestemd? Hoe weet ik of Nikolai zich aan zijn kant van de afspraak zal houden? Hij heeft me nog steeds niet verteld wat er met zijn vader is gebeurd, maar om eerlijk te zijn, met alle voorbereidingen voor het huwelijk, hebben we niet veel tijd gehad om te praten. Wat op zich al een probleem is. Alles gaat veel te snel, alle beslissingen zijn uit mijn handen genomen, alle implicaties enorm. Om te beginnen dringt het tot me door dat ik door met Nikolai te trouwen niet alleen een man krijg, maar ook een zoon.

Ik word de stiefmoeder van een vierjarige.

Ik moet er een beetje wild uitzien, want Alina reikt naar me toe om in mijn handen te knijpen. "Haal adem. Het komt wel goed. Neem het gewoon één minuut per keer."

Dat is goed advies. Dat zei mama altijd tegen me: focus je gewoon op de volgende stap, het volgende dat moet gebeuren. Niemand heeft een glazen bol als het om de verre toekomst gaat, dus het heeft geen zin om te ver vooruit te denken. Hoe dan ook, Slava's stiefmoeder worden is het minst enge deel van deze onderneming, aangezien ik al van de jongen hou en me niet kan voorstellen om hem niet in mijn leven te hebben.

Ik haal diep adem om mijn hectische hartslag te kalmeren. "Dank je. We moeten waarschijnlijk naar beneden gaan voordat Nikolai ons komt zoeken." Ik doe een stap achteruit en bekijk haar zeekleurige jurk van top tot teen. "Je ziet er trouwens geweldig uit."

Alina's grijns keert terug. "Ik? Jij bent de prachtige bruid."

Dat kan zo zijn, maar ze overtreft me, zoals altijd. Op een gewone dag zou Nikolais zus voor een ster door kunnen gaan die op de rode loper loopt, maar wanneer ze extra moeite met haar haren en make-up doet, zoals ze nu heeft gedaan, dan is haar schoonheid bijna onwerkelijk. Als ik een foto van haar zou zien zoals ze nu is, dan zou ik er zeker van zijn dat het allemaal gefotoshopt was, met allerlei filters geperfectioneerd. Maar hier is ze dan, ze staat naast me, zo echt als maar kan.

"Heb je iemand in Rusland?" vraag ik in een opwelling. "Een vriendje of iets dergelijks?"

Ondanks onze groeiende vriendschap, is Alina over dat onderwerp net zo openhartig geweest als over het onderwerp van haar familie, en ik vraag me af waarom. Ik heb haar alles over mijn ex-vriendjes verteld, maar ze heeft nooit zulke verhalen over zichzelf verteld.

Als ik niet beter zou weten, dan zou ik denken dat ze niet veel uit is geweest.

"Een vriendje?" Haar lachsalvo klinkt geforceerd. "Nee. Zo iemand is er niet."

En we zijn weer terug bij af.

"Waarom niet?" vraag ik, niet in staat om het met rust te laten. Op Alina's liefdesleven focussen is veel beter dan stilstaan bij waar het mijne naartoe gaat. "Er is ongetwijfeld-"

"We moeten naar beneden," zegt ze terwijl ze zich omdraait. "Laten we gaan voordat we te laat zijn."

32

NIKOLAI

"SLAVOCHKA..." IK HURK VOOR MIJN ZOON NEER. "IK moet ergens met je over praten."

Hij staart me zonder te knipperen aan, onbehagen duidelijk in zijn uitdrukking te zien. Hij had niet alle mensen kunnen missen die het huis in- en uitgingen, en ik weet dat hij zich afvroeg wat er aan de hand was. Lyudmila heeft me verteld dat hij haar de hele middag met vragen heeft bestookt - vragen die ze niet heeft beantwoord, in de veronderstelling dat ik degene zou zijn die hem het nieuws zou brengen.

"Het is niet iets slechts," zeg ik als hij zwijgt. "Het is zelfs iets heel moois. Weet je nog dat ik je had beloofd dat Chloe voor altijd bij ons zou blijven?"

Hij knikt behoedzaam.

"Nou, daar gaat het vandaag om." Ik glimlach breed. "We gaan trouwen. Chloe wordt niet alleen je bijleslerares, maar ook je nieuwe moeder."

Zijn ogen worden groot en zijn kleine kin trilt. "Mijn moeder?"

"Technisch gezien stiefmoeder, maar ik weet zeker dat Chloe het leuk zou vinden als je haar na verloop van tijd als je moeder zou gaan beschouwen."

Ik verwacht dat Slava blij zal reageren, aangezien hij absoluut dol op Chloe is. In plaats daarvan trilt zijn kin nog erger, en glimmende tranen stromen in zijn ogen. "Betekent dat-" Zijn kinderlijke stem breekt. "Betekent dat dat ze dood zal gaan?"

Fuck. Dit weer. Ik heb het gevoel dat iemand met een hamer tegen mijn borst heeft geslagen.

Als Ksenia niet al dood was, dan zou ik haar vermoorden omdat ze bij dat auto-ongeluk is overleden en deze angst bij onze zoon heeft gezaaid.

Ik pak zijn armen stevig vast. "Nee, Slavochka. Dat zal ze niet. Sterker nog, ik trouw met haar om ervoor te zorgen dat haar nooit iets ergs zal overkomen. Ze zal hier veilig bij ons zijn."

Het trillen van zijn kin stopt, zelfs als er druppels vocht aan zijn onderste wimpers blijven kleven, waardoor ze glinsteren. "Beloof je dat?"

"Ik beloof het."

"Zal ze altijd bij ons blijven?"

"Altijd." Of in ieder geval zolang er adem in mijn lichaam is - maar dat ga ik niet zeggen, anders begint hij zich straks zorgen te maken dat ik ook doodga.

Hij beloont me met een stralende glimlach, en de hamer slaat weer op mijn borst, de pijn weergalmt diep. Alleen is het deze keer een andere pijn, een die ik heb leren verwelkomen. Het is moeilijk om te verwoorden hoe ik me door mijn zoon voel. Het enige wat ik weet is dat ik me geen leven meer zonder hem kan voorstellen, zonder deze krachtige emoties die me vaak het gevoel geven dat ze me uit elkaar scheuren.

In de afgelopen twee weken is de voorlopige verstandhouding die we dankzij Chloe hebben opgebouwd, verdiept, onze relatie is in iets veranderd waarvan ik nooit had gedacht dat ik het zou hebben... iets waardoor ik me afvraag of een ander kind, een met Chloe, zo slecht zou zijn.

Maar nee. Ik heb beloofd dat het haar beslissing zou zijn - en dat moet ook zo zijn, wil ons kind enige kans hebben om de Molotov-vloek te overwinnen. Ik wil niet dat hij door een moeder wordt opgevoed die een hekel aan zijn bestaan heeft en die hem vertelt dat alles wat hij is haar laat walgen, dat het kwaad een deel van hem is en altijd zal zijn.

Ik wil niet dat hij zoals mijn vader eindigt.

Ik duw die grimmige gedachte weg en glimlach terug naar Slava. "Laten we je aankleden en klaarmaken. Het is bijna tijd voor de bruiloft."

Ik sta op en steek mijn hand naar hem uit, en terwijl zijn kleine vingers zich vertrouwend om mijn handpalm sluiten, voel ik me meer dan ooit zeker dat ik het juiste doe... voor mezelf, voor Chloe en voor mijn zoon.

33

CHLOE

We leggen onze geloften op het glazen terras met uitzicht op het ravijn af, waar de vergezichten over de bergen een Instagram-waardige achtergrond bieden en de late namiddagzon alles in een warm, gouden licht werpt.

Voor een buitenstaander zou het er als de meest perfecte kleine bruiloft uitzien, tot aan de muziek die door de luidsprekers aan het plafond naar binnen sijpelt en het schattige in smoking geklede kind dat rechts van ons opgewonden staat te stralen.

"Neem jij, Chloe Emmons, Nikolai Molotov... tot je wettige echtgenoot... en tegenspoed..." De woorden van de priester vervagen en verdwijnen, als een defecte radio-uitzending, en het witte ruiseffect keert terug om een constant gezoem in mijn oren te creëren. Ik ben me vaag van Alina bewust die naast me staat, onofficieel het bruidsmeisje spelend, en van Pavels beerachtige lijf naast Nikolai. Is hij zijn getuige? Is dat überhaupt een ding in Rusland?

"Ja," zeg ik als ik besef dat de priester zwijgt en dat al een tijdje doet. Nikolai heeft zijn deel al gezegd, dus het ligt bij mij.

Lyudmila, die Slava's hand vasthoudt, zegt iets in het Russisch tegen de jongen terwijl de priester glimlacht en zegt: "Geef elkaar dan nu de ringen."

Hebben we ringen?

En ja hoor, Nikolais sterke vingers grijpen mijn rechterpols al vast. Hij draait mijn handpalm omhoog, plaatst een eenvoudige gouden ring in het midden, pakt dan mijn linkerhand op en schuift een delicate, met diamanten ingelegde gouden ring om mijn ringvinger.

Huh. Het lijkt erop dat we ringen hebben.

Onhandig doe ik de effen ring om Nikolais ringvinger en kijk omhoog. Zijn ogen passen bij de kleur van het edele metaal op zijn hand, de verzengende hitte erin verjaagt de witte ruis in mijn oren en brengt de procedure in perspectief.

Heilige fuck.

We zijn net getrouwd.

De man die voor me staat is nu *mijn echtgenoot*.

"Gefeliciteerd. Je mag de bruid kussen," zegt de priester, en mijn hart maakt een sprongetje als Nikolai mijn gezicht optilt en zijn hoofd buigt, terwijl een donker tevreden glimlach om zijn lippen speelt terwijl ze op de mijne neerdalen.

Het is een korte, bijna platonische kus, maar er is

geen twijfel over de rauwe bezitterigheid die erin zit, of in de manier waarop hij daarna mijn hand vastpakt terwijl hij zich omdraait om de stroom van applaus en felicitaties die op ons afkomt onder ogen te zien. Zelfs als iedereen ons omhelst, houdt hij me vast en weigert los te laten.

Ten slotte trekken de volwassenen zich terug en knielt Nikolai voor Slava neer, mijn hand nog steeds stevig in zijn greep.

"Slavochka..." Zijn toon is plechtig, zijn Engelse woorden zorgvuldig uitgesproken. "We zijn nu een familie. Chloe is mijn vrouw - en je nieuwe moeder."

Oké, wauw. Dit had ik niet verwacht. Moeten we dit niet rustig aanpakken? Ik wil niet dat Slava het me kwalijk neemt dat ik de plaats van zijn overleden moeder inneem. Natuurlijk ben ik technisch gezien zijn stiefmoeder, maar dat betekent niet dat hij me voorlopig niet als Chloe kan blijven zien, en later, als de timing goed is, kunnen we-

Mijn gedachten komen gillend tot stilstand als Slava me de grootste, helderste grijns laat zien en zijn korte armen om mijn rok slaat, terwijl hij met al zijn kracht mijn benen omhelsd.

"Mama Chloe," roept hij uit, terwijl hij met een nog grotere grijns naar me opkijkt, en het kost me heel wat moeite om mijn schok te verbergen over zijn gemakkelijke aanvaarding van deze verandering in onze dynamiek. Waar is de wrok? De behoedzaamheid bij de plotselinge verandering in zijn leven? Niet dat ik niet blij ben dat hij er zo blij mee is. Nikolai moet vandaag op een bepaald moment met hem hebben gesproken, hem hebben gewaarschuwd voor wat er gaat gebeuren. Toch had ik op zijn minst een korte aanpassingsperiode verwacht. Tenzij natuurlijk-

Ik stop mezelf. Niets van dat alles is nu belangrijk. Ik pak Slava's opgeheven gezicht met mijn handpalm vast en schenk hem de meest stralende glimlach die ik kan opbrengen. "Ja, lieverd. We zijn nu een familie. Je kunt me mama noemen of wat je maar wilt."

Hoe schokkend het ook is om mezelf plotseling in de rol van ouder te bevinden, ik heb het gevoel dat Slava het minst gecompliceerde deel van dit huwelijk zal zijn, en niet alleen omdat ik me absoluut niet schaam om toe te geven dat het kind mijn hart al heeft.

Als ik naar Nikolai kijk, is zijn uitdrukking hartelijk goedkeurend. Glimlachend brengt hij de hand die hij vasthoudt naar zijn lippen en kust hij mijn knokkels een voor een, waardoor de tintelingen over mijn ruggengraat lopen en Slava moet giechelen.

"Mama Chloe," herhaalt hij opgewonden en springt naar Alina toe, terwijl hij in het Russisch tegen haar kletst.

"Nogmaals gefeliciteerd," zegt ze terwijl ik haar blik opvang. Zachtjes voegt ze eraan toe, "Ik ben blij dat je mijn zus bent."

Zus. Juist. Want dat is wat het betekent om te trouwen. Je krijgt er niet alleen een man bij, maar ook een familie. Zoals een zoon, een zus, twee broers, en ik weet niet hoeveel neven en nichten... alle broers en zussen en familieleden die ik nooit heb gehad.

Voor het eerst besef ik hoeveel mijn leven aan het veranderen is.

Ik ben niet langer een wees, alleen op mijn weg in de wereld.

Het besef galmt nog steeds door me heen als de fotograaf ons naar buiten leidt om op de klif een miljoen foto's te maken, waar de zomerbries onze gezichten met dennengeurende koelte kust.

Geen wees.

Geen enig kind van een alleenstaande moeder die zelf geen familie had.

Hoelang heb ik stiekem al zoiets gewild? In mijn verbeelding was het mijn vader die in mijn leven zou komen en me aan alle neven, nichten, tantes en ooms zou voorstellen waarvan ik niet wist dat ik ze had, maar die geweldig bleken te zijn. Nu ik weet wat ik over Bransford weet, kan ik het me niet voorstellen. Alleen al de gedachte om iemand te ontmoeten die familie van de man is die me probeert te vermoorden, is walgelijk. Godzijdank heeft hij geen andere biologische kinderen - althans geen waarvan de media op de hoogte zijn. Van het weinige dat ik mezelf heb toegestaan om over hem te lezen, weet ik dat hij een weduwnaar is die onlangs is hertrouwd. Zijn eerste vrouw vocht tien jaar lang tegen een zeldzame vorm van kanker voordat ze een paar jaar geleden overleed, en zijn nieuwe vrouw heeft twee jonge kinderen uit haar eerdere huwelijk - een meisje en een jongen met wie hij regelmatig voor de camera's paradeert en de rol van een gezonde, volledig Amerikaanse echtgenoot speelt en een vader tot in de perfectie.

Als ze maar eens wisten.

In gedachten verzonken volg ik de instructies van de fotograaf op de automatische piloot en de volgende keer dat ik om me heen kijk, gaat de zon achter de bergtoppen onder en baadt alles in een roodoranje gloed.

"Dat zou genoeg moeten zijn," zegt Nikolai, en we gaan terug naar het huis, waar het gourmetstel op de eettafel Alina's verjaardagsfeest in een schaduw stelt. Er is van alles, van zeevruchten tot traditionele Russische gerechten tot een enorme verscheidenheid aan sushi en internationale delicatessen zoals escargots.

Ze moeten dit grotendeels in hebben laten vliegen. Er is geen enkele manier dat Pavel tijd heeft gehad om zelfs maar een fractie te maken van wat voor ons ligt.

Mijn maag gromt en plotseling besef ik dat ik uitgehongerd ben. Al dat fotograferen moet meer energie hebben gekost dan het leek. Of misschien is het de stress. Hoe dan ook, zodra we gaan zitten en Pavel de eerste toost op onze gezondheid maakt, laad ik mijn bord vol met vijf verschillende soorten kaviaarsandwiches, gevolgd door blintzes, bladerdeeg, een enorme verscheidenheid aan ingemaakte groenten en fruit, kreeftenstaarten, vleeswaren, gastronomische kazen en allerlei soorten salades. Alles is net zo heerlijk als het eruitziet, en tegen de tijd dat ik eindelijk pauzeer om op adem te komen barst mijn jurk uit zijn voegen.

Ik kijk op van mijn bord en zie Nikolai met een toegeeflijke glimlach naar me kijken.

"Wat?" vraag ik zelfbewust, terwijl ik mijn vork neerleg.

"Niets. Ik vind het gewoon leuk om je te zien eten."

Het is meer alsof ik me aan het volvreten ben. Mijn oren branden, maar ik pak nog een kreeftenstaart. Dit eten is gewoon te verdomd goed, en als er iets is dat ik tijdens mijn maand op de vlucht heb geleerd, dan is het om lekker eten - of welk eten dan ook - niet als vanzelfsprekend te beschouwen.

Twee toosten later moet ik echter mijn nederlaag toegeven. Ik kan niets anders meer eten, en het hoofdgerecht is nog niet eens gebracht. Om mezelf van het overvolle gevoel af te leiden, kijk ik naar Nikolai, die in het Russisch iets aan Pavel uitlegt.

Ik wacht tot hij klaar is, en als hij naar me kijkt, zeg ik, "Je broers... Heb je ze over de bruiloft verteld?" Het kwam net in me op dat ik mijn nieuwe zwagers nog niet heb ontmoet, en ze hebben misschien geen idee dat ik nu een deel van de familie ben.

Nikolai gebaart naar de videograaf, die discreet met zijn camera rond de tafel cirkelt. "Valery en Konstantin krijgen de live-feed en ze zullen straks videobellen om ons te feliciteren."

Natuurlijk. Hij heeft aan alles gedacht. Waarom ben ik überhaupt verrast? Het organiseren van een bruiloft in een kwestie van uren moet in vergelijking met het plannen van een spraakmakende moord kinderspel zijn. Niet dat dat laatste nog gaat gebeuren – tenminste, als Nikolai zijn woord houdt.

Met moeite concentreer ik me weer op het feest, dat me erg aan Alina's verjaardag doet denken, alleen met alle toosts die nu op mij en Nikolai gericht zijn. De meeste worden door Pavel en Lyudmila gegeven, die vastbesloten lijken te zijn om elkaar met goede wensen te overtreffen, maar Alina heft ook een paar keer haar glas, eerst om ons een lang en gelukkig huwelijk te wensen en dan om op mij te proosten als "de zus die ze altijd al had willen hebben".

Ze heeft op dit moment ten minste vier shots wodka op, dat weet ik, maar haar woorden raken me nog steeds, ze trekken aan dat kleine, geheime deel van mij dat altijd al een zus heeft willen hebben.

Misschien is het toch niet zo erg om een Molotov te zijn. Het is misschien de moeite waard om een familie te krijgen, zelfs als het een maffiafamilie is.

Mijn voorzichtige enthousiasme houdt tijdens het hoofdgerecht en het dessert aan, door verschillende glazen wijn en twee shots wodka aangewakkerd. Iedereen om me heen is aangeschoten, met uitzondering van Slava en Nikolai.

Net als op Alina's verjaardag krijg ik het gevoel dat alcohol de vermogens van mijn nieuwe echtgenoot alleen maar scherper maakt, dat wodka voor hem meer als Red Bull of koffie is. Of misschien is het gewoon dat het een deel van zijn gepolijste, elegante façade wegneemt, degene die hij gebruikt om de sterke kracht van zijn persoonlijkheid te versluieren, die duistere intensiteit die in hem suddert en die probeert om alles en iedereen naar zijn hand te zetten.

Om *mij* te buigen, me te vormen tot wat hij wil dat ik ben.

Zijn vrouw. Zijn bezit. In elk opzicht de zijne... want de ring aan mijn vinger is een kooi, een waaruit geen ontsnapping mogelijk is.

Het besef zou me bang moeten maken - en normaal gesproken zou dat ook gebeuren - maar alcohol werkt voor mij niet als Red Bull. In plaats daarvan kleurt het mijn wereld in warme, wazige tinten, zoals de aquarel van een zonsondergang - daarom heb ik er geen bezwaar tegen als Nikolai me op zijn schoot trekt, waar hij me met chocolade bedekte aardbeien met de hand voert terwijl we via een laptop die Pavel naar de tafel brengt met zijn broers praten.

Konstantin belt als eerste, en zijn magere gezicht lijkt zo erg op dat van Nikolai dat mijn hart een slag overslaat als het voor het eerst op het scherm verschijnt. Bij nadere bestudering worden de verschillen echter duidelijk. Konstantins neus is iets groter en meer haaks, zijn sterke kin heeft een spleet en zijn ogen zitten dieper in hun kassen, hun opvallende kleur achter zijn zwartgerande bril verborgen. Wat nog belangrijker is, zijn lippen missen de cynische, boosaardige ronding van die van Nikolai, hoewel ze op hun eigen sobere manier net zo mooi zijn.

Om de een of andere reden is het gemakkelijk om me Nikolais oudere broer als een krijgsmonnik voor te stellen, die tussen het vernietigen van hordes binnenvallende barbaren, oude geschriften met de hand overschrijft.

"Gefeliciteerd met jullie huwelijk," zegt hij tegen ons. Zijn stem is diep, zoals die van Nikolai, zijn accent perfect Amerikaans. Ik vraag me af of hij ook hier in Amerika heeft gestudeerd. "Ik ben blij voor jullie." Zijn blik valt op mij. "Welkom bij de familie, Chloe."

"Dank je wel. Het is leuk om kennis met je te maken."

We wisselen nog een paar beleefdheden uit terwijl Nikolai me de aardbeien voert, zijn arm bezitterig om mijn ribbenkast geslagen, en pas wanneer Konstantin ophangt, realiseer ik me dat hij op geen enkele manier had gereageerd toen hij zag dat ik op de schoot van zijn broer zat en als een kind werd gevoerd. Er was geen plagende glimlach, niets wees erop dat hij het überhaupt had gezien.

Het is alsof we zojuist met een AI hadden gesproken in plaats van met een mens - wat, gezien wat ik over Konstantins IQ en technisch genie heb gehoord, niet buiten het bereik van mogelijkheden valt.

Valery is de volgende en de vibe die ik van hem krijg is compleet anders. Als het mogelijk is, lijkt Nikolais jongere broer nog meer als een tweelingbroer op hem - of liever, zijn kloon, gezien het leeftijdsverschil van vier jaar dat tussen hen zit. Maar daar houden de overeenkomsten op. Er is iets kouds en berekenend aan Valery. De glimlach op zijn sensuele lippen bereikt zijn ogen niet helemaal, die mijn gezicht met een verontrustend gebrek aan emotie scannen.

Een poppenspeler - daar doet hij me aan denken, realiseer ik me als hij ons op een koele, gelijkmatige toon feliciteert, zijn diepe stem net als die van zijn broers zonder accent.

Net als bij Konstantin is ons gesprek met hem kort, gewoon een simpele meet-and-greet. Uiteindelijk heb ik geen idee wat hij van mij of onze haastige bruiloft vindt - of van wat dan ook.

"Je broers zijn... interessant," zeg ik tegen Nikolai als we de verbinding verbreken. "Waren jullie hecht toen jullie opgroeide?"

Hij brengt nog een aardbei naar mijn lippen. "Niet echt." Voordat ik hem om uitleg kan vragen, duwt hij de zoete bes in mijn mond, pakt dan een glas champagne en geeft het aan me.

Ik slik de bes door en neem een slokje van de koolzuurhoudende, lichtzoete drank terwijl Nikolai nog een glas champagne pakt en wacht tot ieders ogen op ons gericht zijn.

"Op mijn mooie bruid," zegt hij, terwijl hij me met zijn intense blik van een tijger aankijkt. "Zaychik... Ik zou niet gelukkiger kunnen zijn dan om jou in mijn leven te hebben, en ik zal er alles aan doen om *jouw* geluk te verzekeren."

En weer hoor ik het onuitgesproken 'zelfs als je bezwaar maakt'.

34

NIKOLAI

Nog twee toosts van Pavel en Lyudmila, en het avondeten is voorbij. Ik neem Chloe in mijn armen en draag haar naar boven, naar mijn slaapkamer.

Nee, *onze* slaapkamer. Nu ze mijn vrouw is, zal ze elke nacht in mijn armen slapen.

Mijn hart bonst als ik met mijn schouder de deur openduw en haar naar binnen draag, waar ik haar voorzichtig op haar voeten voor het bed zet. Ze zwaait een beetje en giechelt. Het is duidelijk dat al die wijn en champagne haar naar het hoofd is gestegen.

Mijn hoofd is ook troebel, maar niet van de alcohol. Het is lust die mijn gedachten verstrikt en mijn aderen met langzaam bewegende lava vult. De langdurige viering was een nieuwe test van mijn zelfbeheersing, een die ik ternauwernood doorstond.

Ik wilde Chloe pakken en haar direct nadat we onze geloften hadden afgelegd mee naar bed nemen, om onze verbinding op de meest basale manier te bezegelen. De enige reden dat ik me heb verzet, was voor de herinneringen.

Als we oud en grijs zijn, wil ik naar de foto's en video's terugkijken en me elk detail van deze dag herinneren.

Chloe zwaait weer heen en weer en knippert uilachtig naar me op, en ik pak haar schouders vast om te voorkomen dat ze valt. Dan negeer ik de honger die in me opborrelt en kijk ik naar haar en prent me elke gelaatstrek, elke wimper in mijn hoofd in. Omdat de foto's en video's niet genoeg zullen zijn. Ik wil me alle sensaties herinneren, van de zijdezachte warmte van haar huid tot de zoetheid van champagne en aardbeien van haar adem.

Mijn bruid.

Mijn vrouw.

Geen twee woorden hebben ooit zo goed, zo bevredigend gevoeld.

Ze is vandaag bijzonder mooi in deze witte, etherische jurk waarvan mijn handen jeuken om hem van haar af te trekken, waardoor meer van haar prachtige, stralende huid zichtbaar zal worden. Haar met goud gestreepte haar is in een kunstig opgestoken kapsel gerangschikt, haar volle lippen met een rijke bessenkleur getint, haar bruine ogen zijn met rokerige make-up nog groter en zachter gemaakt. Maar het enige waar ik aan kan denken, is hoe graag ik haar gezicht zonder make-up dat opgezwollen is van de slaap zou willen zien, haar haren in de war door mijn vingers.

Ik wil haar morgenochtend in mijn armen wakker zien worden, en dat elke ochtend voor de rest van ons leven.

Ik negeer het verlangen dat mijn ingewanden verschroeit, pak haar wang vast en buig mijn hoofd, terwijl ik haar frisse geur in mijn longen adem terwijl ik de tere schelp van haar oor kus. Hoe hongerig ik ook naar haar ben, vanavond zal ik zachtaardig zijn en mijn wreedheid van gisteravond goedmaken.

Wat het me ook kost, ik zal van onze huwelijksnacht alles maken waar mijn zaychik ooit van gedroomd heeft.

35

CHLOE

IK VERWACHT DAT NIKOLAI ME NET ZO GENADELOOS ZAL AANVALLEN ALS GEWOONLIJK, maar hij is ondraaglijk teder, knoopt langzaam de jurk los en drukt zachte, warme kusjes op mijn nek en keel totdat alle anticiperende spanning uit mijn lichaam wegvloeit en warme vermoeidheid achterlaat. Tegen de tijd dat ik naakt ben, voelen mijn botten alsof ze zijn gesmolten, zelfs als een ander soort spanning zich laag in mijn kern verzamelt, die mijn lichaam van binnenuit opwarmt.

Hij legt me op het matras en stapt achteruit om zich uit te kleden, en ik kijk met een versnelde hartslag toe terwijl hij zijn zwarte smokingjasje en vlinderdas uittrekt. Daaronder draagt hij een zilveren vest over een strak wit overhemd, en beide omhelzen zijn gespierde, breedgeschouderde torso op een manier die er geen twijfel over laat bestaan dat ze op maat voor hem zijn gemaakt.

Snel ontdoet hij zich van beide items, gevolgd door zijn broek en slip. In tegenstelling tot mijn jurk, is er een schokkerig, ongeduldig karakter in zijn bewegingen waardoor ik me realiseer dat hij lang niet zo de controle heeft als hij lijkt te hebben. Zijn erectie, hard en massief, buigt omhoog naar zijn gespierde buik en verraadt zijn honger naar mij.

Wanneer hij op het bed klimt, is hij toch net zo voorzichtig en teder; hij pakt een van mijn voeten op om kleine kusjes op de bovenkant van de boog te drukken voordat hij hoger op mijn been verdergaat. Mijn adem stokt als zijn mond de V tussen mijn dijen nadert, maar hij slaat het over, in plaats daarvan kust en streelt hij mijn onderbuik, dan mijn deinende ribbenkast en mijn borsten.

De zacht verlichte kamer draait om me heen, het plafond wordt wazig terwijl hij zich aan mijn linkertepel vastzuigt, hem liefdevol met zijn tong streelt voordat hij zijn aandacht naar de andere borst verlegt terwijl ik kreun, mijn handen op de koele zijde van zijn haar neerleggend. Het is de alcohol, ik weet het, maar ik heb het gevoel dat ik in de ruimte zweef, alleen door de natte warmte van zijn mond op mijn borsten en het zachte strelen van zijn eeltige handen over mijn brandende huid verankerd.

Onze huwelijksnacht.

Het voelt net zo surrealistisch als het klinkt.

Mijn ogen vallen dicht terwijl Nikolais lippen hoger komen, mijn sleutelbeen en mijn hals kussend voordat ze mijn lippen in een diepe, liefkozende kus opeisen.

Het is als een drug, die kus, een afrodisiacum van de meest krachtige soort. Zijn sensuele geur vult mijn neusgaten en vermengt zich met de vage geur van wodka in zijn adem, en mijn opwinding groeit als zijn tong elk hoekje van mijn mond streelt, terwijl hij zich met tedere vaardigheid aan me tegoed doet.

Hij kust me nog steeds en laat zijn hand tussen onze lichamen glijden om naar mijn pijnlijke clit te gaan, en ik kreun in zijn mond terwijl zijn vingers precies op de juiste plek drukken, de plek die de pijn verergert en de spanning in mij vergroot. Een spanning die snel ondraaglijk wordt als zijn vingers aan een gekmakend ongelijk wrijvend ritme beginnen terwijl zijn lippen naar mijn hals terugkeren, waar de vochtige warmte van zijn adem trillingen van genot langs mijn arm doet stromen.

Ik ben zo opgewonden dat ik kan ontploffen, maar toch is het orgasme op de een of andere manier buiten bereik.

Hijgend stoot ik tegen zijn hand, wanhopig naar een soepeler, harder ritme op zoek en zijn tanden schaven waarschuwend over mijn oorlel. "Nee, zaychik," fluistert hij en ik voel de boosaardige ronding van zijn mond tegen mijn keel. "Je bent nog niet klaar."

Niet klaar? Ik ben klaar om te smeken, te pleiten en mijn eerstgeborene te verkopen. Met elke lichte, cirkelende beweging van zijn vingers kom ik steeds dichter bij de rand, maar ik kom er niet overheen, hoe hard ik het ook probeer.

"Alsjeblieft..." Ik wiebel in wanhoop met mijn

heupen, mijn handen zitten als vuisten in zijn haar. "Alsjeblieft, ik moet..."

Hij likt rustig de onderkant van mijn oor. "Wat? Wat heb je nodig?"

"Om te komen," hijg ik, terwijl ik weer tegen zijn hand stoot. "Alsjeblieft, Nikolai, ik moet komen."

"Verkeerd antwoord." Zijn vingers bewegen helemaal niet meer. Hij bijt zachtjes in mijn oorlel en tilt zijn hoofd op, zijn ogen glimmen donker. "Vertel me de waarheid, zaychik. Wat heb je nodig?"

"Jou," fluister ik terwijl ik naar hem opkijk. "Ik heb jou nodig."

En het is waar. Ik kan me niet voorstellen om ooit ergens anders te zijn, met iemand anders. Ik heb hem niet alleen voor dit orgasme nodig, maar voor alles wat hij is, goed en slecht, subliem en angstaanjagend.

Dat moet het juiste antwoord zijn, want hij kust me weer en zijn vingers keren terug naar mijn clit, en brengen me terug naar het randje, naar die ongrijpbare, gekmakende piek van extase. Maar de sadist die hij is, houdt me op dat hoogtepunt en verlengt de exquise kwelling totdat ik hijg en naar zijn rug klauw. Dan en alleen dan, als ik klaar ben om gefrustreerd te schreeuwen, laat hij me er overheen gaan.

De golf van genot is zo intens dat het lijkt alsof er een endorfinebom in mijn hersenen ontploft. Elke zenuw die in mijn lichaam eindigt, licht met de sterke kracht ervan op, mijn zicht komt en gaat terwijl mijn innerlijke spieren samenspannen. De sensaties zijn zo overweldigend dat ik mezelf erin verlies, en tegen de tijd dat ik weer op aarde landt, duwt hij zich al in me, zijn dikke pik die mijn gevoelige weefsels uit elkaar drijft. Zijn gezicht staat strak, zijn kaken op elkaar geklemd van de inspanning om zich in te houden, en hoewel hij nog steeds voorzichtig en zachtaardig is, heb ik zo'n pijn van gisteravond dat ik het niet kan helpen om ineen te krimpen.

Hij stopt, laat me me aanpassen, leidt me af met nog meer van die diepe, zoet verdovende kussen, en als ik een trillende hoop van nood ben, mijn lichaam nat en buigzaam, begint hij te stoten. Zijn tempo is aanvankelijk traag, beheerst, maar als ik mijn benen om zijn gespierde kont sla en hem dieper in me trek, breekt zijn controle en neemt hij me met alle stuwende kracht van zijn harde lichaam.

Ik kom weer, zijn naam schreeuwend terwijl hij boven me trilt, en pas als hij zich een paar minuten later terugtrekt, realiseer ik me dat hij zijn woord heeft gehouden en een condoom heeft gedragen. Een condoom dat hij weggooit voordat hij me naar de badkamer brengt, waar hij me in een al voorbereid bad zet.

"Dank je," mompel ik, terwijl ik zijn blik ontmoet terwijl hij zich bij me in het warme, met bellen bedekte water voegt, en hij glimlacht, de blik in zijn tijgerogen zo pijnlijk teder dat mijn hart in mijn borstkas knijpt.

"Waarvoor, zaychik?"

Voor jou. Er is heel wat voor nodig om die woorden tegen te houden, woorden die veel te dicht in de buurt van een bekentenis van mijn gevoelens komen. In plaats daarvan leg ik mijn handpalm langs de harde contouren van zijn kaak en plant mijn lippen op de zijne, terwijl ik met mijn lichaam uitdruk wat ik niet hardop durf te zeggen.

Nog niet, tenminste.

36

CHLOE

IK WORD WAKKER EN VOEL NOG STEEDS DIE WARME GLOED, een high die intenser wordt als ik mijn ogen open en hem naast me op zijn elleboog zie liggen, me met een tedere bezitterige glimlach aankijkend.

"Goedemorgen," mompel ik, terwijl ik mijn haar uit mijn gezicht duw en tegen de neiging vecht om de slaap uit mijn ogen te wrijven.

Hoelang is hij al wakker en is hij zo naar me aan het staren? Wat nog belangrijker is, hoe erg zie ik er vanmorgen als een puinhoop uit? Ik heb gisteravond mijn best gedaan om mijn make-up in bad te verwijderen, maar ik weet zeker dat er nog steeds sporen van oogschaduw en mascara rond mijn ogen zitten, in wasbeerstijl, en mijn adem is na al die alcohol niet de meest frisse.

Dat moet hij niet erg vinden, want hij leunt naar voren en kust me met zo'n honger dat ik zeker weet dat hij me op dat moment gaat neuken. Maar hij trekt zich terug en glimlacht in plaats daarvan naar me, terwijl hij mijn gezicht in zijn grote handpalm wiegt. "Goedemorgen, zaychik. Hoe voel je je?"

Alsof dit huwelijk misschien niet zo erg is. "Ik voel me goed," zeg ik glimlachend terug. Het is nog maar een dag geleden, maar het is nu al moeilijk om me te herinneren waarom ik zo in paniek was geraakt toen hij me ten huwelijk vroeg. Zoals Alina al had gezegd, dit is zo'n beetje de droom die door elk sprookje wordt gevoed: een beeldschone, rijke echtgenoot die gek op je is.

Toegegeven, Nikolai staat dichter bij de prins van het Duister dan bij prins Charming, maar vrijwel alle vreselijke dingen die hij heeft gedaan - of van plan is om te doen - waren om mij te beschermen.

Behalve dat stukje met zijn vader.

De verontrustende woorden fluisteren door mijn hoofd, maar ik duw ze weg. Daar wil ik vanmorgen niet aan denken. Ik weet zeker dat er een redelijke verklaring voor alles is, en binnenkort zal ik weten wat het is.

Voor nu wil ik van de eerste ochtend als getrouwde vrouw genieten met de man die naar me kijkt alsof ik van chocolade en sterrenlicht ben gemaakt.

En ervan genieten, dat doe ik. We douchen samen, een activiteit die in een langdurige, stomende - letterlijk, omdat de cabine is beslagen - vrijsessie resulteert, waarin Nikolai me opeet alsof ik zijn ontbijt ben en me drie keer achter elkaar klaar laat komen voordat hij me tegen het glas vastpint en me zo hard neukt dat ik zijn naam schreeuw.

Ik denk dat hij heeft besloten dat het genoeg was om me gisteravond maar één keer te nemen om mijn pijn te laten genezen - en hij heeft gelijk. Natuurlijk ben ik na *deze* sessie een beetje gevoelig, maar zo tevreden dat het het waard is.

Daarna besluit Nikolai dat we echt moeten gaan ontbijten, dus Lyudmila brengt ons een dienblad met fruit en restjes van gisteravond, samen met thee en koffie, en we voeren elkaar in bed. Of liever gezegd, Nikolai voert mij en ik probeer het te beantwoorden - alleen pakt hij de vork van me af en kust me totdat ik alles vergeet wat ik ging doen. Er komt ook wat honing in het spel, en voor ik het weet, heb ik nog een douche nodig en heb ik beslist meer pijn.

Tegen de tijd dat we eindelijk uit onze slaapkamer komen, is het bijna lunchtijd, en terwijl we naar de trap lopen, rent Slava zijn kamer uit met Lyudmila op zijn hielen.

"Mama Chloe!" Zijn ogen van een tijgerwelp glanzen terwijl hij zijn korte armen om mijn benen slaat en zich stevig vastknijpt voordat hij zijn aandacht op Nikolai richt. Hij omhelst zijn benen en kijkt naar hem op. "Papa! Ik mis jou en Chloe!"

Bij de blik op Nikolais gezicht smelt ik. Er is geen ander woord voor. In plaats van een spier met levensondersteunende functies, verandert mijn hart in een kleverige plas, en de rest van mij volgt het voorbeeld.

Nikolai bukt zich, pakt zijn zoon op en zet hem met een natuurlijk ogenschijnlijk gemak op zijn heup. "Slavochka..." Zijn stem klinkt gespannen als hij in het gezicht van het kind staart. "Wij hebben jou ook gemist."

Lyudmila's ogen ontmoeten de mijne en ik zie mijn gevoelens op haar normaal onbewogen gezicht weerspiegeld staan. Ze schraapt haar keel en zegt met een zwaarder accent dan normaal, "Ik ga Pavel helpen, oké?" en ze haast zich naar beneden.

We volgen haar in een rustig tempo, terwijl Nikolai Slava op zijn heup draagt alsof hij een peuter is. De jongen lijkt echter blij dat hij daar zit en ik kan het hem niet kwalijk nemen.

Dit heeft hij de eerste vier jaar van zijn leven gemist.

Als we bij Alina aan tafel zitten, kan ik niet stoppen met glimlachen - en dat merkt ze.

"Leuke nacht gehad?" fluistert ze me sluw toe terwijl Nikolai bezig is om voor Slava eten op te scheppen.

Ik knik, blozend, en ze lacht, waardoor Slava en Nikolai ons achterdochtig aankijken.

Mijn vrolijke stemming moet aanstekelijk zijn - het is dat of anders is iedereen nog steeds in een feestelijke modus - omdat de lunch zonder de gebruikelijke spanning tussen de broer en zus voorbijgaat. In plaats daarvan werken Nikolai en Alina samen om me grappige verhalen over Rusland te vertellen, alles van hoe Amerikanen daar worden bekeken tot de traditie van hun familie om in de winter in bevroren meren te duiken.

"Dat is verschrikkelijk," roep ik uit als Alina beschrijft hoe ze op haar zevende bijna een teen verloor door bevriezing door op blote voeten over het ijs te lopen. "Wat dachten je ouders?"

Ik besef mijn fout zodra de woorden eruit zijn - het laatste wat ik wil is ze aan hun vader herinneren - maar tot mijn opluchting knippert Alina niet eens met haar ogen. "Oh, dat was niet het idee van onze ouders. Onze grootmoeder was degene die geloofde dat blootstelling aan kou goed voor lichaam en geest is. En weet je wat? De nieuwste wetenschap bevestigt het. Hetzelfde geldt voor sauna's, een ander Russisch hoofdbestanddeel. Het zijn blijkbaar oefenmimetica, en heat shock-eiwitten die tijdens die zweetsessies vrijkomen doen van alles, van het verbeteren van de gezondheid van het hart tot het voorkomen van kanker. Dus als je een lang en gezond leven wilt leiden, dan moet je zowel ijsbaden als sauna's nemen - en in het ideale geval beide samen."

"Nee, dank je," zeg ik huiverend, maar Nikolai lacht en zegt dat hij me deze winter het extreme regime zal laten uitproberen.

"We zullen je er verslaafd aan maken, dat beloof ik," voegt hij er met een glimlach aan toe terwijl ik het verrassende besef verwerk dat ik deze winter bij hem zal zijn - en in de nabije toekomst elke andere winter.

Want dat is wat trouwen betekent.

We zullen de rest van ons leven samen zijn.

Een echo van mijn eerdere paniek keert terug, maar ik onderdruk het. Ik laat mijn irrationele angsten geen schaduw werpen over wat een mooie dag samen beloofd te worden - hopelijk de eerste van vele.

Geluk is tenslotte een keuze en ik zou in dit gedwongen huwelijk veel liever gelukkig zijn.

37

CHLOE

De volgende dagen gaan op een even idyllische manier voorbij. Hoewel we nergens heen zijn gegaan, voelt het alsof we op huwelijksreis zijn. We vrijen meerdere keren per nacht (en vaak overdag), slapen uit, ontbijten op bed en maken lange wandelingen en trektochten, zowel alleen als met Slava. Op een dag gaat Alina ook met ons mee, en uiteindelijk gaan we met z'n vieren in een nabijgelegen meer zwemmen, waar alle drie de Russen de spot met mijn onwil drijven om in het kille bronwater te gaan.

Het blijkt dat Slava er net zo gemakkelijk mee omgaat om het koud te hebben als de volwassenen, waardoor ik het enige watje ben.

Maar uiteindelijk ga ik toch zwemmen, en terwijl ik daarna ril, verwarmt Nikolai me op door me met zijn grote, ruwe handpalmen over mijn hele lichaam warm te wrijven. Als we alleen zouden zijn geweest, dan zou hij ongetwijfeld meer hebben gedaan, maar helaas, zelfs hij trekt de grens bij het bedrijven van de liefde in het bijzijn van zijn jonge zoon en zus.

Dat is echter ongeveer de enige handeling waar hij de grens trekt. We zitten de hele dag aan elkaar. Mijn man schaamt zich er niet voor als hij me kust, mijn nek en schouders masseert en me op zijn schoot trekt wanneer hij daar zin in heeft. Het is alsof ik een huisdier ben dat hij graag knuffelt. Ik kan niet zeggen dat ik het haat. Het is zelfs zo dat ik niet zo stiekem van zijn aandacht geniet.

Het zou anders zijn als iemand in het huishouden er grappen over zou maken of me op een andere manier in verlegenheid zou brengen. Maar niemand doet dat. Zelfs Alina, die af en toe kan plagen, neemt het als vanzelfsprekend aan dat haar broer zijn handen niet van me af kan houden, zozeer zelfs dat ik me afvraag of het een van die legendarische eigenschappen van 'Molotov-mannen' is.

Ik zou het willen vragen, maar ik ben bang dat het misschien te dicht in de buurt van het onderwerp komt dat ik omzeil, de antwoorden waarvan ik mezelf heb verteld dat ik ze wil, maar waar ik mezelf niet toe kan brengen om ze te eisen. Het voelt zo goed om niet aan de duisternis in Nikolai te denken en aan de angstaanjagende dingen waar hij toe in staat is. Ik heb niet eens naar Masha en het nieuwe plan om Bransford onderuit te halen gevraagd. Elke keer als ik aan mijn biologische vader denk, schiet mijn hartslag omhoog en trekt mijn maag zich tot een harde, strakke knoop samen.

Elke avond zeg ik tegen mezelf, *morgenochtend. Morgenochtend zal ik met Nikolai hierover praten.* Maar dan word ik 's morgens in zijn omhelzing wakker, voel ik me warm en veilig, aanbeden en geliefd, en kan ik mezelf er niet toe brengen om de vrede op het spel te zetten, dus zeg ik tegen mezelf dat we er 's avonds over zullen praten.

Ik weet dat er iets zal gaan gebeuren dat onze gelukkige bubbel zal laten barsten, maar ik ben terughoudend dat het iets ik zal zijn.

Zo gaan we nog drie weken door, waarin ik me in de aandacht koester die hij aan me schenkt, van zowel zijn tederheid als zijn ruwheid genietend. Beide versies van Nikolai - de zachtaardige minnaar en de woeste wilde - winden me op, wat een goede zaak is, want als het om mijn man gaat, kan ik nooit voorspellen wat ik ga krijgen. In dezelfde nacht kan hij mijn lichaam aanbidden alsof ik van kristal ben, en me neuken totdat ik de volgende dag nauwelijks kan lopen. Soms krijg ik het gevoel dat hij nog meer wil, dat hij me op een dag misschien verder zal duwen, me nog vollediger zal proberen te bezitten, maar dat hij net als ik terughoudend is om iets te doen om enige strijd en spanning terug in ons leven te brengen, het beëindigen van onze huwelijksreis.

In plaats daarvan overlaadt hij me met geschenken, van dure sieraden tot accessoires en kleding. Het lijkt alsof er dagelijks een nieuwe jurk, of een paar schoenen, of sjaal, of *iets* in mijn kast verschijnt. Het is bijna te veel voor me - veel van de oorbellen en armbanden die ik nu bezit, kosten meer dan de huizen van sommige mensen - maar hij houdt vol dat het hem gelukkig maakt om dingen voor me te kopen, dus uiteindelijk stop ik met bezwaar maken... omdat het hebben van die dingen mij ook gelukkig maakt.

Ik heb dankzij mijn moeder die non-stop werkte om ons te ondersteunen nooit echte armoede gekend, maar ik kan me ook geen tijd in mijn leven herinneren waarin ik niet elke cent hoefde te tellen en zorgvuldig voor elke uitgave een begroting moest maken. Het meeste van mijn kinderkleding werd tweedehands gekocht en de enige sieraden die ik bezat waren van het goedkope soort. Nu lijkt mijn kast op Saks Fifth Avenue op steroïden, en hoewel het misschien oppervlakkig van me is, vind ik het geweldig. Rijke mensen weten wat ze doen als ze al die luxe kopen - ze kunnen echt iemands leven verrijken.

Wat mijn leven ook verrijkt, zijn de Russische lessen die Nikolai me is gaan geven - met Slava's hulp, natuurlijk. Het kind schept veel plezier in mijn onvermogen om de Russische zinnen die hij zo gemakkelijk uitspreekt uit te spreken, terwijl Nikolai van iets heel anders geniet: mij in bed liefdes- en sekswoorden tegen hem laten zeggen.

"Zeg, '*Ya hochu tebya*,'" instrueert hij me terwijl hij me op het randje van een orgasme houdt. En als ik gehoorzaam, wanhopig op zoek naar de ontlading, beveelt hij genadeloos: "Zeg nu, '*Ya lyublyu tebya*.'"

Dus dat doe ik. Ik zeg alles wat hij wil, inclusief zinnen die zo smerig zijn dat ik er helemaal van ga blozen als ik ze later opzoek. Maar vies of netjes, mijn kennis van het Russisch groeit met de dag, wat Alina en Lyudmila enorm amuseert - van wie de laatste mijn uitspraak ronduit komisch vindt.

"Je bent zo Amerikaans," zegt Pavels vrouw lachend terwijl ik haar in haar moedertaal om *zavtrak* - ontbijt - probeer te vragen. "Waarom probeer je het eigenlijk? Iedereen hier spreekt Engels, zelfs ik."

Ik zou aanstoot kunnen nemen, maar ze heeft gelijk. Zelfs haar Engels, hoe onvolmaakt het ook is, is duizend keer beter dan mijn Russisch. Ik heb aangeboden haar wat lessen te geven om het verder te verbeteren, maar tot nu toe heeft ze het niet van me aangenomen - omdat ze volgens Alina hoopt om naar Rusland terug te gaan en ze het dan niet nodig heeft.

"Ze mist Moskou echt," vertelt ze me. "Ze verveelt zich hier, ze heeft niets te doen en er is niemand te zien."

Ik kan dat wel begrijpen. Ondanks alle moderne luxe en natuurlijke schoonheid om ons heen, is het complex een soort gevangenis, of om er een positievere draai aan te geven, een toevluchtsoord van de wereld. Ook ik mis mijn vrienden en struin vaak social media af om een glimp van hun postdoctorale leven op te vangen. Ik wil zo graag contact met ze opnemen, om op al hun berichten met de vraag waar ik ben te antwoorden, waarom ik al maanden niets op mijn profielen heb gepost, maar ik durf het niet te doen voor het geval dat het Bransford op de een of andere manier naar mij leidt, naar dit complex en mijn nieuwe familie.

Ik kan ze niet in gevaar brengen, zelfs niet om de zorgen van mijn vrienden over mij weg te nemen.

Ik zou me vooral vreselijk voelen als ik iets zou doen om Slava in gevaar te brengen. Met elke dag die voorbijgaat, groeit mijn gehechtheid aan Nikolais zoon, en ik voel me steeds meer op mijn gemak in de rol van zijn moeder. In plaats van dat Alina of Lyudmila hem in bad doet en naar bed brengt, doen Nikolai en ik dat tegenwoordig vaak samen. We vertellen hem verhalen over superhelden en lezen uit zijn favoriete boeken voor tot hij in slaap valt.

We worden met z'n drieën een echt gezin en de kennis vervult me met een zachte warmte, een tevredenheid die met een gevaarlijke, wispelturige man als Nikolai niet mogelijk zou moeten zijn.

Natuurlijk is niet alles perfect. Om te beginnen zijn we het met elkaar oneens als het erom gaat wat een nog geen vijfjarige mag doen. Het blijkt dat Nikolai en zijn broers - en in mindere mate Alina - huissleutelkinderen waren, het werd toegestaan en zelfs aangemoedigd om alleen buiten te spelen en over het algemeen gevaarlijk onafhankelijk te zijn. Dus terwijl ik elke keer in paniek raak als ik een steakmes in Slava's hand zie of hem in een boom van meer dan twee meter hoog zie klimmen, dan is Nikolai irritant kalm over zulke dingen.

"Kan het je niet schelen dat hij kan vallen en elk bot in zijn lichaam kan breken?" vraag ik gefrustreerd als we gaan wandelen en hij Slava in een oude eik laat klimmen totdat zijn kleine figuurtje door het gebladerte nauwelijks zichtbaar is. "Of erger nog, op zijn hoofd valt en zijn nek kan breken?"

"Natuurlijk interesseert me dat!" Zijn gouden ogen vernauwen zich gevaarlijk naar me. "Denk je dat ik me geen zorgen maak over alle vreselijke dingen die hem op een willekeurige dag kunnen overkomen? De trap waar hij naar beneden kan tuimelen, de ziektes die hij op kan lopen, de giftige bessen die hij misschien vindt en op zal eten? Soms is het het enige waar ik aan kan denken, zo erg dat ik ervan overtuigd ben dat ik gek aan het worden ben. Maar net zoals we er niet elke keer kunnen zijn om zijn hand vast te houden dat hij de trap opgaat, kunnen we niet verwachten dat we er voor elke boom zijn die hij tegenkomt of voor elk mes dat gedurende zijn leven op zijn pad komt. Er is zelfs geen garantie dat we er morgen voor hem zullen zijn. Het leven kan onvoorspelbaar en wreed zijn, en hoe beter hij is voorbereid om het onder ogen te zien, hoe groter de kans is dat hij het zal overleven."

"Maar hij is nog maar een kind. Je moet hem leren *hoe* hij moet overleven."

"Ik ben het hem aan het leren - door hem zoveel mogelijk gevaren in zijn eentje onder ogen te laten komen. Kinderen van zijn leeftijd zijn niet dom, ze zijn vaak genoeg gevallen om te weten dat het pijn doet. Hij zou niet zo hoog klimmen als hij zich niet veilig voelde in zijn kracht, en de enige manier om te groeien en die kracht te testen, is door zichzelf uit te dagen wanneer het ertoe doet... als er geen rubberen mat onder ligt. Bovendien," voegt hij eraan toe als ik op het punt sta om ruzie te maken, "*houd* ik hem in de gaten. Als hij begint te vallen, dan vang ik hem op."

Op dat punt zwijg ik, want de kans is groot dat hij dat ook zal doen. De man heeft de reflexen van een kat. Laatst sloeg ik per ongeluk met mijn elleboog een waterglas van tafel en Nikolai ving het in de lucht op zonder het gesprek te onderbreken. Een andere keer struikelde ik over een van Slava's LEGO-stukken en zou ik op mijn gezicht zijn beland, maar Nikolai had zijn armen al om me heen voordat ik de vloer raakte - hoewel hij een seconde eerder nog aan de andere kant van de kamer was.

Als ik niet beter wist, dan zou ik denken dat hij een van Slava's superhelden uit een stripboek was, of waarschijnlijker een van de superschurken.

Dat label past net zo goed bij hem.

Later die avond, als we onze slaapkamer binnenkomen, valt me iets op met betrekking tot ons eerdere gesprek.

"Als je zo vastbesloten bent om Slava's onafhankelijkheid te koesteren, waarom ben je dan zo vastbesloten om *mij* tegen elk gevaar te beschermen?"

vraag ik terwijl ik op het bed ga zitten om te kijken hoe Nikolai zijn jas en stropdas uittrekt. We doen nog steeds aan de formele kleding tijdens het diner, en ik moet toegeven dat ik het steeds leuker ga vinden. Ik draag niet alleen dagelijks prachtige jurken, maar mijn man is surrealistisch knap in die scherp op maat gemaakte pakken waar hij de voorkeur aan geeft.

Het is alsof we tussen twee rijken afwisselen: overdag waar we wandelen in de wildernis en vies worden, en de avond waar glamour en glitter de boventoon voeren.

"Omdat jij geen kind bent en niet zoals ik Slava opvoed bent opgevoed," antwoordt Nikolai soepel, terwijl hij zijn manchetknopen losmaakt. "Je moeder, hoe geweldig ze ook was, heeft je niet uitgerust om het hoofd aan moordenaars te bieden, zaychik... of aan mannen zoals ik."

Ik slik moeizaam, mijn bloed warmt op terwijl hij zijn blik over mijn nog volledig aangeklede lichaam laat glijden. Sinds onze bruiloft ben ik beter geworden in het lezen van Nikolais seksuele gemoedstoestanden en in het begrijpen van wat voor soort nacht me te wachten staat. En vanavond belooft een van onze wildste te zijn, zo eentje waarvan ik nooit helemaal zeker weet hoe ver hij zal gaan.

Als ik de duisternis in hem kan voelen, dan voel ik die naar de oppervlakte stijgen.

Niet dat ik bang voor hem ben. Niet echt. Ik weet dat hij me geen pijn zal doen, althans niet op een schadelijke manier. Soms krijg ik gewoon het gevoel dat wat we hebben niet genoeg voor hem is, dat zijn vraatzuchtige honger naar mij niet gestild kan worden.

Soms voelt het alsof hij me op wil slokken, volledig, en niets minder zal voldoende zijn.

Hij trekt zijn shirt uit, zijn prachtig gedefinieerde spieren onthullend, en komt naar me toe, en zijn bewegingen doen me opnieuw aan de gladde, dodelijk gracieuze jacht van een grote kat denken.

Misschien *was* hij in een vorig leven inderdaad een tijger.

Misschien was ik zijn prooi.

Instinctief kruip ik achteruit op het bed en zijn lippen nemen een kwaadaardige vorm aan. Zoals altijd weet hij wat ik denk en voel - en hij is dol op wat ik nu voel.

Hij vindt het leuk om me een beetje nerveus te maken.

Hij beweegt zich met dezelfde roofzuchtige vastberadenheid, klimt op het bed en over me heen, duwt me plat voordat hij mijn polsen pakt en ze met één hand boven mijn hoofd vastzet.

Mijn mond wordt droog van de blik in zijn ogen, van de donkere intensiteit die erin schuilt. Ik bevochtig mijn lippen en zijn blik volgt het pad van mijn tong, zijn gezicht verstrakt. Wanneer zijn ogen de mijne weer ontmoeten, zijn ze met zo'n verzengende hitte gevuld dat ik het gevoel heb dat ik ter plekke zou kunnen verbranden. Mijn hart bonst wild, mijn huid bloost overal terwijl hij zijn hoofd laat zakken en hoorbaar inademt, alsof hij hongerig is naar de geur van mijn haar.

"Uhm, Nikolai..." Ik wiebel onder hem heen en weer, mijn hartslag gaat omhoog terwijl ik de bobbel tegen mijn dijen voel drukken. Zelfs met de lagen van zijn broek en mijn jurk die ons scheiden, kan ik voelen hoe warm en hard zijn erectie is, hoe massief. Ik slik weer. "Toen je 'mannen zoals ik' zei, wat bedoelde je toen precies?"

Zijn lippen strelen mijn oor, de hitte van zijn adem doet me huiveren terwijl hij fluistert, "Oh, mijn lieve, nieuwsgierige zaychik... je staat op het punt om erachter te komen."

38

CHLOE

Een huivering trekt door mijn lichaam en hij heft zijn hoofd op om me aan te kijken, een duistere glimlach vormt zich om zijn mondhoeken. Ik kan hem mijn angst bijna voelen drinken, waardoor de anticipatie op sadistische wijze wordt verlengd.

Ik probeer mijn handen te bewegen, me uit zijn greep te wringen, maar het is zinloos. Zijn vingers zijn als ijzeren boeien om mijn polsen en houden ze boven mijn hoofd op hun plaats. Zijn glimlach wordt dieper, de gouden glans in zijn ogen wordt intenser terwijl ik worstel, en ik weet dat hij hier ook van geniet, aangezien hij me hulpeloos in zijn greep ziet.

Hij buigt zijn hoofd, haalt nog een keer hongerig adem en laat dan eindelijk mijn polsen los. Voordat ik opgelucht adem kan halen, draait hij me op mijn buik en, terwijl hij me met één grote hand vasthoudt, trekt hij de rits van mijn jurk naar beneden. Als het tot aan mijn stuitje helemaal open is, laat hij een warme handpalm langs mijn blote ruggengraat glijden, terwijl de ruwheid van zijn eelt aangenaam over mijn huid krabt.

"Heb ik je ooit verteld hoeveel ik van je rug hou?" Het zachte, donkere timbre van zijn stem is rustgevend, maar ook zenuwslopend. "Zo gespierd en gracieus, als een ballerina. Maar mijn favoriete deel van jou is deze kont." Zijn handpalm pakt mijn bil en knijpt er zachtjes in. "Zo strak en rond en perfect... zo neukbaar."

Mijn hart maakt weer een sprongetje als hij me omhoogtrekt naar een zittende positie en mijn rug tegen zijn borst steunt, terwijl hij een krachtige arm om mijn ribbenkast legt om me op mijn plaats te houden terwijl hij de jurk over mijn romp trekt. Hij behandelt me als een pop van mensenformaat, en dat heeft iets pervers erotisch, iets dat een deel van mij aanspreekt waar ik niet aan probeer te denken... degene die niet door de duisternis in hem wordt afgeschrikt, maar erdoor wordt aangetrokken.

Ik draag geen beha, en terwijl hij de jurk naar mijn middel trekt, komen mijn naakte borsten vrij en vallen op zijn onderarm. Mijn tepels staan al rechtop en doen pijn. Een laag gegrom rommelt in zijn borst en hij buigt me terug over zijn arm op de manier die hij graag doet, degene die me het gevoel geeft dat ik een menselijk offer ben, een offer aan een felle, oergod.

Zijn hete, natte mond sluit zich om mijn tepel en ik

hap naar adem, terwijl ik zijn hoofd grijp wanneer hij me bijt, waardoor het vuur rechtstreeks naar mijn clit schiet. Mijn zenuwuiteinden strijden in verwarring, de pijn en het genot vermengen zich tot ik wanhopig op zoek ben naar meer. En hij levert meer, herhaalt de behandeling met mijn andere borst, afwisselend op de tepel zuigend en zijn tanden erop gebruikend. Tegen de tijd dat hij zijn hoofd opheft om mijn blik te ontmoeten, hijg ik, brandend van opwinding.

Ik heb hem nodig. Ik heb hem zo verdomd hard nodig.

Al mijn angsten vergetend, trek ik zijn hoofd naar het mijne, en onze lippen smelten samen tot een harde, diep vleselijke kus, onze tongen raken in de knoop terwijl ik op de hevigheid van zijn behoefte reageer, hem streling voor streling, beet voor beet matchend. Het kan me niet schelen wat hij vanavond met me doet, als ik maar meer van dit duistere, duizelingwekkende genot kan hebben, meer van waar ik naar hunker.

We ademen tegen de tijd dat hij de kus verbreekt allebei onregelmatig en hij legt me plat om de jurk over mijn heupen te laten zakken. Het wil niet gemakkelijk loskomen, dus scheurt hij het bij de naden uit, te ongeduldig om zich zorgen te maken dat hij weer een dure jurk verpest. En het kan me ook niet schelen, niet met de snel opbouwende spanning in mij, niet als elk deel van mij voor hem brandt.

Als ik alleen maar een string aan heb, legt hij me weer op mijn buik en stopt hij twee kussens onder mijn heupen voordat hij het stukje stof langs mijn benen trekt. Dan reikt hij naar rechts en hoor ik een la opengaan.

Mijn angst keert terug en overstemt even mijn opwinding. Ik vermoed heel erg dat ik weet wat hij van plan is om te doen, en ik krijg gelijk als ik over mijn schouder kijk en de fles glijmiddel en een kleine buttplug in zijn handen zie. Toch bonkt mijn hart als een gek in mijn keel, mijn ribbenkast verstrakt zich om mijn longen. "Nikolai, ik..." Ik slik lucht in. "Ik heb nooit... dat wil zeggen-"

"Je bent nog nooit in je kont geneukt?"

Mijn gezicht wordt ondraaglijk warm, en zijn vieze woorden brengen me nog meer van mijn stuk. Op de een of andere manier lukt het me om een klein knikje te geven, en zijn lippen komen met mannelijke tevredenheid omhoog terwijl hij zachtjes zegt, "Goed zo," en druppelt koel glijmiddel tussen mijn billen.

Ik hap naar adem en klem me instinctief vast terwijl hij de plug naar mijn opening duwt en hij mijn hoofd op het bed duwt. "Ontspan, zaychik." Zijn stem is ruw fluweel en donkere hitte. "Ik beloof je dat je hiervan zult genieten."

Ik wil bezwaar maken - de ene keer dat mijn ex-vriend heeft geprobeerd om een vinger erin te steken, haatte ik elke seconde ervan - maar dit is Nikolai, wiens beheersing over mijn lichaam angstaanjagend totaal is. In zijn omhelzing verlies ik elk gevoel van eigenwaarde, laat staan het beetje gezond verstand dat ik nog bezit. Dus ik houd me stil en doe mijn best om door mijn neus te ademen terwijl de taps toelopende, rubberachtige punt van de plug naar binnen drukt en langs de strakke ring van mijn sluitspier duwt.

Langzaam glijdt het dieper naar binnen en onderdruk ik mijn kreunen tegen het matras, door de vreemde gewaarwordingen overweldigd. Net als die andere keer is er een bijna misselijkmakende volheid, een gevoel van uitgerekt en gepenetreerd te worden, op een onnatuurlijke, ongemakkelijke manier binnengedrongen worden. Maar er is ook iets meer, een eigenaardige vorm van druk die mijn hartslag doet stijgen en mijn ingewanden doet verstrakken - een gevoel dat sterker wordt als Nikolai over me heen leunt, me met zijn grote, harde lichaam bedekt en me met zijn sensuele mannengeur omhuld.

Zijn adem verwarmt mijn oor terwijl hij de gevoelige holte van mijn nek kust, waardoor rillingen van genot over mijn arm lopen. Tegelijkertijd klemt hij een hand onder mijn buik en vindt hij mijn clit terwijl hij me langzaam met het speeltje begint te neuken. De druk neemt onmiddellijk toe en verandert in een erotische spanning, een donker, verhit genot dat met het ongemak botst en er op de een of andere manier uit groeit. Zijn vingers op mijn clit, het speeltje in mijn kont, zijn lippen in mijn nek - het is zintuiglijke overbelasting, een wipwap van genot en pijn die heen en weer schommelt, elke keer hoger komend.

Met een gedempte kreet kom ik klaar, huiverend en bevend, maar hij is nog niet klaar met me. Hij trekt het speeltje met een gladde *plop* uit mijn kont, penetreert me eerst met één vinger, dan twee samen, de stekende rek alleen draaglijk vanwege de kwaadaardige magie die zijn andere hand op mijn clit uitvoert. Het doet pijn, het brandt, maar de pijn wordt weer met krachtig genot afgewisseld, waardoor het op een eigenaardige manier wordt versterkt. Hijgend krijg ik weer een orgasme, mijn kont klemt zich om zijn grote, ruwe vingers, mijn zicht vervormd met zwarte en witte vlekken terwijl er een hijgende kreet uit mijn keel ontsnapt.

Voordat ik me kan herstellen, trekt hij zijn vingers uit mijn nog steeds krampachtige lichaam, en in plaats daarvan voel ik de brede, gladde kop van zijn pik bij mijn opening. Ik verkramp, mijn hartslag schiet weer omhoog en hij laat een geruststellende hand langs mijn ruggengraat glijden.

"Adem, zaychik. Je kunt me hebben." De woorden zijn een zacht, diep gemompel, even geruststellend als het zachte aaien van mijn rug. Maar op het moment dat hij mijn heupen vastpakt en tegen de strakke sluitspier duwt, kantelt de wipwap helemaal naar pijn, en ik weet dat hij ongelijk heeft.

Ik kan dit niet.

Hij is veel te groot voor me.

"Nikolai, alsjeblieft, st-" hijg ik, het pleidooi blijft in mijn keel steken als mijn sluitspier onder de druk toegeeft en de massieve kop van zijn pik naar binnen springt. Alle lucht stroomt uit mijn longen, mijn zicht wordt een duizelingwekkend moment volledig zwart.

Hij is zo groot en dik dat het voelt alsof ik uit elkaar word gespleten, en terwijl hij langzaam zijn pik dieper in me duwt, weet ik zeker dat ik flauw ga vallen.

Maar dat gebeurt niet. In plaats daarvan voel ik elke lange, harde centimeter van hem, ervaar ik elk stukje van de tergend zorgvuldige invasie. Mijn maag draait zich om, mijn huid wordt klam van het koude zweet, maar ik kan de woorden niet vormen om dit een halt toe te roepen, mijn hersenen zijn net zo overweldigd als mijn lichaam.

Het helpt niet dat hij weer over me heen leunt, mijn nek kust en rustgevende woordjes van genegenheid in mijn oor mompelt, zijn zachte stem ruw van behoefte. Het helpt evenmin dat zijn bekwame vingers opnieuw met mijn clit spelen, en gevoelens oproepen die niet met dit soort pijn samen zouden moeten kunnen gaan. Het is niet echt genot, maar wel zoiets, een mengeling van pijn en extase die me opnieuw opwindt en een gekwelde climax uit mijn lichaam wringt.

Ik val dan wel flauw, althans voor een moment, want het volgende dat ik registreer is dat hij soepel in en uit mijn kont glijdt, waarbij elke stoot een eigen gevoel opwekt, de wipwap opnieuw heen en weer schommelt, de krachtige opbouw van de erotische spanning. Mijn lichaam stroomt over van de hitte, mijn hart raast in mijn ribbenkast, en terwijl ik voor de vierde keer met een rauwe schreeuw klaarkom, kreunt en siddert hij over me heen, warme stralen sperma die mijn pijnlijke ingewanden baden.

Geschrokken en verbrijzelt lig ik daar, te zwak om

te bewegen terwijl hij zich van me terugtrekt en het bed verlaat, om een minuut later met een warme, natte handdoek terug te komen. Hij maakt me schoon, draait me dan om en tilt me op zijn schoot. Ik forceer mijn zware oogleden open om zijn tijgerogen op mijn gezicht te zien, me met zijn kenmerkende intensiteit bestuderend.

Voorzichtig, eerbiedig, pakt hij mijn wang vast, zijn stem ruw terwijl hij mompelt, "Ik zal je nooit laten gaan, weet je. Zelfs niet als je smeekt."

Ik houd zijn blik vast. "Ik weet het."

"Haat je me erom?"

Dat zou ik moeten doen. Hoe leuk deze huwelijksreis ook was, de waarheid is dat hij me tot een huwelijk heeft gedwongen, mijn vrijheid en mijn keuzes heeft afgenomen. Op zowat elke manier die ertoe doet, ben ik zijn gevangene, aan zijn duistere grillen en passies overgeleverd. Toch weigert de leugen mijn lippen te verlaten. In plaats daarvan vertel ik hem de waarheid. "Ik hou van je."

Omdat het zo is. Hoe fout het ook is, ik hou van deze mooie, angstaanjagende, gecompliceerde man. Ik hou van hem, ook al ben ik bang voor zijn meedogenloze obsessie met mij.

Ik weet dat ik in het heldere licht van morgen spijt zal hebben van deze bekentenis, dat ik het een vergissing zal vinden. Maar op dit moment, in deze zacht verlichte kamer, met zijn sterke armen om me heen en mijn lichaam nog pulserend met echo's van de pijn en extase die hij me heeft aangedaan, voelt het niet als een vergissing - vooral omdat de tedere glimlach die over zijn gezicht gaat het mooiste is wat ik ooit heb gezien.

"En ik hou van jou, zaychik," zegt hij zacht. "Dat zal ik altijd doen."

39

NIKOLAI

Ik word wakker met Chloe's kleine lichaam in mijn armen gewikkeld en mijn hersenen gloeien van geluk. Het gloeiende soort dat net zo flikkert en vluchtig aanvoelt als de brandende lont van een kaars.

Zoals ik de afgelopen week heb gedaan sinds we onze gevoelens hebben toegegeven, absorbeer ik het gevoel van haar, het gevoel van haar warme huid die tegen de mijne drukt, van haar delicate rondingen die zich tegen de harde vlakken van mijn lichaam vormen, van haar adem die over mijn onderarm waait. En zoals de afgelopen week het geval is geweest, vecht ik tegen de neiging om haar wakker te maken en de woorden weer van haar op te eisen, zodat ik haar zachte, hese stem kan horen zeggen dat ze van me houdt.

Het is al erg genoeg dat ik haar dwing om het elke avond tegen me te zeggen, elke keer als ik haar neem.

Ik begraaf mijn gezicht in haar haren en adem haar geur in, de zoete frisheid van bloemen vermengt met een door slaap verwarmde vrouwelijke huid. En zoals ik de afgelopen twee maanden heb gedaan, vecht ik tegen een golf van hartverscheurende angst.

Angst dat ik haar ga verliezen. Dat de lont op zal branden en niets dan as achter zal laten.

Het is irrationeel, onlogisch, maar ik kan er niets aan doen. Ik dacht dat ik door de woorden uit haar te trekken deze angst zou beteugelen, zodat ik kalm en veilig door de dag zou komen in de wetenschap dat ze van mij is, maar de onrust is sterker en doordringender geworden. Soms is het het enige waar ik aan kan denken: hoe broos dit geluk is, hoe begoochelend.

In het begin hield mijn moeder immers ook van mijn vader. Ze hadden ooit ook geluk gekend.

Ik probeer daar niet aan te denken, aan hoe alles voor hen kapot is gegaan, maar er zijn momenten dat ik naar Chloe kijk en mijn moeders gezicht zie. Niet helder en gezond, zoals het was geweest toen ik een kind was, maar getekend en bleek, diepongelukkig - de blik die ze in haar laatste jaren had gehad.

Gedeeltelijk komt het doordat ik Chloe nog steeds niet heb verteld over wat er die winternacht is gebeurd - en ze heeft er ook niet naar gevraagd. Ondanks dat ze het als voorwaarde voor onze bruiloft had opgelegd, lijkt ze terughoudend te zijn om het volledige verhaal te horen. Ik denk dat het komt omdat ze bang is voor de waarheid, bang om erachter te komen hoe afschuwelijk het monster is waarmee ze is getrouwd. Dus ze omzeilt het onderwerp, en ik ook.

Er is een grote kans dat ze me zal haten om wat ik

heb gedaan, dat ze me met angst en afkeer aan zal kijken.

Het helpt niet dat ik me ervan bewust ben dat ik Chloe als een gevangen prinses in een hoge toren vasthoudt, volledig van alles en iedereen geïsoleerd. We verlaten het complex niet, we gaan nergens heen. We bestaan in onze eigen kleine wereld, een waar ze geen andere keuze heeft dan de mijne te zijn. Het is voor haar veiligheid, dat is waar, maar het is ook voor mijn gemoedsrust.

Als ze de kans zou krijgen, zou ze dan weer vluchten?

Als het gevaar voor haar geëlimineerd was, zou ze dan willen vertrekken?

Ik weet de antwoorden niet en de vragen kwellen me, zo erg dat ik nog obsessiever ben geworden om haar in de gaten te houden. Ik weet dat ze niet weg kan - en nu Bransford op haar jaagt, wil ze waarschijnlijk ook niet weg - maar ik voel me nog steeds genoodzaakt om op elk moment dat we uit elkaar zijn precies te weten waar ze is. Daarom heb ik camera's in onze slaapkamer en in elke hoek van het huis geïnstalleerd, met uitzondering van de kamer van mijn zus en de privévertrekken van Pavel en Lyudmila, en ik bekijk de videofeed op mijn telefoon met de hersenloze frequentie van een verslaafde aan social media.

"Waar kijk je toch altijd naar?" vraagt Alina terwijl ze op een dag bij me binnenloopt in de eetkamer terwijl ik wacht tot Chloe haar les met Slava afrondt en komt lunchen. "Is er iets aan de hand?"

Ik leg mijn telefoon weg. "Er is altijd wel iets aan de hand."

Het is geen leugen. Het is niet alleen Masha die bezig is om dichter bij Bransford in de buurt te komen en me dagelijkse updates over haar vorderingen te sturen, maar ik heb ook mannen die Alexei Leonov in de gaten houden. Hij is nog steeds hier in de Verenigde Staten, de laatste paar dagen zit hij in Chicago. Het lijkt erop dat hij daar voor zakelijke bijeenkomsten is, maar ik voel me ongemakkelijk.

Chicago is zoveel dichter bij Idaho, bij mijn complex en mijn zoon.

Alina kijkt me peinzend aan. "Is het dat Volkov gebeuren? Konstantin zei dat hij over investeringen in zijn nucleaire onderneming had geïnformeerd."

"Dat ook." Het verbaast me niet dat ze daarover heeft gehoord. Alexander Volkov, een zelfgemaakte oliemagnaat, is een van de rijkste en gevaarlijkste mannen in Rusland. Een alliantie met hem zou zowel voordelig als riskant zijn, vooral gezien zijn neiging tot zakelijke praktijken die net zo meedogenloos zijn als de onze.

Als het om wat voor reden dan ook misgaat, dan hebben we nog een machtige vijand, maar als alles goed gaat, dan kan hij helpen om het goedkeuringsproces voor de nieuwe technologie te versnellen, waardoor de wereldwijde acceptatie ervan wordt versneld.

Alina zucht. "Ik zou willen dat hij niet die kant opging, maar Konstantin luistert zelden. Misschien kun jij met hem praten - tenzij je denkt dat het een goed idee is, bij Volkov betrokken te raken?"

Ik haal mijn schouders op en verander van onderwerp. De waarheid is dat Volkov en het potentiële samenwerkingsverband laag op mijn lijst van zorgen staan, dus ik vind het best om Konstantin ermee aan de slag te laten gaan. Onze geniale broer is misschien soms te intellectueel voor zijn eigen bestwil, maar hij is nog steeds een Molotov en dus perfect in staat om voor zichzelf de risico's in te schatten.

Mijn prioriteiten liggen tegenwoordig bij Slava en Chloe, en ik ben van plan om alles te doen wat nodig is om ze allebei te behouden en te beschermen.

Die nacht komt een van mijn ergste angsten uit. Kort na middernacht barst de deur van onze kamer open en rent Lyudmila mijn naam schreeuwend naar binnen.

Ik sta op en bewapen me met het pistool dat ik onder het matras bewaar voordat ze het kan uitleggen - en als ze dat doet, leg ik het pistool neer en storm onze kast in.

"Wat is er gebeurd?" vraagt Chloe en ze rent achter me aan terwijl Lyudmila de kamer uit rent. Als ze ziet dat ik me aankleed, begint ze zich ook aan te kleden. "Wat zei ze?"

Als ik me realiseer dat Lyudmila Russisch had gesproken, leg ik snel uit dat Slava ziek is geworden. "Hij is ongecontroleerd aan het braken en heeft hoge koorts," zeg ik terwijl ik haastig een shirt aantrek. "Hij moet meteen naar het ziekenhuis."

Chloe's ogen worden groot. "Oh, nee. Ik ga met je mee."

"Fuck, nee." Mijn toon is veel te hard, maar dat kan me niet schelen. Angst, scherp en metaalachtig, bedekt mijn tong. Mijn zoon is ziek. Zo ziek dat ik geen andere keuze heb dan het risico te lopen zijn verblijfplaats te onthullen. Het laatste wat ik nodig heb, is dat Chloe ook in gevaar is. "Je blijft hier, waar het veilig is."

Ze kijkt knipperend naar me op. "Maar-"

"Ik bel je onderweg wel." Ik pak haar kin, steel een korte, harde kus, en dan ren ik naar Slava's kamer, mijn gedachten alleen bij mijn zoon en de snelste manier om hem naar een ziekenhuis te brengen.

40

CHLOE

"Meer koffie?" vraagt Alina, en ik knik, terwijl ik van de barkruk spring om naar het keukenraam te ijsberen. Het is pikkedonker buiten zonder door de dikke wolken ook maar een sprankje maanlicht te zien.

Ze beloven vannacht regenbuien - geen goede zaak, gezien de snelheid waarmee Nikolai, Pavel en vier van de bewakers in hun SUV's over die bochtige bergwegen rijden. Lyudmila is met hen meegegaan om voor Slava te zorgen, dus Alina en ik zijn de enigen die nog in huis zijn.

De enigen die het huis niet *mogen* verlaten.

Volgens Alina heeft Nikolai alle overgebleven bewakers op scherp gezet, dus vijf van hen bewaken het huis zelf, terwijl de rest in de omtrek van het terrein patrouilleert in het geval van een aanval.

"Welke aanval?" vroeg ik toen ze me dit vertelde. "Slava is gewoon ziek."

Ze wierp me een blik toe die suggereerde dat ik een

naïeve idioot ben. "Er is ziek en er is ziek - en we weten niet welke van de twee dit is."

"Denk je dat hij misschien *vergiftigd* is?"

"We kunnen niets uitsluiten," antwoordde ze, waardoor ik me opnieuw realiseerde hoe anders de opvoeding van haar en haar broers dan die van mij was geweest.

In mijn wereld zou niemand opzettelijk een kind pijn doen.

Ik draai me weg van het raam en loop terug naar het aanrecht. "Zijn er nog updates van Pavel of Lyudmila?"

"Nee." Alina geeft me een verse kop koffie. Haar ogen zijn net zo vermoeid als de mijne, maar haar make-up en jurk zijn onberispelijk - ik denk voor het geval dat we misschien midden in de nacht voor een gala uitgenodigd worden. "Volgens mij zijn ze nog niet eens in het ziekenhuis," vervolgt ze terwijl ik een grote slok van mijn koffie neem. "Lyudmila had gezegd dat ze me zou appen als ze daar aankomen."

De hete vloeistof brandt in mijn verhemelte, maar ik drink toch de rest van de beker leeg, masochistisch van de pijn genietend. Het weerhoudt me ervan om bij de meest angstaanjagende mogelijkheden stil te blijven staan - zoals Slava die is vergiftigd om hem en Nikolai uit de veiligheid van het complex te lokken, of hun auto die op een donkere, regenachtige weg van een klif afrijdt.

Tot overmaat van ramp kan ik Nikolai niet eens

bellen of appen voor geruststelling, omdat hij zijn telefoon hier is vergeten.

"Dit is zo niets voor hem," mompel ik, terwijl ik opnieuw een blik op het apparaat werp dat ik had meegebracht nadat ik het in onze slaapkamer had gevonden. "Hij vergeet nooit iets."

Alina knikt somber. "Ik weet het. Ik heb hem nog nooit zo bezorgd gezien. Nou ja, behalve die ene keer met jou."

Juist. Toen ik er vandoor was gegaan en hij me van de moordenaars moest redden - een incident dat nu een heel leven geleden lijkt.

Ik zet de lege beker neer en ga terug naar het raam, mijn borst voelt beklemmend aan en mijn maag staat van zenuwen en overtollige cafeïne in brand. Ik heb me nog nooit zo nutteloos en hulpeloos gevoeld of zo erg als een gevangene. Hoewel ik al die tijd wist dat Nikolai me het terrein niet zou laten verlaten, drong het op de een of andere manier pas vanavond volledig tot me door, toen hij ronduit weigerde om me mee te nemen.

Logischerwijs begrijp ik waarom - hij hoeft zich niet zo druk om zowel mij te maken als om Slava - maar dat verandert niets aan het feit dat ik niet bij de twee mensen kan zijn om wie ik het meest geef... dat ik hier hoe dan ook vastzit.

"Ik ben zo terug," zegt Alina en ze glipt de keuken uit - vermoedelijk om naar het toilet te gaan. Ik denk erover na om voor mezelf nog een kop koffie in te schenken terwijl ik wacht, maar ik besluit dat drie kopjes voorlopig genoeg moeten zijn. In plaats daarvan pak ik Nikolais telefoon en veeg ik over het scherm voor het geval hij ontgrendeld is.

Dat is het natuurlijk niet. Mijn door beveiliging geobsedeerde man zou nooit zo onvoorzichtig zijn om een ontgrendelde telefoon te laten rondslingeren. Het apparaat vereist een vingerafdruk of een toegangscode, en ik heb geen van beide.

Zuchtend leg ik de telefoon op het aanrecht en begin te ijsberen. Dit is marteling in de zeer reële zin van het woord. Ik maak me zo'n zorgen om Slava en Nikolai dat ik me lichamelijk ziek voel, een gevoel dat nog eens verergerd wordt door af en toe een verre flikkering van bliksem en donder.

De storm is hier nog niet aangekomen, maar hij kan wel daar zijn waar zij nu zijn.

God, wat als ze het ziekenhuis niet op tijd bereiken? Een ijskoude naald doorboort mijn hart. *Wat als Slava zo ziek is dat hij sterft?* Het is een gedachte die ik mezelf niet eerder had toegestaan te denken, maar nu het erin is geslopen, kan ik het niet verbannen, en de misselijkmakende angst breidt zich uit en verdringt de lucht in mijn longen.

Ik zou daar bij hen moeten zijn.

Ik zou in die auto moeten zitten.

"Waar je zou moeten zijn, is in je slaapkamer, proberend om wat te rusten," zegt Alina zacht, en ik draai me om, geschrokken om haar weer op haar barkruk te zien zitten.

Wanneer is ze teruggekomen? Was ik ook hardop aan het praten?

Dat moet ik wel gedaan hebben, want ze kijkt me met vermoeide sympathie aan terwijl ze nog een kop koffie in haar handen vasthoudt. Ook al is ze normaal gesproken een theedrinker, vanavond is ze net als ik bezig met het echte werk.

"Denk je echt dat we aangevallen gaan worden?" vraag ik, haar onzinnige suggestie negerend. "En zo ja, door wie? Mijn vader?"

Alina zucht en legt haar kin in haar hand. "Of een van onze vijanden. God weet dat er genoeg zijn - niet dat Nikolai of Valery me iets vertellen."

"Maar Konstantin wel?" Van wat ik de afgelopen weken heb gezien, heeft ze een veel nauwere relatie met hun oudste broer, het technische genie. De twee praten minstens een paar keer per week.

"Soms. Als hij denkt dat het me niet van streek zal maken." Haar mooie mond vervormt zich. "Hij denkt dat ik zo fragiel ben dat ik bij de minste zweem van slecht nieuws in zal storten. Vooral alles wat te maken heeft met-" Ze stopt. "Laat maar. Het punt is, ik word niet echt op de hoogte gehouden."

Ik ook niet - en ik heb niet het excuus van Alina's hoofdpijn, waarover Nikolai me vertelde dat ze bijna volledig uit haar mentale toestand voortkwamen.

"Sommige mensen krijgen buikpijn als ze gestrest zijn, zij krijgt hoofdpijn. Hele erge," legde hij uit toen ze op een dag vanwege migraine niet kwam eten. "Soms duren ze meerdere dagen en worden ze zo pijnlijk dat ze zichzelf met een hele cocktail van verslavende shit knock-out moet slaan. Hopelijk is dit er niet een van."

Dat was het gelukkig niet, en Alina was de volgende dag weer haar normale zelf. Maar ik begrijp waarom Konstantin zich zorgen maakt - ik zal nooit de gedrogeerde puinhoop vergeten die ze die ochtend in mijn kamer was.

Als Alina nog geen problemen met voorgeschreven pijnstillers heeft, dan zit ze er niet ver vanaf.

"Denk je dat ze baat zou kunnen hebben bij zoiets als een afkickkliniek?" had ik Nikolai later die dag gevraagd. "Of in ieder geval therapie?"

"Ze heeft een hekel aan psychiaters en weigert om met ze te praten," vertelde hij me. "Wat betreft de afkickkliniek, we hebben erover nagedacht, maar het is niet duidelijk of ze echt verslaafd is. Haar drugsgebruik is sporadisch, rond tijden van extra stress gecentreerd. Het begint met meer frequente hoofdpijn, en dan spiraalt het totdat de hoofdpijn niet langer het grootste probleem is. Ze is echter altijd in staat geweest om na een tijdje met de pillen te stoppen, daarom sta ik haar toe om ze te blijven gebruiken. Dat is de enige manier waarop ze aan de verlammende pijn kan ontsnappen als die toeslaat."

"Hoe zit het met wiet?" vroeg ik voorzichtig, ik wilde Alina niet verraden voor het geval Nikolai niet van haar occasionele rooksessies met Lyudmila wist. "Misschien kan dat ook helpen?"

Zijn mond betrok. "Tuurlijk. Daarom zeg ik niets

als ze binnenkomt en naar een Amsterdamse coffeeshop ruikt."

Dus hij wist het wel. Ik was niet verrast. Hij ziet alles wat hier gebeurt, inclusief de verwarde tegenstrijdigheden in mijn hoofd.

Ik hou van hem. Ik heb er geen probleem mee om dat nu toe te geven, aan mezelf en aan hem. En hij zegt dat hij van mij houdt. Het zou genoeg moeten zijn, meer dan genoeg, maar dat is het niet. Zelfs als ik in de nagloed van adembenemende seks in zijn armen lig, is er nog steeds een onverklaarbare afstand tussen ons, woorden en angsten onuitgesproken.

Het is vooral mijn schuld, denk ik. Om te beginnen heb ik mezelf er nog steeds niet toe kunnen brengen om naar zijn vader te vragen. Elke keer dat er zich een kans voordoet, haak ik af. De duisternis in Nikolai is als een tweezijdige magneet, die me aantrekt en me tegelijk afstoot. Ik wil hem volledig kennen, zijn verleden net zo goed begrijpen als hij het mijne begrijpt, maar ik ben bang om dieper op het deel van hem in te gaan dat ik die dag in het bos zag, toen hij met de moordenaars afrekende.

Soms, als ik midden in de nacht tegen hem aan wakker wordt, kan ik het geschreeuw van de gemartelde huurmoordenaar horen, en dan wil ik ook schreeuwen.

Ik kan ook Nikolais dreigement om me te drogeren om met hem te trouwen niet vergeten. Het is niet zover gekomen, maar ik weet dat het zou zijn gebeurd. Want voor mijn man zijn liefde en bezit hetzelfde.

Hij zou alles doen om mij te hebben.

Natuurlijk, tegenstrijdige puinhoop die ik ben, vind ik zijn meedogenloosheid niet altijd erg. Er zijn tijden dat ik blij ben dat hij de kwestie heeft geforceerd, dat hij over de normale stadia van een relatie ten gunste van het huwelijk is gesprongen. En er zijn zeker momenten dat ik in bed van zijn duistere kant geniet - vrijwel alle keren dat hij het naar voren laat komen, eigenlijk. Ons seksleven is net zo gloeiend heet als gevarieerd, en hoe overweldigend zijn honger naar mij ook kan zijn, ik raak nooit ontevreden, tot het punt dat ik me moet afvragen of er misschien iets mis met me is... of het gezond is om mezelf in zijn omhelzing zo volkomen te verliezen.

In de omhelzing van een man die in veel opzichten nog steeds mijn gijzelnemer is.

Ik plof op een barkruk naast Alina, pak Nikolais telefoon en veeg weer afwezig over het scherm.

Ja, daar is het, wachtwoord vereist.

Whatever. Ik weet niet eens waarom ik erin wil. Wat ik echt nodig heb, is om Nikolai te spreken, maar ik weet zeker dat hij zijn handen vol heeft aan Slava en het navigeren op die lastige wegen.

"Waarom blijf je dat doen?" vraagt Alina terwijl ik weer over het scherm veeg. "Wil je zijn berichten lezen of zo?"

Ik duw de telefoon weg. "Nee. Misschien. Ik weet het niet." Wat ik wil is Nikolai in bed naast me en Slava die aan de andere kant van de gang diep in slaap is, maar geen van beide is op dit moment een mogelijkheid.

"Probeer 785418," zegt Alina. Bij mijn geschrokken blik legt ze uit, "Ik heb een goed geheugen voor cijfers en ik zag Nikolai het een paar weken geleden gebruiken. Maar misschien heeft hij het inmiddels veranderd."

Mijn vingers vliegen al over het touchscreen. "Ik zit erin." Ik grijns triomfantelijk naar haar. "*Wij zitten* erin."

Dan bedenk ik me de implicaties.

Alina heeft me net op een belangrijke manier geholpen om Nikolais privacy te schenden.

Ik voel me hier ineens niet goed bij.

Ze moet het op mijn gezicht lezen. "Hij zit de afgelopen week aan dat ding gekluisterd," zegt ze, en ik hoor de frustratie in haar stem. "Hij heeft me niet verteld waarom, maar het kan iets met alle bewakers te maken hebben die op code rood zijn gezet - en ik weet niet hoe het met jou zit, maar als er een specifieke dreiging is, dan wil ik weten wat het is. Ik ben het zat om in het duister gehouden te worden."

Terwijl ik mezelf wekenlang gewillig in het ongewisse heb gehouden, opnieuw niet eens naar de voortgang van onze plannen voor Bransford informerend.

Mijn ongemak verandert in schaamte over mijn lafheid. Ik zet mezelf schrap en geef de telefoon aan Alina. "Hier. Jij zal beter weten waar je moet zoeken."

Ik zal als deze crisis voorbij is mijn excuses aan Nikolai aanbieden voor het schenden van zijn privacy.

Ze knikt en ik schuif naar haar toe terwijl haar roodgelakte vingers over het scherm vliegen. De eerste plek waar ze naartoe gaat is de inbox, waar ze snel door de onderwerpregels bladert, waarvan er veel in het Russisch zijn. Ze opent één bericht en leest het door, een kleine frons die de ruimte tussen haar donkere wenkbrauwen doorbreekt terwijl haar ogen over de Russische tekst bewegen.

"Nou?" vraag ik wanneer ze de e-mail sluit en verder door de inbox scrolt. "Iets gevonden?"

Ze kijkt op van het scherm en knippert met haar ogen, alsof ze vergeten is dat ik er ben. "Niet echt." Haar stem is echter vreemd, gespannen en een beetje verstikt. Dat geldt ook voor de glimlach die ze me geeft terwijl ze eraan toevoegt, "Gewoon de gebruikelijke onzin."

"Mag ik?" Zonder op haar antwoord te wachten, grijp ik de telefoon terug en blader ik zelf door de onderwerpregels. Mijn onvermogen om Russisch te lezen is echter een ernstige belemmering, dus ik verlaat de inbox en controleer in plaats daarvan de berichten. Nikolai gebruikt daarvoor een app die ik nog nooit heb gezien - waarschijnlijk versleuteld - en de meeste van die berichten zijn ook in het Russisch.

Tot zover mijn grote hackpoging.

Ik sta op het punt om de telefoon neer te leggen wanneer een pictogram in de linkerbovenhoek van het scherm mijn aandacht trekt. Het is een van de weinige apps op deze telefoon, en de toplocatie zegt me dat het iets moet zijn dat Nikolai veel gebruikt.

Geïntrigeerd klik ik op het pictogram - een klein huisje - en een reeks afbeeldingen, of liever video's, vult het scherm. Ze zijn allemaal te klein om iets in detail te zien, dus ik klik op degene waar ik beweging zie.

Alina tuurt over mijn schouder naar het scherm. "Is dat-"

"Deze keuken, ja." Sterker nog, ik kijk naar ons tweeën die ineengedoken boven de telefoon zitten. Fronsend kijk ik naar het plafond en naar de kasten. De hoek van de video suggereert dat de camera's zich hoog en links van ons bevinden, maar hoe hard ik mijn best ook doe, ik zie ze niet.

Ik sluit de keukenfeed af en zoom in op een ander beeld, dan om de beurt de rest.

Woonkamer.

Eetkamer.

Terras met glazen wanden.

Waskamer.

Gang boven.

Trap.

Slava's kamer.

Mijn oude kamer.

Mijn hart bonst sneller, een onaangename beklemming vormt zich om mijn borstkas.

En ja hoor, daar is hij dan, onze slaapkamer.

"Zit mijn kamer daar ook tussen?" vraagt Alina, haar toon zorgvuldig vlak. Ze moet ook niets van de camera's hebben geweten - en als ik me dan bedenk dat ik me zojuist rot voelde omdat ik Nikolais privacy had geschonden.

Ik keer terug naar het startscherm van de app en bekijk zorgvuldig de verzameling kleine camerabeelden. "Ik zie het niet," zeg ik tegen Alina. "Hier, kijk jij eens."

Ze gaat methodisch door elke feed. "Geen van mijn kamer," concludeert ze opgelucht. "En ook niet van Pavel en Lyudmila. Dat is logisch, het is waarschijnlijk Pavel die de camera's heeft geïnstalleerd. Hij is goed met beveiligingstechnologie."

"Wanneer geïnstalleerd?" Mijn beste gok is dat dit een geavanceerde versie van een nanny-camera is, iets wat Nikolai heeft geïmplementeerd toen hij besloot om de advertentie voor een bijlesdocent te plaatsen. Als dat zo was, dan zouden de camera's kort voor of kort na mijn aankomst zijn geïnstalleerd, toen ik nog een vreemde was en dus niet te vertrouwen was bij Slava. Hoewel waarom onze slaapkamer, oorspronkelijk Nikolais slaapkamer, dan ook met een camera beveiligd zou zijn, is een mys-

"Het lijkt erop dat de app een paar maanden geleden is geïnstalleerd," zegt Alina terwijl ze de instellingen doorzoekt. "Maar sindsdien zijn er twee updates geweest: een in juli direct na je aankomst en een andere, veel grotere recentelijk. Een week geleden." Haar ogen ontmoeten de mijne. "Precies rond de tijd dat ik Kolya voor het eerst aan dit scherm gekluisterd zag zitten."

Ook rond de tijd dat ik hem had verteld dat ik van hem hield.

Misschien is het allemaal toeval. Misschien heeft het niets met mij te maken en alles met de e-mail waarop Alina zo vreemd reageerde, maar mijn instinct zegt me iets anders.

De camera's zijn er voor mij. Om me in de gaten te houden.

De obsessie van mijn man voor mij groeit, tot een angstaanjagende hoogte - en omdat ik als een struisvogel mijn kop in het zand heb gehouden, weet ik nog steeds niet waartoe hij werkelijk in staat is.

41

NIKOLAI

"De tests zijn net terug," vertelt de arts me als ik na een korte onderbreking voor het toilet in Slava's kamer terugkom. "Salmonella-vergiftiging."

Mijn adem ontsnapt uit mijn strak dichtgeknepen keel terwijl een golf van opluchting me tegemoetkomt. Ze hebben Slava's braken al gestopt en hem vloeistoffen via een infuus gegeven, maar tot op dit moment hadden we geen idee wat hem zo ziek maakte.

Salmonella.

Niet een of ander exotisch designergif waarvoor er misschien geen remedie is.

Verdomde salmonella.

Ik loop naar Lyudmila, die de pech heeft om de enige andere persoon in de kamer te zijn. "Heb je hem rauw vlees of eieren aan laten raken?"

Ze knippert. "Nee, ik zweer het! Hij heeft vandaag niet eens eieren gegeten, tenzij-" Haar ogen worden groot en ze drukt haar hand voor haar mond. "Oh, nee."

"Wat? Gooi het eruit."

"Koekjesdeeg," fluistert ze, en haar ronde gezicht wordt bleek. "Ik denk dat hij rauwe koekjesdeeg heeft geproefd. Pavel was die chocoladekoekjes aan het maken voor het avondeten en Slava en ik kwamen binnen om wat fruit voor een snack te halen..."

Fuck. Wat een verschrikkelijke pech. Er moet een ei met de bacteriën zijn geweest, en natuurlijk moet Slava van dat koekjesdeeg hebben gegeten. Achteraf gezien moest het zoiets zijn geweest. Ik heb elke bewaker persoonlijk doorgelicht, en met een beveiliging die zo streng is als die van ons, was de kans dat een moordenaar in staat was om vergif het complex binnen te sluipen bijna nul. Toch kon ik het niet helemaal uitsluiten - pas toen deze tests binnenkwamen.

"Deze vergiftigingen komen veel vaker voor dan je zou denken, vooral onder ouderen en jongeren," onderbreekt de arts de kern van mijn gesprek met Lyudmila, ondanks het feit dat het in het Russisch is. "Salmonella staat erom bekend taai te zijn als het in de dooier zit. Je zou het ei meer dan acht minuten moeten koken om ervoor te zorgen dat je het allemaal doodt, en dat doet bijna niemand." Hij zucht. "Je zou niet geloven hoeveel mensen op de eerste hulp belanden nadat ze een standaard omelet of geklutst ei hadden gegeten - en dan heb ik het niet eens over een spiegelei of Hollandaisesaus en zo. Dat is zo'n beetje Russisch roulette... niet beledigend bedoeld."

Ik ben te opgelucht om geïrriteerd te zijn. "Wat zijn de volgende stappen?" Ik werp een bezorgde blik naar het grote bed waar Slava ligt te slapen, zijn kleine gezicht bleek en door al het braken en diarree getekend. Hij ziet er van al het vocht al beter uit, maar ik huiver nog bij de herinnering aan onze hectische rit hierheen, waarbij ik alleen maar kon bedenken of hij het wel of niet zou halen.

"Normaal gesproken zouden we de ziekte gewoon zijn gang laten gaan, maar hij heeft koorts, dus we geven hem wat antibiotica voor het geval dat. Tussen dat en de vloeistoffen zou hij zich snel veel beter moeten voelen. Ik zou hem echter nog een dag of wat ter observatie willen houden."

"Natuurlijk." Als ik had geweten dat het salmonella was, dan had ik een medisch team geregeld om thuis voor Slava te zorgen, zoals ik dat voor Chloe had gedaan, maar ik was zo doodsbang dat mijn zoon was vergiftigd of aan een exotisch neurotoxine was blootgesteld dat ik het risico niet kon nemen dat ik niet de juiste specialisten of apparatuur bij de hand had. En nu we in het ziekenhuis zijn, heeft het geen zin om Slava van alle machines los te koppelen en in de storm terug te rijden. Voor de snelste genezing moet hij rusten en de antibiotica hun werk laten doen.

Ik moet alleen maar hopen dat de Leonovs geen lucht van onze aanwezigheid hier krijgen - of dat tegen de tijd dat ze dat doen, we al lang weg zijn.

De arts vertrekt en een berouwvol kijkende Lyudmila verontschuldigt zich ook om naar het toilet te gaan. Wij tweeën hebben bij Slava's bed gewacht terwijl Pavel en de bewakers door de gang patrouilleren. Niet dat ik een aanval in een Amerikaans ziekenhuis verwacht - tenminste niet nu ik weet dat mijn zoon niet opzettelijk is vergiftigd. Het complex is waarschijnlijk ook niet in groter gevaar, hoewel ik de bewakers niet vertel om van code rood naar beneden te schalen totdat we terug zijn.

Ik ben mijn verdomde telefoon vergeten, en hoewel Lyudmila met Alina heeft geappt en ik weet dat thuis alles in orde is, voel ik me erg ongemakkelijk als ik Chloe niet door de camera's kan zien.

Het is alsof iemand me blinddoekt - of mijn ogen heeft uitgesneden.

"Laat me je telefoon even gebruiken," zeg ik tegen Lyudmila als ze terugkomt, en ze geeft hem aan me voordat ze discreet uit de kamer verdwijnt.

Zodra ze weg is, bel ik mijn zus en vraag haar om Chloe te halen als ze nog wakker is.

Als ik mijn zaychik niet kan zien, dan kan ik tenminste haar stem horen.

"Vertel me eerst hoe het met Slava is," zegt Alina.

Ik informeer haar snel over zijn toestand - Lyudmila heeft haar al over de salmonella-diagnose geïnformeerd - en ik vraag opnieuw om Chloe te spreken.

"Geef me even een momentje." Alina's stem heeft een eigenaardige toon. Ik hoop dat ze geen nieuwe migraineaanval krijgt, hoewel het me niet zou verbazen als ze dat gezien de gebeurtenissen van de nacht wel zou krijgen.

Ik heb niet snel hoofdpijn, maar toch voelen mijn slapen aan alsof er door hamers op wordt geslagen.

Ik wacht ongeduldig tot Chloe aan de lijn komt. Ik had waarschijnlijk eerder moeten bellen in plaats van Lyudmila hen van de situatie op de hoogte te laten houden, maar ik moest eerst weten wat er met Slava aan de hand was. De angst lag als een rotsblok op mijn borst, maar nu kan ik eindelijk ademen - en als een rationeel mens praten.

Een uur geleden stond ik op het punt om met mijn blote tanden de keel van de medische staf eruit te rukken vanwege hun pogingen om ons voor toelating op onze beurt te laten wachten.

Gelukkig spreekt geld zelfs in deze contreien een rol, dus zodra ik de EH-receptionist vertelde dat ik een miljoen dollar aan hun kinderafdeling zou doneren als mijn zoon *onmiddellijk* behandeld zou worden, ging het veel soepeler, en was het niet nodig om extremere maatregelen te nemen, zoals bijvoorbeeld kogels in een paar van de hardere koppen te plaatsen.

"Nikolai, hoi." Chloe's zachte stem is als een warme deken die zich om me heen wikkelt, het bonzen in mijn hoofd vermindert en de spanning in mijn nek en schouders wordt losser. Ik realiseer me pas op dit moment hoe strak ze waren gaan staan.

Ik draai me weg van Slava's bed en loop naar het raam om ervoor te zorgen dat ik hem niet wakker maak. "Hoi, zaychik. Hoe gaat het met je?"

"Beter nu ik weet dat jij en Slava veilig zijn," zegt ze zacht, en ik hoor een kleine hapering in haar ademhaling. "Ik was zo bezorgd, met de storm en zo."

Mijn borst knijpt zich samen van tederheid. "Het gaat goed met ons. We hebben het gehaald." Met gedempte stem vertel ik haar alles over de vreselijke reis - hoe ziek Slava de hele tijd was geweest en hoe we tientallen keren moesten stoppen om hem over te laten geven en in de stromende regen naar het toilet te gaan. Hoe ik had staan wensen dat ik degene was wiens ingewanden binnenstebuiten werden uitgewrongen, en hoe doodsbang ik was geweest dat we te laat in het ziekenhuis aan zouden komen.

"Ik wist dat kinderen ziek kunnen worden," zeg ik haveloos. "En ik wist dat Slava op een dag iets zou kunnen krijgen, ook al is hij sterk en gezond. Wat ik niet wist, was dat het zo zou voelen... alsof iemand met een bot mes door mijn hart aan het zagen was en het cel voor cel opensneed."

"Natuurlijk." Chloe's toon is zacht, zachtaardig sympathiek. "Ouders voelen zich altijd zo als er iets niet klopt met hun kinderen. Mam vertelde me eens dat ze niet wist wat zorgen betekenden totdat ze mij had gekregen - en toen wist ze niet meer hoe het was om *zonder* zorgen te leven."

Ik knijp in de brug van mijn neus. "Geweldig. Gewoon geweldig."

"Ze heeft me ook verteld dat ze het voor geen goud zou willen ruilen om mijn moeder te zijn." Ze pauzeert even en vraagt dan zachtjes, "Zou jij dat doen? De vader van Slava zijn inruilen voor gemoedsrust?"

"Fuck, nee." Ik werp een blik op het kleine figuurtje op het bed en het strakke, ongemakkelijke gevoel dat ik in het begin probeerde te vermijden, dringt opnieuw mijn borst binnen. Maar deze keer herken ik het als ongerustheid. Ongerustheid en diepe, alles verterende liefde. Een ander soort liefde dan de obsessieve passie die Chloe in mij ontwaakt, maar een die niet minder krachtig is.

Ik zou voor hen allebei een moord doen.

Ik zou voor hen allebei sterven.

Als ik een van beide zou verliezen, dan weet ik niet hoe ik verder moet.

"Dus wanneer denk je dat je naar huis komt?" vraagt Chloe, en net als bij Alina hoor ik een vreemde intonatie in haar stem. Geen spanning, maar gewoon iets wat anders is.

"We zouden voor de avond terug moeten zijn," zeg ik terwijl ik op een klok kijk. Het is vijf uur 's ochtends, bijna ochtend, hoewel het buiten nog donker is. "Zaychik... is alles in orde?"

Chloe's toon is nu merkbaar gespannen. "Natuurlijk. Waarom zou dat niet zo zijn?"

"Zeg jij het maar. Is er iets aan de hand?"

"Nee, niks. Kom... gewoon naar huis, dan praten we verder."

"Praten? Waarover? Is er iets gebeurd terwijl ik weg was?"

"Nee, natuurlijk niet." Ze haalt adem. "Alles is oké.

Alles is in orde. Gewoon moe van de hele nacht opblijven, dat is alles."

Ze liegt. Ik weet zeker dat ze liegt, en ik sta op het punt om haar om antwoorden te vragen als Pavel de kamer binnenkomt.

"Masha is aan de telefoon," zegt hij kortaf en geeft me zijn apparaat. "De operatie is eindelijk begonnen. Hij komt over een kwartier naar haar huis."

Fuck. "Zaychik, ik moet gaan. Ga lekker slapen, dan bel ik je later vandaag, oké?"

Ik wacht niet op Chloe's antwoord, hang op en breng Pavels telefoon naar mijn oor. "Heb je de camera's al ingesteld? En de livefeed?"

Masha's stem is zo opgewekt als altijd. "Natuurlijk."

"Stuur de opname naar Konstantin voor bewerkingen en stuur deze voor de livestream naar deze telefoon. Ik heb de mijne niet bij me."

"Geen probleem. Nu, over Plan B-"

"Concentreer je gewoon op plan A." Ik wil dat Bransford gecompromitteerd is, niet dood, zoals afgesproken met Chloe.

Masha slaakt een geërgerde zucht. "Dat zal ik natuurlijk doen. Maar als er iets misgaat en ik kan hem niet in bedwang houden, dan wil je wel dat ik hem vandaag elimineer, toch? Het zal me daarna niet meer lukken om zo dichtbij te komen."

Ik wrijf over mijn linkerwenkbrauw, waarachter de hamers weer op mijn schedel slaan. Valery's troef is glashelder geweest over wat ze in deze baan wel en niet zal doen, en hoewel ze er niet tegen is dat Bransford aan haar zit voor een overtuigende video, laat ze hem haar niet neuken.

"Doe gewoon je best om ervoor te zorgen dat het niet zover komt," zeg ik ten slotte. "En als je toch naar Plan B moet gaan, gebruik dan het medicijn."

Hoewel het moeilijk zal zijn om de dood van Bransford aan Chloe uit te leggen, zal ik er alles aan doen om haar te beschermen.

Zelfs als ik bij haar op mijn woord terug moet komen.

42

CHLOE

IK WORD MET EEN DROGE MOND WAKKER EN MIJN OGEN VOELEN ZO KORRELIG AAN ALSOF ZE MET ZAND GEVULD ZIJN. Knipperend tegen het felle licht dat de kamer vult, kijk ik op de klok - en schiet rechtop in bed.

Vijf uur in de middag.

Wat de fuck?

Voordat ik mijn gedachten kan ordenen, wordt er zachtjes op de slaapkamerdeur geklopt en steekt Alina haar hoofd naar binnen. "Ah, goed. Je bent eindelijk wakker."

Ik pak een waterfles van het nachtkastje en slurp eraan om het uitgedroogde gevoel in mijn keel te verzachten. "Wat is er gebeurd?" zeg ik met een krakende stem als elke kostbare druppel vloeistof op is. Ik voel me versuft en sloom, alsof ik gedrogeerd ben.

Alina loopt naar binnen, ze ziet er fris en glamoureus uit, alsof ze net uit een full-service salon-spa is gestapt. Ik voel me en zie er daarentegen waarschijnlijk uit als iets dat de wasberen niet eens uit een vuilnisbak zouden vissen.

"Je kon de rest van de nacht niet slapen, dus ben je halverwege de ochtend een dutje gaan doen, weet je nog?" zegt ze, terwijl ze gracieus op de rand van het bed gaat zitten.

Ik kijk weer op de klok, alsof daardoor de tijd die erop wordt weergegeven zal veranderen. "Maar het is al vijf uur. Hoe kan het vijf uur zijn als ik 's ochtends een dutje ben gaan doen?"

Ze grijnst. "Wat zal ik zeggen? Als je crasht, dan crash je hard." Ze kruist haar lange benen. "Mijn broer heeft tot nu toe ongeveer tien keer gebeld om je te spreken. Ik heb tegen hem gezegd dat ik je liet slapen."

Mijn hartslag schiet omhoog. "Is er iets aan de hand? Heeft Slava—"

"Nee, nee, alles is in orde. Ze rijden zelfs al naar huis, ze zouden hier in minder dan een uur moeten zijn."

"Oh. Is Slava—"

"Het gaat veel beter met hem," verzekert ze me. "De arts was van plan om hem tot vanavond ter observatie te houden, maar hij heeft sinds de ochtend niet meer overgegeven en hij heeft voor de lunch wat kippensoep en pudding gegeten, dus hebben ze hem eerder uit het ziekenhuis ontslagen."

"Oh godzijdank." Ik kan niet wachten om Slava te knuffelen en hem gek te kussen. Ik heb gisteravond maar een glimp van hem opgevangen toen Nikolai met het kind in zijn armen het huis uit rende, maar zijn bleke, witte uiterlijk achtervolgde me, waardoor ik precies dat voelde hoe Nikolai het beschreef: alsof een bot mes mijn hart in stukken sneed.

Ik denk dat mijn echtgenoot niet de enige is die zich tegenwoordig als een ouder voelt. Met elke week die voorbijgaat, is Nikolais zoon dieper in mijn hart gekropen, en ik ben nu op het punt waar ik niet meer van hem zou kunnen houden als hij uit mijn eigen lichaam zou zijn gekomen - en ik zou er kapot van zijn als er iets met hem zou gebeuren.

"Heb je je telefoon?" vraag ik aan Alina. "Ik wil Nikolai terugbellen."

Ik wil zelf met Slava praten en zeker weten dat hij zich echt beter voelt, en ik wil ook graag Nikolais stem horen.

Het maakt niet uit hoe huiveringwekkend ik die camera's vind, ik kan het niet helpen om hem te missen, op de meest viscerale manier naar hem te verlangen - dat is de reden waarom de gedachte aan ons aanstaande gesprek ervoor had gezorgd dat ik gisteravond niet in slaap kon vallen, zelfs nadat ze veilig het ziekenhuis hadden bereikt en ik wist dat het goed zou komen met Slava.

"Ik heb hem niet bij me, maar ik kan hem wel halen," zegt Alina terwijl ze opstaat. "Ik weet echter niet of je hem nu moet bellen. Ze zullen hier snel genoeg zijn, en dan kun je praten."

Ik aarzel en knik dan. "Oké."

Ze heeft gelijk. Nu ze er bijna zijn, kan ik net zo goed wachten. Hoe kort ons gesprek gisteravond ook was geweest, Nikolai had op de een of andere manier gevoeld dat ik van streek was, en als hij niet door wat het ook was was afgeleid, dan zou hij me zeker onder druk hebben gezet om antwoorden te krijgen. Dat moet de reden zijn waarom hij de hele dag is blijven bellen, en waarom ik hem het beste persoonlijk kan spreken.

Het wordt tijd dat ik ophoud om een struisvogel te zijn en de waarheid leer kennen - en we allebei onze kaarten op tafel hebben gelegd.

Het is veertig minuten later en bijna etenstijd als hun SUV voor het huis stopt. Ik heb deze veertig minuten aan het voorbereiden besteed, zowel mentaal als fysiek. Mijn haar is geborsteld en in een opgestoken kapsel gedaan, mijn make-up is bijna net zo perfect als die van Alina, en ik draag een glinsterende witte jurk met twee zijsplitten die mijn benen laten zien en mijn gouden hakken met bandjes. In mijn oren zitten een paar diamanten oorknopjes die ik van Nikolai heb gekregen, en om mijn nek hangt de hartvormige ketting die Alina me ooit eerder heeft geleend, voor het eerste diner hier waarvoor ik me had opgedoft. Ik wilde een van mijn eigen sieraden dragen, maar ze stond erop dat haar ketting degene was wat de outfit vereiste.

"Vertrouw me hierin," zegt ze mysterieus. "Dit is precies wat Nikolai vanavond moet zien."

Ik besluit precies dat te doen en vertrouw haar voor nu, hoewel ik heel erg nieuwsgierig ben naar wat ze bedoelde. Als ik vanavond niet alle antwoorden van Nikolai krijg, dan *zal* ik ze uit haar krijgen.

Ik ben klaar met mijn kop in het zand te steken.

Ik ben klaar met een lafaard te zijn.

Ondanks mijn vastberadenheid bonst mijn hart onregelmatig als ik me naar beneden haast om mijn man en onze zoon te begroeten.

Slava komt als eerste binnen - of beter gezegd, als het kleine bolletje energie dat een jongen van zijn leeftijd kan zijn.

"Mama Chloe!" Hij rent recht op me af en ik vang hem halverwege de sprong, terug wankelend onder het gewicht van zijn kleine maar stevige lichaam terwijl mijn eerder gewonde enkel in de hak met bandjes wiebelt. Hij ruikt naar medicijnen en babyshampoo, en ik ben zo blij om zijn korte armen om mijn nek te voelen knijpen dat het me niet kan schelen dat ik opnieuw gewond kan raken of dat mijn make-up uitgesmeerd kan worden als hij natte, luide kusjes op mijn wangen plaatst.

"Ik heb veel gekotst," kondigt hij triomfantelijk aan nadat ik hem eindelijk heb neergezet, en ik kan het niet helpen om te lachen als hij in een verwarde mix van Engels en Russisch een verhaal over zijn ziekenhuisavonturen begint te vertellen, waarbij de kern van het verhaal erop neerkomt komt hoe vies al het kotsen was.

"Wat is dit? Zou jij niet helemaal zwak en ziekjes

moeten zijn?" vraagt Alina geamuseerd, en ik besef dat ze naast me is komen staan. Ze grijnst enorm, gaat op haar knieën zitten en grijpt Slava in haar eigen dikke knuffel terwijl ze samenzweerderig in het Russisch tegen hem fluistert.

"Ja, ik ben Superman," verklaart hij als ze klaar is, en ik lach weer, dolblij dat het zo goed met hem gaat.

"Hij heeft het grootste deel van de weg hierheen geslapen en hij werd met al deze energie wakker," zegt Nikolai. Zijn diepe stem laat me zo schrikken dat ik een scherp draai maak - en bijna val als de stomme enkel onder me doorknikt, waardoor een pijnscheut door mijn been trekt.

Ik zeg 'bijna' omdat Nikolai me, zoals altijd, vangt, zijn krachtige armen sluiten zich om me heen voordat ik de vloer raak.

"Rustig aan, zaychik," mompelt hij, zijn ogen een groenere tint goud terwijl hij me tegen zijn grote, warme lichaam drukt en me aankijkt terwijl hij me bij mijn bovenarmen vasthoudt. "Eén bezoek aan het ziekenhuis is genoeg."

Mijn hart teleporteert naar mijn keel terwijl de volledige impact van zijn nabijheid me als een sloopkogel raakt. Mijn knieën beginnen net als mijn enkel te knikken, en mijn huid ontvlamt van sensaties, elke cel drinkt van de hitte die uit zijn vingers komt, de heerlijke kracht en ruwheid van zijn eeltige handpalmen. Net als Slava ruikt hij naar het ziekenhuis, maar daaronder is een verleidelijke hint van bergamot en een nog zwakker spoor van cederhout, met dat warme, mannelijke aroma vermengd dat helemaal van hem is.

"Je bent er." Het is een domme opmerking, maar al mijn neuronen lijken een wandeling te zijn gaan maken. Het enige wat ik kan doen is naar zijn gezicht staren met zijn hoge, brede jukbeenderen en krachtige kaaklijn, gefixeerd door het contrast van wildheid en elegantie die hem zo'n gevaarlijk verleidelijke tegenstelling maakt.

Mijn man.

Mijn beschermer.

Mijn geheime toeschouwer.

Is zijn liefde iets om naar te verlangen of te vrezen?

Hij pakt mijn wang vast, zijn ogen worden donkerder terwijl zijn blik naar mijn lippen zakt. "Ik ben er, zaychik." Hij negeert ons publiek, buigt zijn hoofd en legt zijn mond schuin over de mijne, en claimt het in een diepe, zielverbrandende kus.

Mijn hart bonst in mijn borstkas, mijn huid is te warm tegen de tijd dat hij zich terugtrekt. Zoals gewoonlijk negeert iedereen onze schandalige PDA. Pavel en Lyudmila zijn ook binnengekomen en ze praten in het Russisch met Alina, terwijl Slava hen met zijn eigen verhalen onderbreekt.

Ik kijk weer naar Nikolai - om vervolgens bij de huiveringwekkende blik op zijn gezicht te verstijven. Zijn blik is op iets bij mijn keel gefocust, een spier in zijn kaak is hevig aan het tikken. Wat de—?

En dan besef ik waar hij naar kijkt.

Niet naar mijn keel.

De ketting die Alina me heeft gegeven, degene die hij vanavond moest zien.

Met een plotselinge helderheid herinner ik me haar gedrogeerde gemompel van die vreselijke ochtend toen ik op de vlucht was geslagen. Zoals met zoveel andere dingen die met mijn situatie te maken hebben, heb ik mezelf de afgelopen weken niet toegestaan om over haar feitelijke woorden na te denken, er lang bij stil te staan. Maar nu komen ze bij me boven, samen met al het andere dat ik over deze familie heb gehoord, over hoe Nikolai zoveel op zijn vader lijkt.

Als ik nog twijfels had dat mijn man en ik dit gesprek nodig hebben, verdwijnen ze op dit moment - want als het vermoeden dat zich in mijn gedachten vormt juist is, is Alina niet de enige die met een groot trauma te maken heeft.

Ik doe alsof alles normaal is, draai me van Nikolai weg en loop naar Slava om zijn hand te pakken. "Kom schat, laten we je naar bed brengen voordat je neerstort. We zullen je daar je avondeten geven."

"Ik doe het wel," biedt Lyudmila aan, maar ik schud lachend mijn hoofd.

"Laat mij het maar doen. Ik heb hem gemist."

"Ik ga met je mee," zegt Nikolai, zijn blik gesloten, en mijn hartslag versnelt verder als hij Slava oppakt en hem voor me naar boven draagt.

Wij wassen samen Slava en stoppen hem in bed, waar hij wat soep eet en prompt in slaap valt, waarbij zijn uitbarsting van energie snel op is geraakt.

"Is dat altijd zo met kinderen?" vraagt Nikolai op gedempte toon, terwijl hij zijn brede handpalm over Slava's voorhoofd strijkt. Zijn verbaasde blik verschuift naar mij. "Als ze ziek worden, bedoel ik? Van nul naar honderd gaan en dan weer terug?"

Ik glimlach ondanks de onrust in mijn borst. "Nee, niet altijd. Slava is gewoon Superman. Heb je het niet gehoord?"

Zijn antwoordende glimlach veroorzaakt een explosie van endorfines in mijn hersenen. "Oh ja, er *gaat* een gerucht rond."

En gedurende een paar hartslagen is dat genoeg - dit ongecompliceerde moment van gedeelde vreugde, van opluchting dat het goed komt met het kind van wie we houden. Maar dan vervaagt Nikolais glimlach en mijn hartslag verschuift naar een hogere versnelling terwijl de ruimte tussen ons zich met sidderend bewustzijn vult, met die verzengende chemie die als een geladen elektrische draad aanvoelt die over mijn huid danst. We zijn maar een halve meter uit elkaar, maar zelfs die kleine afstand voelt ineens als te veel... te veel en niet genoeg tegelijk.

Ik slik terwijl hij zijn hand opheft en die om mijn wang buigt, zijn ruwe duim streelt over mijn onderlip, waardoor het gaat tintelen.

"Zaychik..." Zijn stem is als donker fluweel. "Ik heb je gemist."

Ik heb jou ook gemist. Zo, zo erg. De woorden doen een pirouette op het puntje van mijn tong, klaar om eruit te vliegen. Het zou zo gemakkelijk zijn om terug in zijn omhelzing te vallen, om te vergeten wat ik op zijn telefoon heb gezien en de boot even af te houden. Om terug te duiken in onze nep-huwelijksreisroutine en te doen alsof er niets angstaanjagends aan een echtgenoot is die me obsessief in de gaten houdt als we uit elkaar zijn... een moordenaar wiens gecompliceerde verleden nog steeds een angstaanjagend mysterie is.

"Nikolai, ik..." Ik haal diep adem en forceer een andere reeks woorden, degene die ik heb vermeden. "We moeten praten. Het wordt tijd dat je me precies vertelt wat er met je vader is gebeurd."

43

CHLOE

HET IS ALSOF ER EEN DONKER LUIK OVER NIKOLAIS GEZICHT VALT EN HET IN DAT VAN EEN VREEMDE VERANDERT. Alle warmte verlaat zijn stem als hij zijn hand terugtrekt en opstaat. “Laten we gaan. We zullen in mijn kantoor praten.”

Mijn hart bonst als ik hem uit Slava’s kamer en de gang door volg. Terwijl we lopen, klinkt er een belletje in zijn zak. Hij haalt zijn telefoon tevoorschijn en werpt een blik op het scherm. Hij moet het apparaat meteen bij aankomst hebben teruggevorderd.

Wat hij daar ook ziet, zijn kaken staan strak en als zijn blik naar mij terugkeert, zijn zijn ogen met een eigenaardig licht gevuld.

Een verschrikkelijk voorgevoel laat mijn maag zich samentrekken. “Wat is er gebeurd? Wat is er aan de hand?”

“Er is iets wat je moet zien,” zegt hij, en zodra we

zijn kantoor binnenkomen, pakt hij direct zijn laptop en opent die, terwijl hij over zijn bureau gebogen staat. Zijn vingers vliegen even over het toetsenbord en dan draait hij het scherm naar mij toe.

Mijn hart maakt een sprongetje en mijn knieën veranderen in rubber.

Op het scherm wordt een populaire nieuwssite weergegeven, waar de belangrijkste kop in hoofdletters luidt: "VOORAANSTAANDE PRESIDENTSKANDIDAAT VALT IN SCHOKKENDE VIDEO VROUW AAN."

Naalden van ijs dansen over mijn huid terwijl ik de laptop pak en naar de kleine ronde tafel draag, waar ik in een stoel zak en het artikel volledig lees.

Het verhaal is nog in ontwikkeling, maar het lijkt erop dat er iets minder dan een uur geleden op Twitter een video van Bransford die een jonge vrouw aanviel is verschenen, die meteen viraal is gegaan. Volgens de nieuwssite laten de 'grafische en verontrustende' beelden zien dat hij haar in het gezicht slaat en haar shirt openscheurt terwijl ze wanhopig terugvecht. Na een paar minuten van gewelddadige strijd ontsnapt ze door hem een knietje te geven en de deur uit te rennen terwijl hij obsceniteiten tegen haar schreeuwt.

"Je kunt de video bekijken als je wilt," zegt Nikolai zacht, en ik besef dat hij naast me is komen staan, zijn blik van bovenaf op het scherm gericht. "Het team van Konstantin heeft met wat Masha hem heeft gestuurd wonderen verricht."

Mijn stem is klein. “Is dit vandaag gefilmd?”

Hij knikt, zijn uitdrukking is onleesbaar. “Vanochtend vroeg, zo’n twintig minuten nadat jij en ik hadden gepraat. Ze liet hem voor het werk langs haar ‘slaapzaal’ komen om haar stagepapieren te tekenen, zodat ze vrijwilligerswerk bij zijn campagne kon doen en erkenning voor haar GP Amerikaanse regeringsles zou krijgen.”

“GP?” Ik voel een golf van misselijkheid opkomen. “Als in, een geavanceerde plaatsing op de universiteit?”

“Precies. Hij denkt dat ze zeventien is, een junior op een kostschool in het DC-gebied.” Nikolai pauzeert even en voegt er dan zacht aan toe, “Een wees wiens ouders bij een auto-ongeluk zijn omgekomen, waardoor ze onder de hoede van een onverschillige oom staat die niets met haar te maken wil hebben.”

“Het perfecte aas voor een roofdier,” fluister ik, met brandende ogen. “Het meest kwetsbare type slachtoffer... zoals mijn moeder.”

“Ja. Dat lijkt zijn MO te zijn. We hebben nog twee vrouwen gevonden bij wie hij dit in de loop der jaren heeft gedaan.” Nikolais kaak verstrakt zich. “Hij wil ze graag slim, mooi en veel te jong - en met niemand om naartoe te gaan.”

Ik adem diep in, de ijzige naalden prikken dieper. “Heb je ze gevonden? Willen ze naar voren komen?”

“Dat zullen ze nu wel willen.”

Ik slik om de inhoud van mijn maag erin te houden terwijl ik mijn aandacht weer op het scherm richt. Hoe misselijkmakend dit ook zal zijn, ik moet deze video met mijn eigen ogen zien, om precies te weten wat voor soort monster mijn moeder pijn heeft gedaan toen *zij* een kwetsbare tiener was.

Ik ben klaar met me voor de realiteit te verstoppen.

Ik vind de video en klik op 'afspelen' - en mijn misselijkheid neemt toe, mijn maag verkrampt zich in de wetenschap dat ik de genen van deze man deel.

De opname begint met een korte, maar gewelddadige achtervolging, met een lange, fitte, knappe oudere man - onmiskenbaar Tom Bransford - die naar een tengere blondine grijpt, gekleed in een korte broek en een kort topje. De camera staat in zo'n hoek dat slechts een deel van Masha's gezicht te zien is, maar de jeugdige lijn van haar kaak valt niet te ontkennen - noch de angst in haar hectische bewegingen.

Het lukt haar om het grootste deel van de weg door de smalle, rommelige kamer af te leggen voordat hij haar van achteren tackelt, haar tegen een muur naast een BTS-poster slaat en haar vervolgens omdraait om hem aan te kijken. Snikkend van paniek valt ze aan, met kleine, slanke vingers naar hem klauwend, maar hij slaat haar genadeloos in het gezicht en stompt haar met een vuist in haar buik.

Ik verkramp en voel de klap alsof hij op mij neerkomt, maar het ergste begint nu pas. Terwijl Masha voorovergebogen staat, naar lucht snakkend, trekt hij aan haar shirt en scheurt het bij de schouder open.

Een delicate, zacht afgeronde schouder, een die aan een jonge tiener of een kind zou kunnen toebehoren.

Ik weet dat dat niet het geval is - ik weet dat Masha, met haar regeringsachtergrond, in ieder geval begin twintig moet zijn - maar het is gemakkelijk om te vergeten dat ik geen getuige van een daadwerkelijke aanval op een onschuldig tienerslachtoffer ben.

Of liever gezegd, dat de aanval waarschijnlijk echt is, maar het slachtoffer niet.

Hoe dan ook, ik kan het niet helpen om opgelucht uit te ademen wanneer Masha, na nog een paar ogenblikken van pijnlijke strijd, een draaiende beweging maakt die haar knie per ongeluk in contact met het kruis van haar aanvaller lijkt te brengen. Hij wankelt met een hoge schreeuw achteruit, zijn handen tot een kom om zijn kruis gevouwen, en ze slaat weer op de vlucht. Deze keer bereikt ze de deur en verdwijnt terwijl Bransford schreeuwt: "Verdomde kut! Kom terug, verleidster, of ik zal je verdomme vermoorden!"

De video wordt dan afgebroken, maar niet voordat de camera op Bransfords gezicht inzoomt, op de knappe, gelijkmatige gelaatstrekken die in een rood masker van gedwarsboomde woede zijn verwrongen, een gezicht met uitpuilende ogen dat even monsterlijk is als de man zelf.

Bevend schakel ik de laptop uit en haal oppervlakkig adem in een poging om zuurstof in mijn strakgespannen ribbenkast te zuigen - en mezelf ervan te weerhouden om te kotsen.

Om Nikolai te parafraseren: één persoon die hier deze week moet overgeven, is genoeg.

Als ik zeker weet dat mijn maag de inhoud er niet uit zal gooien, draai ik me om en kijk op naar Nikolai. "Hoe heb je het gedaan?" Mijn stem is slechts een beetje onvast. "Hoe heeft Masha hem zover gekregen om... je weet wel?"

"Om haar aan te vallen?" Op mijn knikje zegt hij, "Ik ken niet alle details, maar ik vermoed dat het was door precies te doen waar hij haar uiteindelijk van beschuldigde."

"Een verleidster te zijn?"

"Hoe je het ook zou noemen zijn aandacht sterk aanmoedigen en zich dan doelbewust terugtrekken - wat mannen zoals hij denken dat alle vrouwen doen. Alleen in dit geval *deed* Masha het echt, alleen met een ander doel dan hij dacht." Nikolais mond krult zich omhoog. "Hij dacht ongetwijfeld dat ze zo graag studiepunten voor vrijwilligerswerk bij zijn campagne wilde krijgen, dat ze hem haar zou laten neuken, en toen ze dat niet deed, escaleerde het al snel... zoals we gezien zijn geschiedenis dachten dat het zou kunnen gebeuren."

Ik slik nog een golf van misselijkheid weg. "Dus alles wat er in de video gebeurde, is echt gebeurd? Geen van de beelden is gefabriceerd?"

"Het was zwaar bewerkt, maar niet verzonnen, nee."

"Bewerkt waarvoor?"

Nikolai gaat tegenover me zitten. "Om haar gezicht te verbergen en het zijne te verduidelijken, bijvoorbeeld. Haar anonimiteit is belangrijk voor haar."

Ik speel de video in gedachten opnieuw af en realiseer me dat hij gelijk heeft: Masha's gezicht verschijnt er nooit echt in. De hoek is altijd verkeerd. Zelfs als Bransford haar tegen de muur heeft gedrukt en de camera recht in haar gezicht filmt, blokkeert zijn schouder of iets het, zodat de kijker slechts een glimp van haar wang, oor of kaak kan opvangen - genoeg om een indruk van jeugd en schoonheid te krijgen, maar niet om een afdrukbare foto te maken.

"Dus ze zal niet naar voren komen om te getuigen?" vraag ik en Nikolai schudt zijn hoofd.

"Te riskant. We hebben een valse identiteit voor haar gecreëerd, maar die is niet tegen een echt onderzoek bestand. De video is anoniem naar het internet geüpload, vanaf een niet-traceerbare server, maar ze zullen de Russische hackers natuurlijk de schuld geven, zoals van zoveel dingen tegenwoordig."

"Alleen hebben ze in dit geval gelijk."

Zijn lippen komen sardonisch omhoog. "In de meeste gevallen hebben ze gelijk, zaychik. Konstantin en zijn soortgenoten zijn een bedreiging, vooral voor ongelukkige politici. Het maakt in ieder geval niet uit wat ze over de bron van de video zeggen - of dat ze het nep noemen. De schade aan Bransfords carrière is aangericht, zijn twee echte slachtoffers zijn nu aangemoedigd. Zodra ze naar voren komen... Nou, laten we maar zeggen dat het voor die lieve papa zo goed als afgelopen is."

Lieve papa. Mijn maag draait zich zo heftig om dat ik toch bijna overgeef. "Hij is helemaal niet mijn lieve papa of wat dan ook." Ik schiet overeind, plotseling blind van woede. "Hij is gewoon-"

"De verkrachter en moordenaar van je moeder, ik weet het," zegt Nikolai zacht en staat ook op. "Dat is alles wat hij is, zaychik. Niets meer, niets dat met jou te maken heeft."

De woede trekt even snel weg als dat hij op kwam, en ik zak terug in de stoel en laat mijn hoofd in mijn handen zakken. Mijn schedel voelt onverklaarbaar strak en zwaar aan, alsof mijn hersenen in lood zijn veranderd.

Grote, warme handen landen op mijn nek en schouders, sterke vingers masseren mijn strakke spieren met precies de juiste hoeveelheid druk. "Het spijt me, zaychik." Nikolais stem is weer zacht en warm. "Ik weet dat het veel is om te verwerken, maar ik vond dat je deze video moest zien... om te weten dat je moeder gewroken is."

Ik wil in het verleidelijke comfort van die masserende vingers opgaan, mezelf in hun bekwame, rustgevende aanraking verliezen. Om opnieuw uit te stellen waar ik bang voor ben en mezelf in plaats daarvan van de tegenslag van Bransford te laten genieten, me in het leedvermaak van dit alles te koesteren. De schade die we aan zijn carrière hebben toegebracht komt niet eens in de buurt van wat hij mijn moeder of die andere vrouwen heeft aangedaan, maar het is een begin - en hopelijk, nu de glans van zijn gouden imago er vanaf is, zullen de wielen van juridische gerechtigheid naar hem toe draaien, hun spaken mooi en scherp.

Ik verzamel al mijn kracht, til mijn loden hoofd op en bedek Nikolais handen met de mijne terwijl ik me omdraai om zijn blik te ontmoeten.

"Hoe zit het met jouw moeder?" vraag ik zacht. "Is *zij* ooit gewroken?"

44

NIKOLAI

Mijn handen klemmen zich om Chloe's schouders en haar vraag treft me als een stomp onder de gordel. De ketting die om haar hals glinstert, had me een idee moeten geven van de richting van haar aanstaande verhoor, maar ik had nog steeds niet verwacht dat ze deze tactiek zou gebruiken... om te ontdekken wat er is gebeurd.

"Ik neem aan dat Alina weer met je heeft gesproken." Mijn stem wordt ruwer als ik achteruit stap. Mijn blik valt op haar hanger, de hartvormige diamant daagt me uit en herinnert me aan dingen die ik probeer te vergeten. Met moeite wend ik mijn ogen ervan af en concentreer me weer op Chloe's gezicht. "Wat heeft ze je precies verteld?"

Ze bijt op haar lip en staat op. "Niet veel. Ze heeft er niet meer met me over gesproken - het was alleen die ochtend, vlak voordat ik wegging. Ze zei zoiets als, 'Hij heeft haar vermoord. En toen heeft Kolya hem vermoord.' Ik wist op dat moment niet zeker wie ze bedoelde, maar ik heb er de laatste tijd over nagedacht, en ik denk... Ik denk dat het je moeder moet zijn." Ze heft haar hand op om de hanger aan te raken, haar bruine ogen zacht en donker. "Was dit van haar? Wilde Alina daarom dat ik het vanavond en die andere avond zou dragen? Als een soort herinnering voor jou aan dit alles?"

Mijn keel spant zich aan en ik wend me af, abrupt door herinneringen overspoelt - en de brandende woede en verdriet die daarmee gepaard gaan. En daaronder schuilt het meest gruwelijke schuldgevoel, de wetenschap dat wat ik heb gedaan uiteindelijk onvergeeflijk is. De giftige cocktail staat zo dicht bij het punt om over te koken dat ik niet zeker weet of ik mijn woord zal kunnen houden en Chloe het hele verhaal kan vertellen, maar dan strijkt haar kleine hand langs de mijne en krullen haar vingers zich om mijn handpalm, waardoor ik stille ondersteuning krijg.

"Vertel het me," mompelt ze en ze stapt om me heen en gaat voor me staan. Ze kijkt naar me op en heft onze gevouwen handen op om ze tegen haar borst te drukken. "Alsjeblieft, Nikolai. Ik moet het weten."

En dat moet ze ook. Ik ben haar de waarheid verschuldigd, hoe lelijk die ook is.

Ik kijk in haar omhoogkijkende gezicht, haal diep adem en begin.

45

NIKOLAI

"Toen ik zo oud was als Slava, dacht ik dat mijn moeder een prinses was," zeg ik, op een koele en vaste toon, ondanks dat een heksenbrouwsel in mijn aderen kookt. "Lang, slank, altijd geparfumeerd en opgemaakt, ze droeg mooie jurken, fonkelende juwelen en hoge hakken, zelfs in huis, en ze stond erop dat alles om haar heen zo mooi zou zijn als we het konden maken - vooral onszelf." De herinneringen drukken op me, waardoor ik het gevoel heb dat de lucht uit de kamer verdwijnt, maar ik ga door. "Valery was toen nog maar een baby en Alina was nog niet geboren, dus Konstantin en ik zijn de enigen die zich die jaren herinneren... die jaren waarin onze moeder nog enigszins gelukkig was."

"Enigszins?" Chloe's opgeheven gezicht weerspiegelt zowel sympathie als oplettende nieuwsgierigheid terwijl ze mijn handpalm tegen haar borst drukt. "Was ze nooit echt gelukkig?"

"Zoals ik me het herinner niet." Ik maak mijn hand los uit haar greep en loop weg om achter mijn bureau plaats te nemen. Ik voel me op deze manier iets meer onder controle, ik zal dan minder snel aan de drang toegeven om Chloe te grijpen en haar te neuken totdat geen van ons beiden helder kan denken, laat staan dat ik het schadelijke slijk naar boven haal dat mijn verleden is.

Ze volgt me, gaat op de hoek van het bureau zitten, een visioen van wit en goud in haar avondjurk, een gevangen zonnestraal die helemaal van mij is. "Waarom? Waren ze nooit verliefd? Of is er iets gebeurd?"

Ik doe mijn best om mijn blik op haar gezicht te houden en niet op haar decolleté, waar de hanger spottend naar me knipoogt. "Ik weet het niet zeker, maar ik vermoed dat het met Konstantin begonnen is. Mijn vader wilde een zoon zoals hijzelf, iemand die uiteindelijk het nieuwe kapitalistische rijk zou overnemen dat hij aan het opbouwen was, maar zelfs als peuter was mijn oudere broer anders. Waanzinnig slim, maar anders. Ik denk dat hij niet eens kon praten tot hij drie of vier was."

Chloe's ogen worden groot. "Oh. Dus hij is-"

"Autistisch? Misschien. Hij is nooit officieel gediagnosticeerd. In ieder geval was dat misschien het begin van de breuk tussen hen... of misschien was het gewoon mijn moeder die erachter kwam wat voor soort man mijn vader was. Wat de reden ook was, ik herinner me dat hun huwelijk jaar na jaar verslechterde. Elke keer dat ik thuiskwam van kostschool, was de sfeer tussen hen een paar graden ijziger geworden, hun ruzies frequenter... de stemming van mijn vader werd steeds duisterder."

Een frons vormt zich tussen Chloe's wenkbrauwen. "Waarom zijn ze niet gewoon gescheiden?"

"Hij stond dat niet toe. Hij wilde haar, wat er ook gebeurde." Ik herinner me dat mijn moeder er tijdens een van die ruzies over schreeuwde, pleitend en smekend om haar te laten gaan. Ik klem mijn kiezen op elkaar en duw de herinnering weg - het voelt te persoonlijk

"In ieder geval," vervolg ik op vlakke toon, "hoe meer tijd er verstreek, hoe erger het werd. Toen ik twaalf was, nam hij verschillende minnaressen en paradeerde hij met ze voor haar neus. Een jaar later vermoordde hij een man waarvan beweerd werd dat hij haar minnaar was. En een paar weken na mijn zeventiende verjaardag zag ik een blauwe plek op haar gezicht." Bij Chloe's gezichtsuitdrukking zeg ik, "Ze ontkende het natuurlijk, ze zei dat ze gevallen was of zoiets. Ik geloofde haar geen moment. Ik ben naar mijn vader gegaan en heb tegen hem gezegd dat als ik haar ooit weer gewond zou zien, hij mijn vuist te zien zou krijgen - en ik haar mee zou nemen waar hij haar nooit zou kunnen vinden."

Chloe hapt naar adem. "Geloofde hij je?"

"Ja, hij geloofde me." Mijn mond verstrakt zich. "Ik was zijn favoriete kind, de zoon die het meest op hem leek. Hij wist dat ik zelfs op die leeftijd een manier zou vinden om mijn belofte na te komen."

"Dus wat is er toen gebeurd? Hoe heb je...?"

"Hem uiteindelijk vermoord?" De woorden smaken op mijn tong naar vergif.

Ze knikt behoedzaam, haar blik op mijn gezicht gericht. "Wanneer is dit gebeurd?"

"Zes - nee, zes en een half jaar geleden. Ik was net naar Moskou teruggekeerd na een aantal jaren weg te zijn geweest - eerst voor dienst in het leger, daarna mijn diploma aan Princeton. Tijdens dit alles hield ik mijn moeder in de gaten, haar gezondheid en mentale toestand." Mijn kaken zijn zo hard op elkaar geklemd dat het voelt alsof mijn tanden aan elkaar vastzitten, het ene woord is er moeilijker uit te krijgen dan het andere. "Voor zover ik kon zien waren er geen blauwe plekken meer geweest, maar ze was ellendig, totaal verscheurd door hun onenigheid. Maar hoe vaak ik haar ook aanbood om haar te helpen om hem te verlaten, ze wilde niet gaan. Ze zei dat ze bang was."

Chloe slikt. "Voor hem?"

"Voor hem. Om zonder hem te zijn. Van alles. Tegen die tijd hadden ze bijna dertig jaar samen doorgebracht. Ze hadden vier kinderen grootgebracht." Ik pak mijn hand die zich tot een vuist onder het bureau balt en dwing mijn vingers om te ontspannen. "Konstantin en Valery hebben ook geprobeerd om haar te laten vertrekken, maar ze weigerde te luisteren. De excuses waren eindeloos: ze wilde het oordeel van hun wederzijdse vrienden niet onder ogen zien, wilde het leven dat ze samen hadden opgebouwd niet verliezen, wilde het gezin niet uit elkaar trekken. Maar in werkelijkheid kwam het neer op angst. Angst voor mijn vader en hoe haar leven er zonder hem uit zou zien… zonder zijn giftige obsessie met haar."

"Obsessie?" Chloe's stem trilt een beetje.

Ik knik, me grimmig bewust van de parallellen. "In positieve of negatieve zin was ze bijna drie decennia lang het middelpunt van zijn wereld geweest, lang nadat de liefde die ze hadden gedeeld in deze bittere haat was veranderd. Ik denk dat een deel van haar er ook van genoot, de wetenschap dat ze zoveel macht over hem had, dat hij haar uiteindelijk *niet kon* laten gaan." Ik haal diep adem. "Ik hield haar in ieder geval in de gaten, maar wat ik had moeten doen, was *hem* in de gaten houden. Want naarmate haar ellende groeide, groeide ook de zijne - ze voedden zich met elkaar. Hij begon zwaar te drinken en, zoals ik later ontdekte, begon hij coke te gebruiken. Het hielp hem om bij haar uit de buurt te blijven. In zekere zin verving hij zijn verslaving aan haar door een mogelijk minder schadelijke verslaving - en mijn moeder haatte die ontwikkeling. Liefde of haat, ze *wilde* zijn aandacht."

"Dus ze deed wat? Heeft ze iets gedaan om het terug te krijgen?"

"Dat heeft ze. Ze nam een andere minnaar - een prominente regeringsfunctionaris, iemand die niet zonder ernstige gevolgen kon worden uitgeschakeld - en ze vertelde mijn vader dat ze wegging. Ik denk niet dat ze het meende - het moest het equivalent van een rode vlag zijn die voor een stier heen en weer werd gezwaaid. Maar dat is het ding met woedende stieren: ze kunnen je verscheuren." Mijn stem wordt ruwer. "En dat is precies wat mijn vader heeft gedaan."

Chloe's handen vallen samen in haar schoot, haar knokkels worden wit terwijl ik verder ga. "Valery was weg voor zijn dienst in het leger en Konstantin was in Dubai voor zaken, maar Alina was thuis voor de kerstvakantie, omdat ze net haar eerste semester aan Columbia had afgerond. Zij is degene die me die avond belde toen de laatste ruzie van onze ouders begon." Mijn keel verstrakt, de herinneringen zo verstikkend dat ik niet zeker weet of ik het volgende deel zal kunnen zeggen. Toch ga ik op de een of andere manier door, mijn stem weerspiegelt slechts een fractie van de pijn die me van binnen verscheurt. "Tegen de tijd dat ik daar aankwam, leek de woonkamer op een scène uit een horrorfilm, met bloedspatten over de glimmende houten vloeren en witte meubels. Alina moet hebben geprobeerd om in te grijpen, om onze moeder te beschermen, want ze was tegen de muur knock-out geslagen, een van haar onderarmen was opengesneden waar ze had geprobeerd om zijn mes tegen te houden. En onze moeder..." Ik stop en ga dan diep vanuit mijn keel verder. "Ze was nauwelijks herkenbaar als mens. Hij had haar tot moes geslagen voordat hij haar in stukken had gesneden. Tot op de dag van vandaag is het een van de meest gewelddadige doden die ik ooit heb gezien."

Chloe's gezicht is asgrauw, zichtbare trillingen gaan

door haar slanke lichaam, en ik wil dit verhaal beëindigen voordat de afschuw in haar ogen in angst en walging verandert, maar ik heb haar de waarheid beloofd, dus ik scheid me van de woorden af die ik zeg ik en van de verstikkende pijn die ze met zich meebrengen.

"Hij zat boven haar lichaam gehurkt, het mes nog in de hand toen ik naar hem toe kwam. Hij had de controle verloren, zei hij tegen me. Het was een ongeluk geweest, zei hij. Ik wist echter beter. Pavel en Lyudmila stonden op de planning om daar die avond te zijn, maar ze waren er niet. Hij had ze voor de avond weggestuurd. Zij en Alina - het was alleen dat mijn zus iets was vergeten en onverwachts terug was gekomen."

"Dus hij..." Chloe's stem breekt. "Hij had het gepland? Het kwam niet door de coke?"

"Precies. Hij was heel high, zijn pupillen waren enorm. Maar hij wist heel goed wat hij in die staat zou gaan doen - een schoonmaakploeg was eerder die avond op de hoogte gesteld om stand-by te staan. Dat weet ik omdat..." Ik zuig lucht naar binnen, mijn keel brandt van het zuur dat in mijn slokdarm stijgt. "Omdat ik ze daarna heb gebeld. Nadat hij met het mes op me afkwam."

Chloe's scherpe inademing is hoorbaar. "Was hij van plan om jou te vermoorden?"

"Misschien. Ik weet het niet. Hij wist dat ik hem niet geloofde, hij wist dat ik haar moord niet door de vingers zou zien. Dus toen hij op me afkwam, zijn pupillen zo groot als schotels, handelde ik instinctief."

Ik kijk in het verslagen gezicht van mijn vrouw en zeg hees, "We hebben gevochten, en toen ik het mes te pakken kreeg, deed ik wat hij tegen Pavel had gezegd om me te leren. Ik heb hem van zijn kruis tot slokdarm opengesneden."

46

CHLOE

HIJ STUWT ZICH DAN OVEREIND EN LOOPT NAAR HET RAAM, waar hij met zijn rug naar me toe staat, zijn krachtige schouders staan strak van de spanning, zijn grote lichaam zo stil en hard alsof het een van de bergen buiten is.

Ik staar een paar tellen naar hem, absorbeer wat hij me heeft verteld, en dan dwing ik mijn bevroren ledematen om te bewegen. "Alina..."

"Ze was in de laatste momenten van ons gevecht weer bij bewustzijn gekomen," zegt hij, terwijl hij recht voor zich uit staart als ik naast hem kom staan. Zijn kaak ziet eruit alsof hij in graniet is veranderd, zijn sensuele lippen zijn tot een harde lijn samengeknepen. "Ik realiseerde het me niet, ik had haar niet horen schreeuwen dat ik moest stoppen - pas nadat het voorbij was."

"Dus ze…?"

"Heeft gezien hoe ik hem heb vermoord, ja. Ze heeft toegekeken hoe ik hem opensneed."

Ik adem gespannen in en herbeleef die vreselijke momenten toen *ik* hem het mes zag hanteren. Het was tegen mijn aanvaller, de moordenaar van mijn moeder die op het punt stond om me te verkrachten en me van het leven te beroven, maar ik voel me nog steeds misselijk worden bij de herinnering. Hoe moet het voor Alina zijn geweest, die op de avond dat ze haar ouders zo genadeloos zag sterven amper achttien was, de een gedood door haar vaders hand en de ander door die van haar broer?

Wat nog belangrijker is, hoe moet het voor Nikolai zijn geweest?

Wat voor schade heeft die avond aan *zijn* psyche toegebracht?

Mijn hand trilt als ik zijn mouw aanraak en hij zijn blik op mij richt. Zijn prachtig gebeeldhouwde gezicht is zorgvuldig blanco en toont niets van zijn gevoelens. Maar ik kan de bron van angst achter zijn ondoorzichtige masker voelen, ik kan de verlammende kwelling van zijn schuld en schaamte voelen.

"Weet Alina het?" vraag ik onvast. "Dat het zelfverdediging was? Dat je het niet alleen hebt gedaan om je moeder te wreken?"

Zijn zwarte wimpers gaan naar beneden, waardoor zijn tijgerogen uit het zicht onttrokken worden. "Ik weet het niet. We hebben het nooit echt over die avond gehad. Wat zou het veranderen? Ik was vijfentwintig en hij zevenenvijftig, ik was sneller en sterker. Ik had het mes uit zijn handen kunnen worstelen en hem vast kunnen pinnen - ik had hem niet hoeven te vermoorden."

"Heb je dat niet geprobeerd?" Ik kan het tafereel zo duidelijk zien alsof het zich voor mijn ogen heeft afgespeeld, ik kan me de oudere versie van Nikolai voorstellen die ik op krantenfoto's heb gezien, fit en sterk ondanks zijn leeftijd... gevaarlijk, zelfs zonder high van bloed en coke te zijn. En ik zie een vijfentwintigjarige Nikolai, die in die nachtmerrie van een scène terechtkomt, verbijsterd door de gruwelijke dood van zijn moeder en doodsbang door het zien van zijn bewusteloze, bloedende zus.

Wat zou er gebeurd zijn als hij het dodelijke mes van zijn vader niet te pakken had gekregen?

Zou zijn bloed ook aan dat mes hebben gekleefd, zou zijn lichaam bij dat van zijn moeder en zus in een ongemarkeerd graf in een Russisch bos hebben gelegen?

"Wat probeer je te zeggen?" Nikolais stem is gespannen, zijn ogen glinsteren fel terwijl zijn masker afglijdt en de rauwe, etterende wond eronder zichtbaar wordt. "Ik heb hem vermoord. Mijn eigen vader. Wat maakt het uit of het wel of niet uit zelfverdediging was? Ik wilde hem dood hebben voor wat hij haar had aangedaan. Ik wilde zijn bloed - mijn bloed - aan *mijn* handen, en ik heb er geen spijt van dat ik het heb gedaan. Want zie je, zaychik, Alina heeft gelijk: ik *ben* zoals hij. In elk opzicht dat telt, ben ik mijn vader."

Mijn hart voelt alsof het aan stukken wordt

gescheurd, zijn angst snijdt meedogenloos als een mes door me heen. Hoe heeft hij al deze pijn in zich kunnen houden? Hoe kan het dat het hem niet heeft verscheurd? "Nee," zeg ik, en bij elk woord wordt mijn stem vaster. "Je bent je vader niet. En ik ben je moeder niet. Hun lot zal niet het onze zijn - niet als wij het niet toestaan."

Ik weet niet wanneer ik tijdens zijn verhaal begreep wat hem drijft, op welk moment ik me realiseerde dat Nikolai *zichzelf* zes en een half jaar geleden als een monster had bestempeld - en sindsdien zijn best had gedaan om te voldoen aan wat hij denkt dat zijn aard is, tot het Molotov-bloed dat hij als zijn vloek beschouwd. Niet dat er geen waarheid in zijn geloof zit. Mijn nieuwe familie is duister en meedogenloos, een terugkeer naar de tijd dat geweld en macht goedmaakten. Hun relaties verdienen hun eigen hoofdstuk in een boek over gebroken familiedynamieken, en mijn man is een product van die opvoeding, zijn karakter zowel door de tragedie van de langzaam ontrafelende relatie van zijn ouders gevormd als door het explosieve, gruwelijke einde ervan.

Toch is hij niet zijn vader. Absoluut niet. En ik ben niet zijn moeder. Ze kende de aard van haar man niet toen ze met hem trouwde, ze was niet voorbereid op een leven met een man die zo gewelddadig en meedogenloos was. Terwijl ik, dankzij mijn biologische vader, een hel heb meegemaakt, en hoewel ik niet kan zeggen dat ik niet was geschrokken toen ik Nikolai de twee moordenaars zag vermoorden, heeft het ontdekken waartoe hij in staat is mijn gevoelens niet veranderd - dit tot mijn aanvankelijke ontsteltenis.

Genadeloze moordenaar of niet, hij is en zal altijd mijn minnaar en beschermer zijn.

"Nee?" Hij grijpt mijn bovenarmen vast, zijn vingers als stalen banden. "Hoe zullen we aan hun lot ontsnappen? Je haat me ergens al , nietwaar? Voor het feit dat ik die mannen voor je neus heb vermoord en dat ik je terug hierheen heb gebracht toen je me smeekte om je te laten gaan? Voor het feit dat ik je heb gedwongen om met me te trouwen?"

Ik houd zijn fel gouden blik vast en weiger om ineen te krimpen bij de vulkanische onrust die ik daar zie, bij alle lang onderdrukte emoties die er als een tsunami uit dreigen te stromen en alles op hun weg verwoesten. "Nee, Nikolai." Mijn stem is zacht en stabiel ondanks het ongelijke bonzen van mijn hartslag. "Ik heb het tegen je gezegd, ik hou van je. Ik haat je niet. Ik heb het nooit gekund, dus ik heb het nooit gedaan - en dat zal ik ook nooit doen."

Zijn vingers verstrakken en bijten dieper in mijn vlees. "Hoe kun je daar zo zeker van zijn? Je hebt gezien waartoe ik in staat ben, hoe ik ben... hoe ik met jou ben. Waarin ben ik precies anders dan hem?"

Ik vecht tegen de drang om terug te deinzen voor de pijn en woede die in zijn woorden bloeden. In plaats daarvan vraag ik zachtjes, "Heeft je vader van jou en je broers en zus gehouden zoals jij van Slava houdt? Hield hij echt van iemand behalve van zichzelf? En dan bedoel ik niet zijn gewelddadige fixatie op je moeder."

Zijn uitdrukking verandert niet, maar ik voel het antwoord in de subtiele verslapping van zijn greep op mij, dus ik zet door. "Misschien lijk je in sommige opzichten op hem, maar niet in alle opzichten. Niet in degenen die tellen. Zou je mij bijvoorbeeld ooit pijn doen? Me echt pijn doen? Ik heb het over vuisten en messen, niet ruw zijn in bed."

Hij deinst terug en trekt zijn handen weg. "Ik zou eerder mezelf opensnijden."

"Hoe zit het met Slava? Zou je ooit met een mes op hem afkomen... wanneer je bijvoorbeeld high of dronken bent?"

Woede flitst over zijn gezicht. "Fuck, nee."

"Precies." Ik stap nog dichter naar hem toe, terwijl mijn hart een storm laat razen. "Omdat je niet zoals je vader bent. Wat je zus ook denkt... wat ik ook had gevreesd nadat je me had gered."

Zijn neusgaten trillen terwijl hij op me neerkijkt. "Had gevreesd?" Zijn stem is zo ruw als schuurpapier, in de woorden klinkt voor het eerst een vleugje Russisch accent door. "Als in, verleden tijd?" Hij grijpt mijn armen weer vast, zijn ogen zijn verwilderd goudgroen. "Denk je dat je veilig bent bij mij? Omdat... wat? Je nu de volledige lelijke waarheid kent? Omdat je denkt dat je me begrijpt?"

"Ik ben altijd veilig bij je geweest." En diep van binnen heb ik het altijd geweten. Dat is waarom ik al die weken mijn kop in het zand heb kunnen steken, waarom ik na hem te hebben zien doden en martelen zijn aanraking me niet terug heeft laten deinzen - en waarom gedwongen worden om met hem te trouwen mijn gevoelens niet heeft veranderd.

Zelfs als ik me onder die intense tijgerblik van hem een prooi voel, dan weet ik dat hij me nooit pijn zou doen.

Zijn kaak spant zich aan. "Hoe kun je daar verdomme zo zeker van zijn? Hoe kun je me vertrouwen, laat staan van me houden, gezien het gif dat door mijn aderen stroomt?"

"Hou je van *mij*? Vertrouw je *mij*, gezien het gif dat door *mijn* aderen stroomt?" Mijn stem gaat omhoog als de woorden naar buiten komen, gevuld met alle woede die ik niet heb kunnen verwerken, alle zelfhaat die ik heb onderdrukt. Het is alsof er een dam is doorgebroken, en ik kan de bittere stortvloed niet stoppen, ik kan de mentale blokkade die me al die weken gezond heeft gehouden niet opnieuw opbouwen. "Ik ben een kind geboren uit een verkrachting, het resultaat van een sociopathische klootzak met twee gezichten die mijn tienermoeder heeft aangevallen. Jouw ouders hebben elkaar tenminste op een gegeven moment gewild - je bent tenminste in iets verwekt dat op liefde lijkt."

Hij laat me los, zijn blik wordt weer ondoorzichtig. "Het is niet hetzelfde."

"Is het dat niet?" Ik draai mijn vuisten in zijn shirt en laat hem niet wegdraaien. "Denk er maar eens over na. Mijn bloed is besmet, net als dat van jou. Mijn vader heeft mijn moeder ook vermoord - niet uit verwrongen passie, maar uit koude berekening. En hij zou mij zeker ook vermoord hebben. Misschien gaat hij dat nog steeds proberen. Dus hoe zijn onze verhalen precies anders? Hoe ben ik op de een of andere manier beter dan jij? Sterker nog, we passen perfect bij elkaar - of zoals je graag zegt, voorbestemd om samen te zijn."

Hij staart op me neer, zijn brede borst beweegt in een ongelijk ritme, en ik zie dat ik tot hem doordring, dat hij deze fundamentele waarheid in zich opneemt. Een waarheid die ik tot op dit moment niet helemaal begreep.

Ik geloof misschien niet in het lot als zodanig, maar *iets* heeft me hier gebracht, bij deze familie met al zijn lelijkheid en schoonheid. Naar deze geweldige, dodelijke, beschadigde man, die nooit terugdeinst om te doen wat nodig is om me veilig te houden en mijn demonen te doden... zolang ik ook de zijne dood.

Ik laat zijn shirt los en leg mijn handpalmen aan weerszijden van zijn gezicht, terwijl ik de harde kracht van zijn botten onder de warme, met stoppels geruwde huid voel. "Ik hou van je, Nikolai... Ik hou van je en ik wil bij je zijn, met je duistere verleden, obsessie en alles. Wat onze vaders ook hebben gedaan, hoe verpest de relaties van onze ouders ook zijn, wij zijn hen niet, en we hoeven niet in hun voetsporen te treden. Ik zal nooit een tienermeisje verkrachten - en jij zult mij nooit pijn doen, hoe sterk je gevoelens voor mij ook worden... ongeacht welke beproevingen we in de toekomst door zullen maken."

Zijn borst beweegt sneller terwijl ik praat, zijn ogen worden donkerder tot ze de kleur van bevlekt brons hebben. "Chloe..." Zijn stem is hees als hij zijn handen over de mijne legt. "Zaychik, je hebt geen idee hoe sterk mijn gevoelens voor jou al zijn, hoe allesoverheersend mijn obsessie met jou is."

Ik maak mijn lippen vochtig. "Ik denk het wel." De camera's zijn een goede indicatie. We zullen er binnenkort over moeten praten, maar voor nu heb ik belangrijkere dingen om me op te concentreren... zoals de manier waarop zijn blik naar mijn mond valt en me met bekende vulkanische hitte ontbrandt, de duistere honger die me opwindt en me ergens bang maakt - maar alleen omdat het een even krachtige reactie in mij oproept.

Hij is niet de enige wiens liefde nu aan obsessie grenst.

Hij staart nog even naar mijn mond, zijn handen over de mijne gevouwen. Dan, met een scherpe inademing, drukt hij zijn lippen op de mijne, een hand grijpt zich in mijn haar terwijl de andere mijn bil vastpakt en mijn onderlichaam tegen de zijne trekt.

Hij is al hard, de bobbel van zijn erectie duwt tegen me aan terwijl hij me naar zijn bureau sleept, zich aan me verslindt met een genadeloze kus, een kus waar ik even ijverig op reageer. We vallen in een wirwar van ledematen en gretig grijpende handen op het harde oppervlak, we komen samen in een woede van lust en liefde, in het tedere geweld van passie.

Op de meest perfecte manier voor twee onvolmaakte mensen.

47

NIKOLAI

TERWIJL DE LAATSTE ECHO'S VAN DE EXTASE WEGSTERVEN, word ik me bewust van het harde oppervlak van het bureau onder mijn blote rug en het lichte gewicht van Chloe's lichaam dat over mijn met zweet bevochtigde borstkas is gedrapeerd. Mijn hersenen stromen over van endorfine en mijn hart bonst in een nieuw hoopvol ritme in mijn borst.

Ik heb haar alles verteld en in plaats van terug te deinzen van walging, heeft ze me omhelsd.

Ik heb de slechtste delen van mezelf blootgelegd, en in plaats van in paniek weg te rennen, heeft ze me verteld dat we voorbestemd waren.

Wat we zijn. Ik wist het vanaf het begin, maar op een bepaald moment in de afgelopen paar weken ben ik het uit het oog verloren, begon ik te twijfelen of onze relatie het gif dat in mij etterde kan overleven... of we voorbestemd zijn om op het pijnlijke pad van mijn ouders ten onder te gaan.

"Dat zijn we niet," mompelt Chloe terwijl ze haar hoofd van mijn schouder haalt, en ik besef dat ik het laatste deel hardop heb gezegd. Teder glimlachend gaat ze met één slanke vinger langs de randen van mijn lippen, haar ogen zo zacht en warm dat haar blik als een fysieke streling op mijn gezicht is. "Wij beslissen over ons leven, onze toekomst."

Ik ga rechtop zitten en trek haar op mijn schoot, een overdaad aan emoties vult mijn borst terwijl ik haar wilde bloemengeur inadem en haar slanke armen vol vertrouwen om mijn nek voel slaan. Tederheid en bezitterigheid, liefde en lust, angst en vreugde - ze vechten in me tot het voelt alsof mijn ribbenkast het allemaal niet kan omvatten.

Is het mogelijk?

Zou Chloe's liefde voor mij meer kunnen zijn dan een zoete luchtspiegeling?

Zou dit soort geluk echt en blijvend kunnen zijn?

Er is zoveel waar ik met haar over wil praten, zoveel dingen die ik haar wil vertellen... nog een bekentenis die ik over het lot van haar vader wil doen. Maar voor nu is dit wel genoeg. Ik wil dit perfecte moment niet bederven door allerlei controversiële onderwerpen ter sprake te brengen. Dus ik kus gewoon de bovenkant van haar hoofd en houdt haar stevig vast, voor de eerste keer in mijn leven tevreden - echt tevreden.

48

CHLOE

IK WIL ZO BLIJVEN ZITTEN, VOOR ALTIJD OP NIKOLAIS schoot geknuffeld worden, maar ik weet dat we uiteindelijk moeten bewegen. Vanuit mijn ooghoek zie ik mijn jurk op de grond naast zijn overhemd liggen - samen met de laptop die we in onze passie van het bureau hebben geslagen. We moeten de computer oppakken, kijken of die in orde is... misschien ook over de camera's praten. Of beter nog, over onze toekomst in het algemeen. Maar voordat we daar komen, moet ik hem iets vertellen.

Ik til mijn hoofd van zijn brede schouder en trek me terug om zijn warme amberkleurige blik te ontmoeten. "Dank je," zeg ik zacht. "Bedankt dat je hebt gedaan wat je Bransford hebt aangedaan. Ik weet dat het geen perfecte oplossing is - ik weet dat hij, zelfs als hij onttroond is, gevaarlijk kan zijn - maar ik denk-"

Een luid gebonk op de deur doet ons allebei

opspringen. "Nikolai!" Pavels diepe stem is gespannen, de stroom Russische woorden die daarop volgt dringend.

"Fuck!" Nikolai schuift me van zijn schoot en springt overeind, grijpt zijn kleren en trekt ze in een reeks explosieve bewegingen aan.

Het is zo'n plotselinge overgang van de rust waar we net van genoten, dat ik te verbijsterd ben om het in het begin te verwerken. Maar dan maakt adrenaline mijn hoofd leeg en spring ik ook in beweging.

"Wat is er aan de hand? Is Slava weer ziek?" Ik graai naar mijn jurk, mijn hart in mijn keel als ik hem aantrek.

Nikolai staat al bij de achtermuur en drukt zijn handpalm tegen het gladde, witte oppervlak. "Slava is in orde," zegt hij grimmig terwijl een deel van de muur wegschuift en een kamer vol wapens aan mijn geschrokken blik onthuld wordt. "Het zijn onze bewakers. Arkash heeft Pavel een bericht gestuurd dat hij iets vreemds had gezien, en nu kan Pavel geen contact meer met hem krijgen - of met een van onze andere mannen."

Ik hap naar adem en mijn vuist vliegt omhoog om hem tegen mijn lippen te drukken. "Denk je-"

"Dat we worden aangevallen? Ja." Hij grijpt een angstaanjagend ogende M16. "En als ik moest wedden, dan zou ik mijn geld op de Leonovs zetten."

49

NIKOLAI

CHLOE'S BRUINE OGEN ZIJN GROOT VAN ANGST EN SCHRIK als ik mijn wapen op het bureau leg en haar naar de gang begeleid, waar Pavel wacht. Mijn hart bonst als een razende in mijn borst, de adrenaline pompt door mijn aderen terwijl ik hard opdraag, "Breng haar, Slava en Alina naar de veilige kamer."

Hij knikt en grijpt Chloe in een berenomhelzing. "Lyudmila en de andere twee zijn al binnen."

"Wacht!" roept Chloe als hij haar oppakt en de trap af draagt. "Laat me helpen. Ik kan-"

Ik hoor de rest van wat ze zegt niet omdat ik al terug in mijn kantoor ben. Ik kan de tijd niet nemen om mijn zaychik te kalmeren, niet wanneer elke seconde Alexei Leonov dichter bij onze deur brengt. En hij moet het zijn. Hij moet degene zijn die hier achter zit. Onze gezichten moeten op een beveiligingscamera in het ziekenhuis te zien zijn geweest, en zijn hackers hebben ons hierheen gevolgd. Het is de enige logische verklaring, de enige manier waarop ze onze locatie hebben kunnen bepalen.

Als het alleen Pavel en ik waren, dan zou ik me geen zorgen maken. We zijn hiervoor getraind, klaar om in een oogwenk de strijd aan te gaan. Maar Chloe en Slava zijn er ook, net als mijn zus en Lyudmila. Het is de gedachte aan hen die in gevaar zijn die mijn botten doen rillen en mijn ingewanden met zuur vullen.

Ik zal Alexei Leonov met mijn blote tanden uit elkaar scheuren voordat ik hem mijn zoon van me af laat nemen. En als hij ook maar één haar op Chloe of Alina's hoofd beschadigt, dan zal ik elk lid van zijn familie van hun ingewanden ontdoen.

Met moeite bedwing ik mijn woede en open mijn laptop om de dronebeelden en de feeds van de perimetercamera's op te halen. Waar het nu om gaat, is de situatie inschatten. Waar komen onze aanvallers vandaan? Wat zijn hun aantallen? Mijn borst spant zich samen als ik aan Arkash en onze andere bewakers denk, velen van hen zijn mijn vrienden, goede mannen die thuis gezinnen hebben. Hoeveel van hen zijn er al vermoord? Hoeveel zijn er gewond?

Wat er ook gebeurt, ik moet het weten.

Ik pak mijn laptop van de grond en klap hem open.

Het scherm is donker en stil, het reageert niet wanneer ik het handmatig probeer in te schakelen.

Fuck. De val moet het hebben beschadigd.

In plaats daarvan pak ik mijn telefoon en voel mijn bloed ijskoud worden.

Het is hetzelfde verhaal. Het apparaat is dood, het scherm is zwart, wat ik er ook mee doe.

Ik draai me om en druk op de lichtknop aan de muur.

Het werkt.

Mijn geest werkt als een razende, van de ene mogelijkheid naar de andere springend. Zouden ze een soort EMP gestuurd kunnen hebben, die onze elektronica aan het braden is? Kon Pavel daarom geen contact met de bewakers krijgen? Omdat hun apparaten ook zijn uitgeschakeld? Maar hoe zit het dan met Pavels telefoon? Zou hij niet gemerkt hebben dat hij dood is?

Tenzij dat toen niet zo was.

Als de EMP hypergericht was, dan had hij misschien eerst onze bewakers aan de omtrek van het terrein te pakken genomen, en daarna het huis.

Ik heb geen idee hoe Alexei zijn poten op zo'n geavanceerd wapen heeft kunnen leggen, maar één ding weet ik wel: Konstantin, paranoïde techneut die hij is, dacht dat een EMP-aanval niet helemaal uitgesloten was. Daarom is onze back-upgenerator analoog en bevindt hij zich diep onder de grond in een kooi van Faraday, en daarom zijn onze belangrijkste elektriciteitsleidingen ook ondergronds, met metalen omhulsels gehard.

De klootzakken hadden waarschijnlijk graag onze stroom afgesneden, dat weet ik zeker, maar ze moesten genoegen nemen met het uitschakelen van onze drones en camera's.

Een verre *rat-tat-tat* van schoten bereikt mijn oren.

Godzijdank dankjewel.

De bewakers moeten nog in leven zijn en hun werk doen.

Ik gooi mijn dode telefoon opzij en trek een kogelvrij vest aan, maak dan een paar wapens vast en hang een dozijn munitie over mijn schouder. Ik pak ook twee werkende radio's uit het arsenaal - zoals de met metaal beklede doos met de generator, is de verborgen kamer een kooi van Faraday.

Tegen de tijd dat ik klaar ben, stormt Pavel mijn kantoor binnen, ook tot de tanden toe bewapend. "De telefoons en radio's, ze zijn-"

"Dood, ik weet het. Hier." Ik duw het tweede radioapparaat in zijn handen. "Kom op. Het wordt tijd dat de Leonovs leren met wie ze lopen te kloten."

50

CHLOE

"Hou op, Chloe," snauwt Alina, en ik besef dat ik weer met mijn voet tikte - een fysieke manifestatie van mijn angst die haar op onverklaarbare wijze irriteert. Over het algemeen is ze meer gespannen dan ik haar ooit heb gezien, haar eigen bewegingen schokkerig en haar ruggengraat zo gespannen dat het een wonder is dat ze haar nek kan draaien.

"Sorry daarvoor." Ik verschuif Slava zodat hij comfortabeler op mijn schoot zit. "Ik maak me gewoon zorgen om hen."

Ik houd het kind evenzeer vast om mezelf te kalmeren als om hem te troosten. Slava is van ons vieren zelfs het minst angstig - waarschijnlijk omdat hij de omvang van de dreiging waarmee we worden geconfronteerd niet begrijpt. Lyudmila heeft hem verteld dat we hier als onderdeel van een veiligheidsoefening zijn, en hoewel ik zeker weet dat hij de spanning van de volwassenen oppikt, heeft hij de verklaring niet in twijfel getrokken.

Ik zou willen dat ik ook kalm kon zijn, maar dat ben ik niet. Mijn borst is pijnlijk strak, mijn ingewanden draaien zich om alsof ze op een hogesnelheidscyclus in een wasmachine zitten. Ik ben me terdege, angstaanjagend bewust van het feit dat Nikolai daarbuiten is, geconfronteerd met een onbekend aantal vijanden - al dan niet de Leonovs.

Voor zover we weten, kan Bransford wel een heel leger moordenaars achter me aan hebben gestuurd. Het kan heel goed mijn schuld zijn dat we in gevaar zijn.

Ik merk dat mijn ademhaling weer versnelt en ik dwing mezelf om dieper in te ademen om hyperventilatie te voorkomen. De veilige kamer - een plek waarvan ik niet wist dat die bestond totdat Pavel me hier naar binnen had gegooid - is in de berg onder de garage uitgehouwen en is groot genoeg om als een studio-appartement te worden beschouwd, compleet met een kingsize bed, twee futons, een volledig gevulde mini-keuken, een kleine badkamer en genoeg voorraad in de voorraadkast om een nucleaire winter te overleven. Theoretisch gezien is er hier voldoende zuurstof, maar ik heb steeds het gevoel dat we bijna geen lucht meer hebben, alsof de muren elke seconde dichterbij komen.

Nikolai is daarbuiten, en ik zit hier vast en kan niets doen om hem te helpen.

"Kun je verdomme gewoon stoppen?" Alina schiet overeind. Haar gezicht is in het witte licht van de ledplafondstrip zo bleek als een vampier, haar borst gaat wild op en neer als ze naar me kijkt, en ik realiseer me dat ik per ongeluk weer met mijn voet heb zitten tikken.

Voordat ik terug kan snauwen - ze is niet de enige wiens zenuwen op knappen staan - zegt Lyudmila iets in het Russisch. Hoewel haar ronde gezicht ook bleek is, is de toon van haar stem rustgevend, en Alina zakt terug op haar futon, duwt haar haren met een trillende hand naar achteren voordat ze hem over haar rode avondjurk laat vallen.

Ik staar haar aan, getroffen door hoe gestrest ze is, veel meer dan toen we het incident met Slava hadden. Weet ze iets wat ik niet weet?

Zijn we in nog groter gevaar dan ik weet?

Ik zet Slava op het bed en loop naar haar toe, de betonnen vloer voelt koud aan onder mijn blote voeten - in de haast om me hierheen te krijgen, zijn mijn hakken met bandjes in Nikolais kantoor achtergebleven. Terwijl ik naast haar op de futon zit, vraag ik zachtjes, "Gaat het met je?"

Ze kijkt me aan, haar jade ogen glinsteren te fel.

"Is er nog iets anders aan de hand?" push ik. "Je lijkt ongewoon onrustig te zijn - niet dat je daar geen goede reden voor hebt."

Ze opent haar mond om iets te zeggen en schudt dan haar hoofd. "Het is niets." Haar stem is gespannen. "Ik krijg erge hoofdpijn, dat is alles."

Natuurlijk. Dat is wat er gebeurt als ze onder stress staat. Arm ding. Ik bedek haar ijzige hand met de mijne, blij dat ik me op iets anders dan mijn eigen slopende angst kan concentreren. "Heb je je medicatie?"

"Nee."

Ik werp een blik op de uitklapbare ladder die naar de garage leidt. Hoe groot is de kans dat ik naar boven kan rennen en het snel voor haar kan halen?

"Denk er niet eens over na," snauwt Alina, terwijl ze met de griezelige vaardigheid van haar broer mijn gedachten leest. "Als ik die wil, dan haal ik die zelf wel. Maar geen van ons zou-"

De plafondlamp flikkert terwijl een luide *dreun* de kamer laat schudden, mijn maag verkrampt zich terwijl het gips van het plafond op ons hoofd regent.

Als één springen we overeind en ik ren naar Slava, wiens ogen nu wijd opengesperd zijn van angst. "Mama Chloe!" Zijn stem is kleintjes als ik hem optil en zijn stevige gewicht op mijn heup laat rusten. "Waar is papa? Ik vind dit niet leuk. Ik wil hem bij me hebben."

Ik sla mijn armen om hem heen. "Ik ook, schat. Ik ook. Maak je maar geen zorgen. Het komt wel goed. Je vader zal snel hier zijn. We moeten gewoon afwachten." Ik hoop dat Slava me niet voelt trillen - of de uitdrukking op Alina's gezicht kan zien.

Ze ziet eruit alsof ze in de dodencel is geplaatst, waarbij de executie voor vandaag gepland staat.

Lyudmila moet het merken, want ze stapt op Alina af en slaat een arm om haar slanke schouders, terwijl ze iets in het Russisch mompelt. Ik vang de woorden

"Alexei" en "braht" - het Russische woord voor "broer" - en ik wens voor de honderdste keer dat ik meer Russisch kende.

Ik zou ook heel graag willen dat ik wist wat daarboven gebeurt, of Nikolai en Pavel in orde zijn. Naast alle benodigdheden is er een paneel met monitoren aan de andere kant van de kamer - vermoedelijk een raam naar de buitenwereld - maar het enige dat we op de monitoren konden zien toen we ze aanzetten, was ruis.

"Wat denk je dat dat heeft veroorzaakt?" vraag ik, niet in staat om langer te zwijgen. Ondanks mijn beste inspanningen verraadt mijn stem mijn onrust, de vreselijke angst die aan mijn binnenkant knaagt bij de gedachte dat Nikolai gewond zou kunnen raken. Terwijl ik Slava steviger tegen me aan hou, houd ik mijn toon gelijkmatig. "De explosie, bedoel ik. Denk je-"

"Het zou een RPG kunnen zijn." Alina's stem is nu vlak, vreemd emotieloos terwijl ze zich van Lyudmila's ondersteunende omhelzing losmaakt, en hoewel haar ogen nog steeds van die pijnlijke helderheid glinsteren, zijn haar gelaatstrekken weer in evenwicht. "Ze kunnen het in de garage hebben gelanceerd om onze voertuigen uit te schakelen en de mogelijkheid om te ontsnappen uit te sluiten. Of dat, of ze hebben handmatig wat explosieven bij de ingang van de garage geplaatst, wat zou betekenen dat ze hier al zijn, bij het huis."

En Nikolai is dan zwaargewond of gedood.

De misselijkheid die mijn maag van slag maakt is zo hevig dat ik moet slikken om het braaksel tegen te houden. Het kost me al mijn kracht om omwille van Slava mijn stem stabiel te houden. "Zijn er hier beneden wapens? Ik ben een paar keer op een schietbaan geweest, dus ik kan-"

Alina loopt al naar het paneel met de monitoren, waar ze haar handpalm tegen de muur drukt zoals Nikolai in zijn kantoor had gedaan. En net als in zijn kantoor schuift de muur weg en onthult een verzameling wapens waar een wapenhandelaar trots op zou zijn.

"Mijn broer heeft in alles voorzien," zegt ze, terwijl ze een Glock oppakt. "Het is onwaarschijnlijk dat ze deze kamer snel zullen vinden, maar als ze dat doen, dan zijn we er klaar voor." Ze laadt het wapen met snelle, zekere bewegingen die me doen beseffen dat ze meer dan een paar keer op een schietbaan is geweest.

Ze is misschien zelfs net zo gevaarlijk met dat wapen als haar broer - en hij is dodelijk. Ik heb hem in actie gezien. Hij kan voor zichzelf zorgen.

Tenminste, dat zeg ik tegen mezelf om te voorkomen dat ik een totale paniekaanval krijg als ik Slava neerzet zodat ik mezelf kan bewapenen. Hij grijpt meteen naar mijn benen en staart naar me op, met tranen in zijn enorme ogen. "Ik wil papa." Zijn onderlip trilt. "Waar is hij?"

Ik aai over zijn zijdezachte haar, terwijl mijn borst zich pijnlijk samentrekt. "Ik weet het niet, lieverd, maar ik weet zeker dat we hem snel zullen zien. Voor nu moeten we gewoon voorbereid zijn, oké? Zodat je vader weet dat we deze oefening niet hebben gefaald en dat we voor onszelf kunnen zorgen - dat we allemaal sterk zijn, zoals Superman."

Slava gnuift, maar hij laat mijn benen los en stapt achteruit om me erdoor te laten.

"Brave jongen." Ik werp een blik op Lyudmila om te zien of ze hem voor nu bij zich kan nemen, maar ze bewapent zichzelf ook en hanteert de wapens met dezelfde indrukwekkende vaardigheid als Alina. Wat de vraag oproept...

"Wat zijn we in godsnaam hier beneden aan het doen?" barst ik uit en vergeet mezelf voor even. "We zouden daar boven moeten zijn om ze te helpen!" Ik realiseer me dat ik Slava bang maak en demp mijn stem terwijl ik een wapen pak en het begin te laden. "Misschien kan een van ons hier beneden blijven om te waken-"

Een andere *dreun* laat de afwas in de keuken rammelen en zorgt ervoor dat er nog meer gips van het plafond naar beneden valt. De lichten flikkeren een paar keer, knipperen dan uit en dompelen ons onder in totale duisternis.

In de stilte die volgt, is er alleen mijn onregelmatige ademhaling - en het geluid van gedempte schoten boven me.

51

NIKOLAI

Mijn radio komt krakend tot leven als ik het huis uitstap. "Kirilov hier. Hoor je me?"

De knoop in mijn maag wordt iets minder. "Het is Nikolai. Ik hoor je." De bewakers moeten zich gerealiseerd hebben wat er aan de hand is en de noodvoorraad radio's uit hun eigen kooi van Faraday-arsenaal hebben gepakt. "Statusrapport, nu."

"Twaalf zwaarbewapende aanvallers aan de noordkant van de muur, vijftien bij de poort. We hebben de helft van hen uitgeschakeld en houden de rest tegen. Geen drones of camera's operationeel, en we zijn het contact met Arkash en Ivanko bij de oostelijke muur verloren."

Fuck. Dat betekent dat er hoogstwaarschijnlijk een doorbraak is geweest. "Neem alle mannen die je kunt missen en ga daarheen. Stuur ook versterkingen naar het huis - Pavel en ik hebben ze misschien nodig."

"Ben ermee bezig."

De radio wordt stil en ik versnel mijn tempo. Als onze vijanden al op het terrein zijn, dan is er nog heel weinig tijd om een belangrijke verdedigingslinie voor te bereiden: de bommen die ik rond het huis heb begraven.

De eerste ligt onder de oprit, precies drieënhalve meter van de voordeur. Ik stap op het subtiel gemarkeerde stuk grind, pak een afstandsbediening voor activering en typ de pin in die nodig is om deze met de explosieven eronder te synchroniseren. Het kan alleen op korte afstand worden gedaan, dus niemand kan per ongeluk de bom laten ontploffen door het apparaat uit mijn kantoorkluis te pakken. Niet dat het waarschijnlijk is, met Pavel de enige andere persoon die de code van mijn kluis kent, maar met mijn zoon die hier altijd aan het spelen is, kon ik het risico niet nemen.

De tweede bom bevindt zich in de zuidoostelijke hoek van het huis, de derde bij de garage. Ik synchroniseer de afstandsbedieningen met beide en roep Pavel via de radio op om naar zijn vorderingen in het huis te vragen, waarvan ik een deel - de zware metalen luiken voor de ramen - al kan zien.

"Alles gereed," meldt hij. "Ik ga nu naar het dak."

"Ik kom zo bij je."

Met ons op twee hoeken gepositioneerd, zal niemand het huis ongezien kunnen naderen, en de sluipschuttersgeweren en machinegeweren die we daar hebben gestationeerd, zullen alles tot een leger aan toe afhouden.

Ik sta op het punt om Pavel te instrueren om extra munitie te pakken wanneer een flikkering aan mijn rechterkant mijn aandacht trekt. Snel stap ik achter een dikke boom - en kijk met woede en ongeloof toe hoe een dozijn figuren in zwarte SWAT-achtige uitrusting het bos uitstromen.

52

NIKOLAI

IK TEL DRIEËNDERTIG INDRINGERS VOORDAT IK HET VUUR OPEN, gericht op wat ik vermoed dat de gaten in hun volledige kogelvrije vesten zijn. Ik moet Alexei de eer geven - dit is een operatie van militaire kwaliteit, compleet met een volledig, goed uitgerust leger.

Ze kwamen voorbereid op oorlog, en oorlog is wat ik van plan ben om ze te gaan geven.

Ik denk niet aan Chloe, Alina en mijn zoon die in de veilige kamer onder het huis verborgen zitten, ik concentreer me niet op wat er met hen zal gebeuren als ik faal. Dat mag ik niet, niet als ik wil slagen. Voor me staat een veel grotere kracht dan verwacht. Zo voorbereid als we op een aanval waren, was het niet voor een van deze hevigheid of schaal.

Ik heb onderschat hoe graag de Leonovs Slava terug willen hebben, wat Alexei bereid is om te doen om mijn zoon - zijn neefje - van me af te nemen. Tenzij... Slava is niet het enige lid van mijn familie dat hij zoekt.

Maar nee. Dat is waanzin. Dat verlovingscontract is altijd een grap van een zieke man geweest, een nutteloos, waardeloos stuk papier.

Het is onmogelijk dat Alexei dit leger mee heeft genomen om Alina te halen.

Mijn kogels halen vijf van de indringers neer voordat ze beseffen waar ik ben en het vuur in mijn richting openen. Ik wacht tien seconden, laat hun kogels stukjes schors van mijn boom schieten en vuur dan terug, zonder de moeite te nemen om te mikken. Het doel is nu om tijd te winnen voor Pavel om naar het dak te gaan, en voor onze versterkingen om te arriveren - in de veronderstelling dat ze ooit aan zullen komen.

Gezien de aantallen waar we mee te maken hebben, is het mogelijk dat Kirilov en zijn mannen al uitgeschakeld zijn.

Een kogelregen weerkaatst van de nabijgelegen bomen en mist mijn schouder op centimeters afstand. Alexei's mannen komen dichterbij en waaieren zich uit, realiseer ik me grimmig. Als ik hier blijf, dan ben ik binnen de kortste keren omsingeld, maar als ik op de vlucht ga, dan zullen hun kogels me nog sneller neermaaien.

Een besluit nemend, laat ik me op mijn buik vallen en smeer ik vuil over mijn gezicht om de lichte tint van mijn huid te verbergen. Dan kijk ik voorzichtig achter de boom vandaan en gebruik het hoge onkruid om me heen als dekking.

Zoals ik al had vermoed, zijn de aanvallers in twee

groepen verdeeld, een om mij te omsingelen, de andere om door te gaan naar het huis. Acht van de in het zwart geklede figuren staan op de oprit en naderen de voordeur, terwijl vijf anderen om het huis heen naar de garage kruipen, vermoedelijk om van daaruit het huis binnen te komen.

Mijn hartslag buldert in mijn oren, het zweet druipt van mijn rug terwijl een nieuwe kogelregen brokken aarde om me heen omhoog laat vliegen, en toch wacht ik, kalm en stil, al mijn aandacht op de bedreiging voor mijn familie gericht, voor de vrouw en het kind die mijn hele leven zijn.

Als ik ze kan redden, dan zal ik als een gelukkig man sterven.

Als ik hun veiligheid kan garanderen, dan is niets anders van belang.

Ik wacht, en als het moment daar is, laat ik de bom onder de oprit afgaan, en een seconde later die bij de ingang van de garage. Ze ontploffen met de kracht van landmijnen, verscheuren iedereen binnen een straal van drie meter en ze kleuren het nachtelijke landschap rood.

Ze leiden ook de mannen af die op mij jagen, die zich omdraaien om te zien hoe hun teamgenoten op worden geblazen. Twee seconden is alles wat ik ermee win, maar dat is alles wat ik nodig heb om overeind te springen en naar de groep bomen naast de garage te sprinten, terwijl ik rond de rij zwaarbewapende mannen voor me ren. Mijn doel is simpel: bescherm koste wat kost de ingang van de garage, en houdt ze weg van de ondergrondse veilige kamer.

Een kogel zoeft langs mijn oor terwijl ik ren. Een ander kust mijn biceps met brandend vuur.

Ze hebben me gezien.

Het is voorbij.

Een eigenaardige rust daalt over me neer, de zekerheid dat de dood eraan komt. Mijn hartslag vertraagt fatalistisch, maar mijn lichaam blijft bewegen, mijn beenspieren pompen met grotere inspanning. Een of ander zesde zintuig zorgt ervoor dat ik een scherpe hoek naar rechts en dan naar links maak, maar een kogel schaaft nog steeds langs mijn rechterschouder en laat een nieuwe zweem van vuur achter.

Het groepje bomen is nu dichterbij, nog een paar grote sprongen bij me vandaan, maar zelfs een meter is te ver als je in de open lucht bent met fuck weet hoeveel wapens die dodelijke brokken lood uitspugen.

Instinctief maak ik een duik en rol weg, en verschillende kogels suizen boven me langs, precies waar mijn romp en hoofd zouden zijn geweest. De volgende reeks kogels zal me niet missen, dat weet ik, maar net als ik me klaarmaak om ze door mijn vlees te voelen scheuren, barst er een gewelddadige explosie van geluid los - en mijn hartslag komt weer tot leven als ik het geratel van een machinegeweer herken.

Pavel is op het dak gekomen.

Ik heb eindelijk dekking.

En ja hoor, hij maait de in het zwart geklede figuren neer terwijl ze zich naar het bos verspreiden, en ik bereik de cluster met bomen en voeg mijn kogels aan Pavels inspanningen toe. Het duurt niet lang of al onze aanvallers - dat wil zeggen, degenen die zich nog kunnen bewegen - zich hebben teruggetrokken en hun beantwoorde geweervuur dooft terwijl ze dekking zoeken.

Het machinegeweer stopt ook met vuren.

Ik veeg het zweet en het vuil van mijn gezicht en haal mijn radio tevoorschijn. "Kirilov? Ben je daar?"

Gekraak, gevolgd door ruis.

Fuck.

Ik wissel van kanaal. "Pavel?"

"Ben er nog. Maar ik denk dat ze de meeste van onze mannen te pakken hebben."

Ik negeer het scherpe knijpen in mijn borst. "Ik weet het. Het gaat een verdomd lange nacht worden."

Terwijl ik praat, scan ik het bos, op zoek naar een spoor van beweging. Volgens mijn telling liggen er slechts vierentwintig van onze aanvallers op de grond, waardoor er negen vermist zijn - plus hoeveel van hun kameraden het gevecht met onze bewakers ook hebben overleefd.

Ik ben zo op mijn taak gefocust dat ik bijna de donkere gedaante mis die uit de schaduw vlak bij de ingang van de garage tevoorschijn komt - en tegen de tijd dat ik mijn pistool ernaartoe zwaai, is het te laat.

Terwijl de vijand opzij duikt om mijn kogels te ontwijken, explodeert de garagedeur in stukken, de schokgolf scheurt bijna mijn trommelvliezen.

53

NIKOLAI

Ik spring in actie voordat het geluid van de explosie wegsterft.

"Geef me dekking," sis ik in de radio en sprint naar het brandende gat in de garage, het hoge gepiep in mijn oren negerend.

Ik moet naar de garage voordat de aanvaller zich van de ontploffing herstelt.

Ik moet hem onderscheppen voordat hij binnenkomt en de veilige kamer vindt.

Terwijl ik ren, raken kogels de grond om me heen en schieten brokken gras en aarde omhoog, maar Pavels machinegeweer houdt de schutters voldoende op afstand om niet goed te kunnen richten.

Hoe dichter ik bij de garage kom, hoe duidelijker de omvang van de schade wordt. De klootzak moet de explosieven rechtstreeks aan de onderkant van de deur hebben gelijmd, want de kracht van de ontploffing heeft niet alleen het zware metaal uit elkaar gescheurd, maar heeft ook een zwart gat in de vloer eromheen achtergelaten. En- *fuck*. Dat zijn inderdaad blootliggende draden.

De explosie moet ook de stroom naar de veilige kamer hebben uitgeschakeld.

Het zal niet uit blijven, over een paar minuten begint de tweede back-upgenerator, maar ik kan me alleen maar voorstellen hoe bang Chloe en Slava nu moeten zijn. Hoe dik het plafond en de muren van de veilige kamer ook zijn, het is onmogelijk dat ze deze explosie niet hebben gehoord - of, als ik erover nadenk, de bom die ik vlakbij heb laten afgaan.

Maakt niet uit. Ik zal ze troosten zodra we allemaal veilig zijn.

Nu we het daar toch over hebben, waar is de verdomde bommenlegger? Is het te veel gevraagd om te hopen dat de klootzak zijn eigen explosie niet heeft overleefd?

Mijn hart pompt pure adrenaline, mijn zenuwen bonzen met een verhoogd bewustzijn terwijl ik door de brandende opening de donkere garage in stap, mijn adem inhoudend om te voorkomen dat ik rook inadem. Het is zinloos; terwijl ik dieper ga, realiseer ik me dat de rook elke spleet van de ruimte heeft gevuld, het is op sommige plaatsen zo dik dat het de rode gloed van de vlammen dooft.

Zachtjes vloekend scheur ik een stuk stof van de onderkant van mijn shirt en druk de geïmproviseerde zakdoek tegen mijn gezicht om te voorkomen dat ik moet hoesten, terwijl ik rond een van onze SUV's stap en de wazige duisternis naar tekenen van beweging afspeur... luisterend of ik de hoest van iemand anders kan horen.

En dan hoor ik het.

Een enkele hoest, gevolgd door een hevige hoestbui - alleen is het niet het diepe keelgeluid van een man, maar een kleine, hoge toon.

De hoest van een jong kind.

54

CHLOE

"SLAVA? SLAVA, WAAR BEN JE?" IK TAST OM ME HEEN IN het donker, mijn hart bonst misselijkmakend snel terwijl ik het wapen in mijn korset stop. "Alina, Lyudmila, waar zijn jullie? Waar is hij? Ik kan Slava niet vinden."

"Hij was vlak naast je." Alina's toon is net zo gespannen als de mijne. "Slava! Slavochka, *ti gdye?*"

Geen antwoord.

Ik draai me om, armen uitgestrekt. "Slava! Dit is geen spelletje. We spelen geen verstoppertje. Lyudmila, zie je hem?"

"Nee." Ze klinkt net zo bezorgd. "Misschien hij gewond. Ik zoek nu naar licht."

Juist. Er moeten hier ergens wat zaklampen zijn. Ik knijp mijn ogen dicht, open ze en probeer mijn zicht aan de duisternis te laten wennen - en tot mijn verbazing werkt het.

Het is nu niet pikdonker om me heen. Er komt zelfs zwak licht van de andere kant van de kamer.

De kant waar de ladder is.

Mijn hartslag versnelt verder als ik ernaartoe ga, ik doe mijn best om niet te struikelen. "Slava? Slava, kom hier!" Mijn paniek groeit met de seconde. Niet alleen is het kind vermist, maar ik begin iets scherps en bijtends te ruiken.

Rook.

"Slava!" Mijn stem stijgt in toonhoogte en volume naarmate meer licht mijn oogbollen bereikt en mijn maag zich met koude angst vult.

Het lijdt geen twijfel meer waar Slava is gebleven.

De plafonddeur aan de bovenkant van de ladder staat open.

55

NIKOLAI

De angst die me overvalt is zo absoluut dat ik een moment lang zeker weet dat ik het verkeerd heb gehoord, dat het hoesten van het kind niets meer was dan een hallucinatie veroorzaakt door alle rook.

Het kan mijn zoon niet zijn. Hij is beneden in de veilige kamer, waar het verdomme veilig is. Waar hij met Chloe en mijn zus hoort te zijn.

Maar nee. Daar is die hoest weer, gevolgd door een pijnlijk bekend, "Papa? Pappie?"

Mijn maag is een bal van ijs, maar ik behoud genoeg tegenwoordigheid van geest om niet te gaan schreeuwen dat ik hier ben, voor het geval de vijand ook binnen is. In plaats daarvan laat ik mezelf naar beneden zakken en loop gehurkt naar de plek waar ik Slava's stem heb gehoord - een beweging die het voordeel heeft dat ik schonere lucht kan inademen, omdat er hogerop meer rook is.

Toch neemt de drang om te hoesten toe, de giftige

deeltjes vullen mijn longen. Mijn borst beweegt krampachtig, mijn ogen tranen van de inspanning om de reflex te onderdrukken, en ik weet dat ik mezelf binnenkort zal verraden.

Ik moet Slava zo snel mogelijk vinden.

"Papa? Waar ben je?"

Fuck. Zijn stem klinkt verder weg.

Hij gaat naar de garagedeur en probeert aan de rook te ontsnappen.

Hoe kan hij verdomme alleen zijn? Is er iets met Chloe en Alina gebeurd?

Ik blijf laag bij de grond en haast me achter hem aan, mijn hart zwaar bonzend terwijl mijn longen blijven schreeuwen dat ik moet hoesten om de vervuilde lucht te verdrijven.

"Pappie?"

Slava's kleine figuurtje wordt kort omlijnd door de gloed van de vlammen, en dan stapt hij door het brandende gat en verdwijnt naar buiten.

Fuck het. Hard hoestend kom ik met een ruk overeind en begin te sprinten.

Als ik door een kogel geraakt wordt, dan is dat maar zo.

Ik storm naar buiten, het wapen in de aanslag, en dan zie ik hem.

Mijn zoon, die op slechts een paar meter afstand staat, zijn kleine gezicht klaart op als hij me ziet.

"Pappie!" Hij zwaait met een mes in de lucht. "Ik ben komen helpen, zoals Superman."

Mijn hart bonst met een mix van angst en

opluchting als ik naar hem toe loop - om vervolgens op mijn plaats te verstijven als een donker gedaante uit de schaduwen achter hem naar voren komt, met een pistool op me gericht.

"Kom hier, Slavchik," zegt Alexei Leonov, terwijl hij zijn gezichtsmasker met één hand afdoet om zwarte ogen te onthullen die met het licht van de sputterende vlammen achter me gloeien. "Je bent nu veilig, jongen. Je oom is gekomen om je naar huis te brengen."

56

CHLOE

ALLES VERGETEND, TREK IK DE LANGE ROK VAN MIJN JURK omhoog en klim de ladder op, terwijl mijn angst toeneemt als ik door de open plafonddeur klim en dikkere rook me omhult, de scherpe geur mijn neusgaten binnendringt en mijn ogen laat branden.

"Slava!" ik hoest terwijl ik door de wazige, roodgekleurde duisternis tuur. "Slava, kom terug!"

Niets. Geen reactie.

"Chloe, wacht!"

Ik negeer Alina's kreet, klim er helemaal uit en bekijk de rokerige hel die de binnenkant van de garage is. Het is als een scène uit een rampenfilm, compleet met met gips bedekte auto's met verbrijzelde ramen en flikkerende vlammen bij de grote metalen deur - een deur met een gigantisch brandend gat.

Mijn hartslag schiet omhoog en ik begin te rennen, de glasscherven en rotsachtige stukjes gebroken beton negerend die in mijn blote voeten snijden. De pijn is niets vergeleken met de angst die zich een weg in mijn maag zaagt.

Dat gat is waar Slava heen moet zijn gegaan.

Hij moet hier direct na de explosie naar boven zijn gekomen en naar buiten zijn gerend, God weet in welk gevaar.

Er is nu tenminste geen geluid van schoten, maar dat kan elk moment veranderen. Hoestend trek ik het zware wapen uit mijn korset en pak het met beide handen stevig vast, anders glipt het uit mijn zweterige vingers.

“Slava!” Ik ren door het gat, negeer de vlammen die aan de randen vreten - om slippend tot stilstand te komen, door afgrijzen gegrepen.

Voor me is een scène die rechtstreeks uit een western lijkt te komen: Nikolai en een onbekende man, wapens op elkaar gericht in een dodelijke impasse, met Slava die met grote ogen in het midden staat.

57

CHLOE

HYPERVENTILEREND BRENG IK MIJN WAPEN OMHOOG EN RICHT DE LOOP OP DE VREEMDELING. "Laat je wapen vallen en ga achteruit!"

Ik wil gezaghebbend klinken, maar in plaats daarvan komen mijn woorden er met een hees, trillend gekraak uit, mijn keel rauw van de rook.

De donkere blik van de man flitst een milliseconde naar me toe, maar hij beweegt zich geen centimeter. "*Idi syuda,* Slavchik." Zijn diepe stem is griezelig kalm. "*Bystro.*"

Tot mijn schrik herken ik het eerste deel van de Russische uitdrukking.

Kom hier, zegt de vreemdeling, terwijl hij een ander verkleinwoord van de naam van het kind gebruikte.

Nikolais blik verlaat het gezicht van zijn tegenstander niet, hoewel ik weet dat hij zich van mijn aanwezigheid bewust is. Ik voel de dodelijke spanning van hem uitgaan, zie zijn harde kaken aanspannen.

"Mijn zoon gaat nergens heen met jou," gromt hij in het Engels naar de vreemdeling. "Slavochka, ga achter me staan. Ga nu."

Slava kijkt verward, zijn blik gaat tussen de twee mannen heen en weer. "*Dyadya Lyosha? Papa?*"

Dyadya. Ik zoek in mijn hersens naar een vertaling, en dan komt het bij me op.

Oom, betekent dat woord. En *Lyosha* is waarschijnlijk een verkleinwoord voor *Alexei.*

Nikolai had gelijk. Het *zijn* de Leonovs - of in ieder geval een van hen.

Slava's oom.

Het wapen is zwaar in mijn uitgestrekte handen, veel zwaarder dan ze in films laten zien. Mijn schouders en nekspieren beginnen pijn te doen, mijn onderarmen worden moe van het zo stevig vasthouden van het wapen. Ik negeer het ongemak en houdt het op de man gericht, mijn geest gaat alle kanten op, terwijl ik probeer een uitweg uit deze klotesituatie te bedenken.

Na alles wat Nikolai me over de Leonovs heeft verteld, had ik half verwacht dat ze horens en een staart zouden hebben, en er *is* iets demonisch in Alexei's harde gelaatstrekken - vooral zijn ogen. Ze zijn zo donker dat ze zwart lijken, waardoor ik aan teerpoelen in de diepten van een vulkaan moet denken, compleet met een roodachtige zweem van de flikkerende vlammen die erin weerkaatsen. Toch is de man niet lelijk, verre van.

Als Nikolai geen onmogelijk hoge lat voor

mannelijke schoonheid had gelegd, dan had ik Slava's oom gevaarlijk aantrekkelijk gevonden.

Niet dat zijn uiterlijk ertoe doet als hij dat pistool op Nikolai gericht houdt - en *zijn* hele gespierde armen vertonen geen tekenen van vermoeidheid. Die van Nikolai ook niet. Beide mannen hadden net zo goed van staal kunnen zijn, hun gezichten staan strak van wederzijdse haat.

Slava, aan de andere kant, lijkt niet aan dat sentiment deel te nemen. Hij lijkt in ieder geval verscheurd tussen zijn vader en zijn oom te zijn, zijn hoofd heen en weer zwaaiend, zijn houding laat verbijstering over de spanning tussen de twee volwassenen zien in plaats van angst voor de indringer.

Als het kind toen hij bij de familie van zijn moeder woonde was mishandeld, dan was het niet door deze man.

Tot een besluit komend, schuif ik voorzichtig naar voren. Hoe bang ik ook ben voor Nikolai, ik moet Slava uit de directe vuurlinie zien te krijgen.

"Slavochka..." Ik maak mijn stem zo kalm en zacht als ik kan. "Kom alsjeblieft naar me toe. Mama Chloe heeft je hier nodig."

De jongen beweegt niet. Op de een of andere manier moet hij voelen dat zijn aanwezigheid het enige is dat voorkomt dat het geweld escaleert.

Ik riskeer nog een halve stap naar voren en Slava komt eindelijk in beweging en stormt op me af. Zodra hij dichtbij genoeg is, pak ik hem bij de arm en duw hem achter me, hem met mijn lichaam blokkerend terwijl ik achteruit begin te lopen.

De vreemdeling laat een ruwe lach horen, zijn donkere ogen flitsen even naar de ring om mijn vinger. "Mama Chloe, zei je?" Net als dat van Nikolai is zijn Engels zo Amerikaans als maar kan. "Lieverd... als je nog een spier beweegt, dan knal ik eerst jouw hersens eruit en dan die van je lieve man. Trouwens, gefeliciteerd met je huwelijk," vervolgt hij terwijl ik op mijn plaats blijf staan. "Ik vermoed dat de bruiloft heel recent was?"

Nikolais ogen zijn spleetjes, zijn stem dodelijk zacht. "Het gaat je verdomme niks aan. Ga nu weg voordat ik de grond met *jouw* hersens beschilder. Aangezien we familie lijken te zijn en zo, zal ik je weg laten lopen voordat de bewakers hier zijn."

"Welke bewakers?" Alexei's scherpe glimlach is een en al witte tanden en wreedheid. "Het zijn nu alleen ik en mijn mannen die hier nog zijn. En je bent verdomme high als je denkt dat ik vertrek zonder dat mee te nemen waarvoor ik ben gekomen. Overhandig de zoon van mijn zus en Alina - en misschien, heel misschien, laat ik jou en je mooie bruid dan leven. Aangezien we op het punt staan om een nog hechtere familie te worden en zo."

Ik knipper. Alina? Wat heeft zij ermee te maken? En wat bedoelt hij met hechtere familie?

Nikolais stem wordt nog zachter, een dodelijke dreiging in elke vlot gesproken lettergreep. "Je hebt precies dertig seconden om je mond te houden en terug te gaan voordat ik het vuur open."

"Met haar en het kind hier? Ik denk het niet." Zijn ogen glijden nog een milliseconde in mijn richting. "Bovendien hebben mijn sluipschutters jullie allebei in het vizier."

Mijn maag zakt in mijn schoenen, maar Nikolai ontbloot alleen maar zijn tanden. "Bullshit. Ze hebben geen duidelijk schot."

"Nee? Wil je wedden?" Alexei grijnst woest. "Hoe dan ook, ik hoef alleen maar te wachten, en mijn mannen zullen de schutter op je dak neerschieten - op dat moment ben je volledig omsingeld, en zal ik pakken waarvoor ik ben gekomen."

"Niet als je dan al dood bent." Nikolais uitdrukking is als donker ijs. "Je hebt nog twintig seconden. Negentien. Achttien..."

Mijn hartslag stijgt, mijn angst verdubbelt met elke getelde seconde. Hij meent het, ik kan het zien - en Alexei ook, wiens zwarte ogen zich ook vernauwen. De naar rook geurende lucht is zo dik van beginnend geweld dat ik de warme, koperachtige nevel van bloed bijna kan proeven als kogels door vlees en botten scheuren.

Een of beide mannen zullen hier vanavond sterven.

Nikolai zal zijn zoon niet mee laten nemen, en Alexei zal niet terugdeinzen.

Ik moet iets doen.

Als Nikolai gelijk heeft dat de sluipschutters geen

duidelijk schot hebben, dan is het wij tweeën tegen Alexei. Als ik schiet, misschien-

"Stop!" Als een schim komt Alina uit de rokerige duisternis van de garage tevoorschijn, het bloedrode van haar japon contrasteert met de spookachtige bleekheid van haar huid en het gitzwarte gordijn van haar haren.

Net als ik is ze gewapend, maar in tegenstelling tot mij houdt ze haar wapen losjes naast haar, de loop naar de grond gericht.

"Stop, Alexei, alsjeblieft." Ze stapt door de gekartelde opening, de gloed van de uitstervende vlammen verandert haar jade ogen in een groenachtige tint hazelnoot. "Slava gaat nergens heen, dat weet je. Mijn broer zal zijn zoon niet opgeven. En hij is niet-" Haar stem breekt. "Hij is toch niet degene die je wilt."

Ik adem diep in en begrijp eindelijk wat er gebeurt. Deze man en Alina - ze kennen elkaar.

Meer dan dat, hij denkt dat hij een soort claim op haar heeft.

"Alina, ga terug." Nikolais toon wordt scherper naarmate Alexei's hele houding verandert, en een angstaanjagend soort honger ontsteekt in zijn demonische blik terwijl het zich op Alina's gezicht focust.

Ze heft haar pistool en richt het op zijn gezicht. "Je hebt een keuze," zegt ze gelijkmatig. "Ik weet dat je een uitstekende schutter bent, maar mijn broer ook - en ik ook. En Lyudmila daarbinnen ook." Ze kantelt haar hoofd in de richting van de donkere garage.

"Misschien kun je een of twee van ons neerhalen voordat onze kogels je vinden - en misschien kunnen je sluipschutters helpen - maar niemand zal ongedeerd weglopen. Je hebt misschien het voordeel van de krachten die ons omringen, maar hier zijn we met meer. Trouwens..." Haar stem krijgt een sardonische verbuiging. "Wat heb je aan me als ik dood ben, toch?"

"Alina, hou je mond en ga terug naar binnen," gromt Nikolai. "Je hoeft niet-"

"Ik zal met je meegaan," gaat ze verder, haar broer negerend. "Ik zal het verlovingscontract nakomen. En in ruil daarvoor zal jij je mannen terugroepen en mijn neefje vergeten. Hij hoort hier thuis, bij zijn vader en Chloe - dat kun je zelf zien."

Alexei's ogen flitsen nog een fractie van een seconde naar me toe en nemen het kind in zich op dat ik met mijn lichaam bescherm, absorberend hoe hij zich aan mijn benen vastklampt terwijl ik het proces met enorme, niet-begrijpende ogen gadesla.

Daarom spreken ze allemaal Engels, realiseer ik me met een verre hoek van mijn geest. Ze hopen dat Slava met zijn nog beperkte kennis van de taal niet alles zal begrijpen - en het werkt in ieder geval gedeeltelijk. Hij kan de volwassenen hun wapens op elkaar zien richten, maar hij begrijpt niet helemaal waarom.

Alexei's blik keert terug naar Alina, de zwarte ogen branden van een nog duisterdere honger. "Oké. We hebben een deal. Leg het pistool neer en loop naar me toe."

"Doe het verdomme niet." Nikolais stem is zo scherp als een zweep. "Ik kan hem hebben."

"Misschien." Ze legt haar wapen op de grond. "Of misschien gaan jullie allebei dood. Misschien Chloe en Slava ook. Denk daar eens over na."

Nikolais kaken verstrakken. "Ik laat je dit niet doen."

Een bittere glimlach raakt haar lippen. "Het is niet jouw beslissing, broer. Het is ook niet die van mij. Dat hele gedoe met het lot waar je in gelooft? Nou, de mijne werd besloten toen ik vijftien was, en het wordt tijd dat ik ermee ophoud om ervoor weg te rennen. Jij en Konstantin hebben me lang genoeg afgeschermd."

Nikolai staat op het punt om verder te argumenteren, dat kan ik zien, maar ze voorkomt elke verdere discussie door snel naar Alexei te lopen - die haar elleboog grijpt en haar naar zich toe trekt zodra ze binnen handbereik is.

De bezitterige manier waarop hij haar tegen zich aan houdt, laat geen twijfel bestaan over zijn bedoeling, zijn donkere gestalte die over haar opdoemt en me aan Hades doet denken die Persephone naar de onderwereld sleept.

Nikolai moet hetzelfde zien, want zijn gezicht betrekt van woede en hij doet een halve stap naar voren - om te blijven staan wanneer Alexei's vinger waarschuwend op de trekker rust.

"Niet doen, Kolya." Alina's ogen glinsteren helder als Alexei achteruit begint te lopen in de richting van de boomgrens, haar meeslepend terwijl hij zijn wapen op Nikolai gericht houdt. "Ik red me wel. Zorg gewoon voor Chloe en Slava, en ik zie je ooit terug in Moskou, oké? En zeg tegen Konstantin dat hij me niet moet zoeken. Ik wil niet dat er namens mij bloed wordt vergoten!"

De laatste woorden bereiken ons als een schreeuw uit de verte, en Nikolais blik brandt van haat terwijl hij zijn vijand met zijn prijs in de duisternis ziet verdwijnen, terwijl de schaduwen zich als de felle omhelzing van een minnaar om hen heen sluiten.

58

CHLOE

IK WORD WAKKER MET EEN KAKOFONIE VAN BOREN EN hamers in de verte - een bekende soundtrack van de afgelopen dagen. Sinds de aanval vorige week hebben zowel het huis als het terrein van het complex ingrijpende renovaties en beveiligingsverbeteringen ondergaan, waaronder een vervijfvoudiging van onze bewakingsmacht.

Nikolai is vastbesloten om ervoor te zorgen dat niemand, of het nu de Leonovs zijn of een andere vijand van ons, onze muren opnieuw kan doorbreken, hoeveel huurlingen of geavanceerde wapens ze ook tot hun beschikking hebben.

Ik open mijn ogen en neem het lege matras naast me in me op en het zwakke ochtendlicht dat door de jaloezieën naar binnen sijpelt. Het is amper zonsopgang, dus mijn man moet vroeg zijn opgestaan voor de videoconferentie met zijn broers over de voortdurende zoektocht naar Alina - als hij vannacht tenminste heeft geslapen. Tot mijn grote zorg zijn zijn runs midden in de nacht sinds de aanval zowel in frequentie als in duur toegenomen, zozeer zelfs dat ik niet weet wanneer hij überhaupt rust krijgt.

De deur zwaait open en het object van mijn overpeinzingen komt de slaapkamer binnen.

Ik ga rechtop zitten, mijn hart bonkt bij de sombere uitdrukking op zijn gezicht.

"Niets?" vraag ik zachtjes terwijl hij door de kamer naar me toe loopt.

Hij schudt zijn hoofd. "Het is alsof ze van de verdomde planeet zijn verdwenen. Konstantin denkt dat hij haar ergens volledig buiten beeld houdt, maar waar dat weet op dit moment niemand."

"Het spijt me." Ik reik naar voren om in zijn hand te knijpen terwijl hij op de rand van het bed zit, maar in plaats daarvan trekt hij me op zijn schoot. Hij slaat zijn krachtige armen stevig om me heen, begraaft zijn gezicht in mijn haar en inhaleert diep.

Als hij zich terugtrekt om mijn blik te ontmoeten, is een deel van de spanning op zijn gezicht afgenomen. Hij legt zijn hand op mijn wang en vraagt zacht, "Hoe voel je je, zaychik? Heb je goed geslapen?"

Ik draai mijn gezicht om een kus in zijn handpalm te drukken voordat ik zijn hand naar mijn borst breng. "Ja." Ik glimlach om de aanhoudende zorgen in zijn ogen te verdrijven. "Het gaat goed, dat beloof ik."

Om te zeggen dat Nikolai me de afgelopen dagen als een havik in de gaten heeft gehouden, zou een groot understatement zijn. Hoewel een paar oppervlakkige snijwonden en kneuzingen op mijn blote voeten de omvang van mijn verwondingen waren, behandelt hij me alsof ik weer een schotwond heb opgelopen - of op zijn minst ernstig getraumatiseerd ben. En hoewel het waar is dat ik weer nachtmerries heb, val ik nog lang niet uit elkaar.

Niet dat ik me geen zorgen over Alina maak - dat doe ik wel. Nikolai heeft me over de verlovingsovereenkomst verteld die hun vader met Boris Leonov had gesloten toen Alina amper vijftien was, en als ik nog steeds had getwijfeld of de man zijn lot door Nikolais handen had verdiend, dan verdwenen ze op dat moment.

Geen wonder dat Alexei had gedaan alsof hij een claim op haar had. Met dat barbaarse - en ongetwijfeld illegale - contract doet hij dat wel. Ik kan alleen maar hopen dat zijn gevoelens voor haar verder gaan dan de duistere lust die ik die avond op zijn gezicht zag, en dat hij niet zo'n vreselijke man is als zijn reputatie doet vermoeden.

Nikolais lippen krullen in een antwoordende glimlach terwijl hij beweegt om me van zijn schoot te halen, maar ik sla mijn armen om zijn nek en weiger om hem los te laten. "Kom bij me liggen, alsjeblieft," mompel ik in zijn oor. "Ik ben nog niet klaar om op te staan."

Zo bezorgd als ik over Alina ben, ben ik bijna net zo bezorgd over hoe hard Nikolai het opvat wat er is gebeurd. Hij heeft de afgelopen week geen enkele goede nachtrust gehad, en dat is aan de donkere holtes rond zijn opvallende ogen te zien, aan de diepere groeven die zijn sensuele mond omsluiten... zijn niet aflatende obsessie met de veiligheid van Slava en van mij.

Niet alleen heeft Nikolai geweigerd om de camera's uit het huis te verwijderen toen ik erom vroeg, maar hij laat mij en Slava tracker-armbanden dragen die hem onze exacte locatie vertellen en die onze vitale functies te allen tijde meten.

Ik heb ervoor gekozen om voorlopig geen ruzie met hem te maken, omdat we veel grotere problemen hadden om ons op te concentreren, inclusief de begrafenissen voor de omgekomen bewakers - nog een reden voor Nikolais grimmige stemming. Meer dan een dozijn van onze mannen waren bij de aanval omgekomen en verscheidene anderen waren zwaargewond geraakt, hoewel de meeste van Nikolais legervrienden gelukkig niet tot de eersten behoorden.

Alexei's mannen hadden ze in een ravijn vastgehouden, zodat ze ons niet te hulp konden komen of via de radio om hulp konden vragen, maar iedereen behalve Ivanko had het overleefd. Zelfs Arkash, die een kogel gevaarlijk dicht bij zijn ruggengraat had gekregen, zal naar verwachting volledig herstellen.

Het andere lichtpuntje in dit alles is Slava. Toen we eenmaal hadden uitgelegd dat wat hij had gezien een onderdeel van een veiligheidsoefening was en dat Alina met 'oom Lyosha' op vakantie was gegaan, was de jongen regelrecht weer zijn vrolijke zelf geworden, die mij, Pavel en Lyudmila met een miljoen vragen lastigvalt over de nieuwe bewakers en de bouwwerkzaamheden op het complex.

"Zaychik..." Nikolais stem wordt hees terwijl ik oh zo onschuldig mijn lippen langs zijn oorlel laat strijken. "Ik wou dat ik bij je kon blijven, maar ik heb vanmorgen nog veel werk te doen."

Natuurlijk heeft hij dat, maar het kan wachten tot hij wat slaap heeft gekregen. Ik laat alle schijn van onschuld vallen, wring mijn kont tegen de groeiende bobbel in zijn broek en kus de harde onderkant van zijn kaak. "Alsje, alsje... alsjeblieft."

Als er één ding is dat de gebeurtenissen van vorige week niet hebben beïnvloed, dan is het Nikolais zin in seks - en ja hoor, die kus is alles wat hij nodig heeft om me op mijn rug te draaien en me te neuken totdat we allebei bezweet, pijnlijk en meer dan tevreden zijn. En, zoals ik had gehoopt, uitgeput genoeg om te slapen... in ieder geval degenen onder ons die geen oog dichtgedaan hebben.

Ik wacht tot ik zeker weet dat Nikolai diep in slaap is, voordat ik me voorzichtig onder zijn arm vandaan wurm en naar de badkamer loop om te douchen en me klaar te maken voor de dag.

Als ik naar buiten kom, slaapt hij nog, de uitputting duidelijk op zijn mooie gelaatstrekken te zien. Teder glimlachend kijk ik een tijdje naar hem. Dan plof ik in een luie stoel bij het raam en open mijn laptop om het nieuws te checken, zoals de afgelopen dagen elke ochtend mijn gewoonte was.

Zoals we hadden gehoopt, zijn er sinds het verhaal

over zijn aanval op Masha naar buiten was gekomen meer slachtoffers van Bransford naar voren gekomen - en niet alleen de twee vrouwen die Nikolai had gevonden. Elke dag heeft nieuwe, steeds gruwelijkere onthullingen gebracht... daarom ben ik zo verslaafd aan het nieuws.

Elke vernietigende kop wreekt mijn moeder verder.

Ik open een browser en navigeer naar mijn favoriete nieuwssite - alleen om te bevriezen bij de woorden die genadeloos over het scherm spatten:

BRANSFORD HEEFT ZELFMOORD GEPLEEGD IN HOTELKAMER

Met een maag die zich omdraait klik ik op het artikel.

Blijkbaar is Tom Bransford zo'n negenendertig minuten geleden in een penthouse van Four Seasons met doorgesneden polsen gevonden, en het afscheidsbriefje naast zijn bed liet er weinig twijfel over bestaan wat er was gebeurd.

Dat wil zeggen, weinig twijfel voor iedereen die mijn man niet kent en weet waartoe hij in staat is.

Ik zet de laptop opzij, sta op en loop naar het bed. Mijn hart klopt onregelmatig terwijl ik naar de man staar die daar ligt te slapen - de echtgenoot van wie ik meer ben gaan houden dan van het leven zelf.

Heeft hij dit gedaan?

Heeft hij besloten dat, zelfs ontdaan van zijn politieke aantrekkingskracht en op het punt om strafrechtelijk vervolgd te worden, Bransford een te grote bedreiging voor me vormt?

Is Masha of iemand zoals zij dat penthouse van Four Seasons binnengeslopen en heeft die alles zo opgezet dat het leek alsof Bransford zelfmoord had gepleegd - net zoals zijn moordenaars dat bij mijn moeder hadden gedaan?

Ik zou Nikolai wakker moeten maken en het antwoord op deze vragen moeten eisen, om hem de waarheid te laten toegeven - maar ik weet dat ik dat niet zal doen. Niet omdat ik nog steeds bang ben om de duisternis in hem onder ogen te zien, maar omdat ik me realiseer dat deze specifieke waarheid er voor mij niet toe doet.

Zelfmoord of moord, Bransford is weg, en dat wraakzuchtige deel van mij - het deel waarvan ik wilde doen alsof het er niet was - is gelukkig. Nee, meer dan gelukkig. Het is ronduit extatisch.

Of het nu door Nikolai komt of door hemzelf, Tom Bransford heeft precies gekregen wat hij verdiende.

Ik blijf nog een minuut bij het bed staan, de pure opluchting van die kennis in me opnemend, het wegnemen van het gewicht waarvan ik niet had beseft dat het nog steeds op mijn schouders rustte. Ik laat dat gevoel doorsijpelen als ik aan de dodelijke schoonheid van het gezicht van mijn man denk en de verschrikkelijke duisternis in zijn ziel - een duisternis waarvan ik nu besef dat die ook in mij bestaat.

Dan ga ik voorzichtig, om zijn broodnodige rust niet te onderbreken, naast hem liggen en leg mijn arm over zijn borst. Zijn ogen gaan niet open en zijn ademhaling verandert niet, maar hij draait zich om en trekt me tegen zich aan, zijn krachtige lichaam buigt zich om me heen, verwarmt me en beschermt me tegen de wereld.

Mijn borst zwelt op, mijn hart zo vol dat het op het punt staat om te barsten. Nog maar een paar maanden geleden was ik een wees op de vlucht voor de moordenaars van haar moeder, een vrouw die helemaal alleen op de wereld was met een levensverwachting die in dagen te tellen was. Nu heb ik mijn man en mijn zoon, en een toekomst vol mogelijkheden.

Misschien zullen we hier de komende jaren blijven en krijg ik een baan als lerares op een plaatselijke school - een school waar Slava ook naartoe zal gaan. Of misschien gaan we naar Moskou en neemt Nikolai de teugels van zijn familieorganisatie weer op zich, met alles wat daarbij komt kijken. Of misschien wordt het iets heel anders, een pad dat ik me op dit moment niet eens kan voorstellen.

Wat dat pad ook is, waar we ook heen gaan, het maakt niet uit.

Zolang ik mijn duistere beschermer heb, ben ik nergens bang voor.

Samen kunnen Nikolai en ik de hele wereld aan.

VOORPROEFJES

Bedankt voor je deelname aan de reis van Nikolai & Chloe! Hun verhaal eindigt hier. Als je Kooi van een engel leuk vond, overweeg dan om een recensie achter te laten.

Meld je aan voor mijn nieuwsbrief op www.annazaires.com/book-series/nederlands/ om van mijn toekomstige boeken op de hoogte te blijven, inclusief meer verhalen over de Molotov-familie.

Heb je zin in meer duistere, spannende romance? Check dan de bestseller *Verwrongen*-serie, een dark romance vol suspense over een meedogenloze wapenhandelaar en een onschuldige jonge vrouw die door hem gevangen wordt gehouden op zijn privé-eiland.

Houd je van een lachwekkende romantische

komedie? Mijn man en ik schrijven onder het pseudoniem Misha Bell vulgaire, sullige romantische komedies. Pak een exemplaar van *Hardware,* het verhaal van een sarcastische ontwerpster van seksspeeltjes, een mysterieuze potentiële investeerder en hun twee verliefde honden.

Sla nu de pagina om om fragmenten uit *Verwrongen* en *Hardware* te lezen.

FRAGMENT UIT VERWRONGEN

Ontvoerd. Meegenomen naar een privé-eiland.

Ik had nooit gedacht dat mij dit zou overkomen. Ik had me nooit kunnen voorstellen dat een toevallige ontmoeting aan de vooravond van mijn achttiende verjaardag mijn leven zo volkomen zou veranderen.

Nu behoor ik hem toe. Julian. Een man die even meedogenloos als knap is — een man wiens aanraking me in vuur en vlam zet. Een man wiens tederheid verwoestender is dan zijn wreedheid.

Mijn ontvoerder is een raadsel. Ik weet niet wie hij is of waarom hij me heeft ontvoerd. In hem bevindt zich duisternis—duisternis die me evenzeer aantrekt als beangstigt.

Ik ben Nora Leston. Dit is mijn verhaal.

Om negen uur 's avonds haalt Leah me op. Ze is gekleed op een avondje uit: een donkere, nauwsluitende spijkerbroek, een glinsterende, zwarte bandeautop en hooggehakte zwarte laarzen tot over de knie. Haar blonde haren zijn glad en steil. Ze vormen een waterval van highlights, die langs haar rug naar beneden stroomt.

Ik daarentegen draag nog steeds mijn gympen. Mijn nette schoenen zitten in de rugtas die ik straks in Leahs auto laat liggen. Een dikke trui verhult de sexy top die eronder zit. Ik heb geen make-up op en mijn lange bruine haren zijn bijeengebonden in een paardenstaart.

De reden dat ik zo wegga, is om verdenking te voorkomen. Ik zeg tegen mijn ouders dat ik met Leah naar een vriendin van ons ga. Mijn moeder zwaait ons uit en wenst ons veel plezier.

Nu ik ben bijna achttien ben, hoef ik niet meer op tijd thuis te zijn. Nou ja, waarschijnlijk wel, maar we hebben geen tijd afgesproken. Als ik maar thuis ben voor mijn ouders ongerust worden – of als ik laat weten waar ik ben – is het goed.

Zodra we in Leahs auto zitten, begin ik aan mijn transformatie. Mijn trui gaat uit. Daaronder draag ik een nauwsluitende top waarin, met hulp van een push-upbeha, mijn ietwat bescheiden voorgevel goed uitkomt. De behabandjes zijn decoratief, waardoor het niet erg is dat je ze ziet. Ik heb niet van die gave laarzen zoals Leah, maar ik heb wel mijn mooiste paar zwarte hakken mee kunnen smokkelen. Daarmee lijkt ik toch zo'n tien centimeter langer. Aangezien ik elke centimeter kan gebruiken, trek ik ze aan. Dan pak ik mijn make-uptasje en klap ik de zonneklep naar beneden om in het spiegeltje te kunnen kijken.

Even bestudeer ik mijn zo bekende trekken. Grote bruine ogen en scherp afgetekende zwarte wenkbrauwen domineren mijn kleine gezicht. Rob zei weleens dat ik er exotisch uitzie en ik begrijp wel wat hij bedoelde. Ik ben slechts voor een kwart Latijns-Amerikaans, maar mijn huid is altijd wat getint en ik heb ongewoon lange wimpers. Leah zegt vaak dat het nepwimpers zijn, maar ze zijn echt.

Ik ben tevreden met hoe ik eruitzie, al zou ik wel graag wat langer willen zijn. Het zijn mijn Mexicaanse genen. Mijn *abuela* was fijntjes gebouwd en dat ben ik ook, hoewel allebei mijn ouders van gemiddelde grootte zijn. Als Jake niet van lange meisjes had gehouden, had mijn lengte me niks uitgemaakt. Volgens mij ziet hij me letterlijk niet staan; ik bevind me onder zijn blikveld.

Met een zucht breng ik wat oogschaduw aan en smeer ik wat lipgloss op mijn lippen. Ik hoef me niet uit te leven met mijn make-up; eenvoudig werkt voor mij het beste.

Als Leah de radio harder zet, vullen de tonen van de nieuwste popnummers de auto. Met een grijns begin ik mee te zingen met Rihanna. Leah valt me bij en samen blèren we mee met 'S&M'.

Korte tijd later zijn we bij de club. Met een houding

alsof we dit al talloze keren gedaan hebben, lopen we naar binnen. Leah werpt de uitsmijter een brede glimlach toe. Daarna laten we hem even onze ID's zien. Zonder problemen mogen we doorlopen.

We zijn hier nog nooit eerder geweest. De club bevindt zich in een wat ouder, aftandser deel van Chicago. 'Hoe heb je deze club gevonden?' Ik moet tegen Leah schreeuwen om boven de muziek uit te komen.

'Ralph kende het hier,' schreeuwt ze terug.

Ik kan de neiging niet weerstaan met mijn ogen te rollen. Ralph is Leahs ex-vriendje. Ze gingen uit elkaar toen hij zich een beetje vreemd begon te gedragen, maar om de een of andere reden hebben ze wel contact gehouden. Volgens mij gebruikt hij drugs of zo. Ik heb geen idee en Leah wil er niets over kwijt vanwege een soort misplaatst gevoel van loyaliteit. Hij is in elk geval behoorlijk vreemd. Het feit dat hij ons deze plek heeft aangeraden vind ik dan ook niet echt geruststellend.

Maar ach, wat maakt het uit. De omgeving mag niet al te best zijn, maar de muziek is goed en het publiek is heel gemengd.

We zijn hier om te dansen, dus dat is precies wat we het volgende uur doen. Leah weet een paar jongens te overtuigen om shotjes voor ons te kopen, al nemen we allebei maar één drankje. Leah omdat ze nog moet rijden; ik omdat ik niet zo goed tegen alcohol kan. We zijn misschien wel jong, maar niet achterlijk.

Na de shotjes gaan we dansen. De jongens die de

drankjes voor ons gehaald hebben, dansen met ons, maar langzaamaan bewegen we ons van hen weg. Zo leuk zijn ze nou ook weer niet. Leah ziet een groep met leuke, wat oudere jongens en we besluiten hun kant op te gaan. Als ze met een van hen in gesprek raakt, kijk ik glimlachend toe hoe ze tot actie overgaat. Ze is echt goed in flirten.

Maar ik merk dat ik moet plassen, dus draai ik me om en ga op zoek naar het toilet.

Op de terugweg stop ik bij de bar voor een glas water. Van al dat dansen heb ik dorst gekregen. Ik drink het glas gretig leeg, waarna ik het op de bar zet en om me heen kijk, recht in een paar doordringende, blauwe ogen.

Hij zit aan de andere kant van de bar, zo'n drie meter verderop, en kijkt naar me.

Ik kijk terug. Ik kan er niets aan doen. Waarschijnlijk is hij de knapste man die ik ooit heb gezien.

Zijn haar is donker en krult lichtjes. Zijn gezicht is hard en mannelijk, volledig symmetrisch in ieder detail. Rechte, donkere wenkbrauwen boven opvallend lichtblauwe ogen. En zijn mond kan zo die van een engel zijn – een gevallen engel.

Ik krijg het warm als ik denk aan hoe die mond zou voelen op mijn huid, op mijn lippen. Als ik gevoelig zou zijn voor blozen, zou ik nu knalrood zijn.

Hij staat op en loopt op me af. Zijn blik houdt de mijne nog altijd vast. Hij loopt ontspannen. Rustig.

Volkomen zelfverzekerd. Waarom ook niet? Hij is waanzinnig knap en dat weet hij zelf ook.

Als hij dichterbij komt, besef ik dat hij lang is. Lang en goedgebouwd. Ik weet niet hoe oud hij is, maar mijn gok is dat hij qua leeftijd dichter bij de dertig dan bij de twintig zit. Een man, geen jongen meer. Als hij naast me komt staan, kost het me moeite om adem te halen.

'Hoe heet je?' vraagt hij zacht. Op de een of andere manier komt zijn stem boven de muziek uit. De diepe klank is zelfs in dit rumoer verstaanbaar.

'Nora,' zeg ik zachtjes. Als ik naar hem opkijk, zie ik dat hij weet welke betoverende uitwerking hij op me heeft.

Als hij glimlacht, wijken zijn lippen iets van elkaar en worden gelijkmatige, witte tanden zichtbaar. 'Nora. Dat bevalt me.'

Hij stelt zichzelf niet voor. Daarom verzamel ik mijn moed, en vraag: 'Hoe heet je?'

'Jij mag me Julian noemen.'

Ik staar naar zijn lippen terwijl hij praat. Nog nooit heeft de mond van een man me zo gefascineerd.

'Hoe oud ben je, Nora?' vraagt hij dan.

Ik knipper even met mijn ogen. 'Eenentwintig,' zeg ik dan snel.

Hij werpt me een duistere blik toe. 'Waag het niet tegen me te liegen.'

'Bijna achttien,' geef ik dan met tegenzin toe. Ik hoop maar dat hij dat niet tegen de barman vertelt, want dan vlieg ik eruit.

Hij knikt; blijkbaar heb ik bevestigd wat hij al

vermoedde. Dan legt hij een hand tegen mijn gezicht. Het is een zachte, lichte aanraking. Zijn duim glijdt over mijn onderlip alsof hij de textuur ervan wil doorgronden.

Ik ben zo in shock dat ik gewoon blijf staan. Nog nooit heeft iemand me zo zacht en tegelijkertijd zo bezitterig aangeraakt. Mijn lichaam voelt heet en koud tegelijk; een huivering van angst glijdt langs mijn ruggengraat.

Er is geen enkele aarzeling in die handeling te bespeuren. Hij vraagt niet om toestemming, hij wacht niet af of ik zijn aanraking wel toesta. Hij raakt me gewoonweg aan alsof hij daar het recht toe heeft. Alsof ik de zijne ben.

Met een beverige zucht stap ik achteruit. 'Ik moet gaan,' fluister ik.

Hij knikt opnieuw, een onleesbare uitdrukking op zijn beeldschone gezicht.

Ik weet dat hij me laat gaan en dat geeft me een bizar dankbaar gevoel. Het is alsof iets in mij weet dat hij zo verder had kunnen gaan, dat hij het spelletje niet volgens de regels speelt. Dat hij waarschijnlijk het gevaarlijkste wezen is dat ik ooit heb ontmoet.

Ik draai me om en wring me door de menigte. Mijn handen trillen en mijn hart klopt in mijn keel. Ik wil hier weg.

Zodra ik Leah heb gevonden, vraag ik haar me naar huis te brengen. Bij de deur van de club draai ik me nog een keer om.

Daar staat hij. Hij kijkt me na. In zijn blik ligt een

duistere belofte – een belofte die een huivering door me heen laat gaan.

Verwrongen is nu verkrijgbaar. Ga naar mijn website www.annazaires.com/book-series/nederlands/ voor meer informatie en om je in te schrijven voor mijn releasemailing.

FRAGMENT UIT HARDWARE

Dus mijn Chihuahua heeft een beer bereden. Neem me niet kwalijk, een gigantische, beerachtige hond.

Nu zit de zinderend lekkere eigenaar van die beer achter me aan en eist een SOA-test... voor mijn huisdier.

Een ander probleem met deze aanranding van hond-op-hond? De mysterieuze eigenaar van de beer kan de sleutel zijn om mijn nieuwe onderneming te financieren en mijn bedrijf in speeltjes naar een hoger niveau te tillen. En met "speeltjes" bedoel ik het leuke soort, het soort dat elke vrouw (en man) nodig heeft.

Als ik er alleen maar achter kon komen wat hij verbergt - of mijn libido ertoe brengen om zich te gedragen. Omdat het combineren van zaken en plezier een slecht idee is en Dragomir Lamian is misschien niet wie hij lijkt te zijn.

OPMERKING: dit is een op zichzelf staande, vulgaire, romantische komedie met een zelfverzekerde, door speeltjes geobsedeerde heldin die elk Russisch bijgeloof dat er bestaat kent, haar ontmoeting met een lekkere, mysterieuze vreemdeling en twee oversekste honden, waarvan er een misschien zelf een speciaal speeltje heeft. Als een van de bovenstaande dingen niet jouw ding is, loop er dan nu van weg. Zet je anders schrap voor een feel-good rit waar je zeker om zult lachen.

Is dat een *beer*?

Ik heb het gevoel dat de kegelballen op het punt staan om uit mijn vagina te ontsnappen. Ik knijp in mijn goedgetrainde spieren om het speeltje erin te houden. De ballen zijn een ontwerp van mijzelf, dus ik weet dat als ik er nog een keer in knijp, de trilfunctie geactiveerd zal worden en dit is daar niet het goede moment voor.

De riem schokt in mijn hand.

"Bonaparte, gedraag je." De strengheid in mijn stem is zinloos. Mijn chihuahua blijft maar trekken, zijn blik is strak op de beer gericht en zijn staart kwispelt zo snel dat ik bijna verwacht dat hij als een helikopter de lucht in zal vliegen.

Tot mijn opluchting snuffelt de beer alleen maar aan de brandkraan, zich niet bewust van het heerlijke voorgerecht van twee kilo dat slechts een sprong verderop staat.

Ik zet mijn hakken in de grond en trek de riem terug. "Serieus, Boner. *wil* je opgegeten worden?"

Het trekken stopt en mijn hond kijkt naar me op, met in zijn groene ogen een mengeling van verdriet en verontwaardiging. Zoals gewoonlijk kan ik me voorstellen wat hij zou zeggen als ik een hondenfluisteraar was geweest:

"*Ma chérie,* die hond negeert me. *Moi*! Ondenkbaar."

Ik gooi een koekje naar hem toe. "Die beer heeft duidelijk geen manieren. Maar ter zijn verdediging, zou *jij* het hebben kunnen weerstaan om aan die brandkraan te snuffelen? We bevinden ons naast Central Park. Er hebben daar miljoenen honden geplast. De geur moet hemels zijn."

Met een sprong vangt Boner het lekkers op, slikt het zonder te kauwen door en richt zijn aandacht dan weer op zijn gigantische prooi.

Mijn eigen blik verschuift naar de man die de riem van het beest vasthoudt en mijn mond valt open als mijn interne spieren onwillekeurig in de kegelballen knijpen.

De trilling wordt geactiveerd, maar ik negeer het, mijn ogen dwalen hongerig over het lange, atletisch gebouwde mannelijke exemplaar dat voor me staat.

De eigenaar van de beer is lekker.

Verzengend, slipjes smeltend, baarmoederexploderend lekker.

Het soort lekker waar ik uiteindelijk op ga masturberen.

Wacht. Strikt genomen *ben* ik op hem aan het masturberen - de vibratie in mijn vagina bouwt met elke seconde mijn climax op. Gelukkig kijkt hij niet naar me, dus ik kan hem zonder schaamte met mijn ogen opeten.

De man vinkt al mijn vakjes af, zelfs de vakjes waarvan ik niet eens wist dat ik ze had.

Dik, zijdeachtig uitziend haar met de kleur van de vacht van een nerts. Korte, keurig getrimde donkere baard die zijn koninklijke neus en gebeeldhouwde gelaatstrekken benadrukt. Brede schouders met precies de juiste hoeveelheid spieren opgevuld en een borst om voor te sterven, allemaal taps toelopend naar een slanke taille en smalle heupen. Hij draagt zelfs een coltrui, in godsnaam - iedereen weet dat dat het equivalent van een sexy zwarte jurk is.

Oh en zijn lippen. Ik wil een mal van die lippen maken en die mal in een seksspeeltje omzetten.

Over seksspeeltjes gesproken, de ballen brengen me steeds dichter bij het randje. Hoewel ik ervan beschuldigd word dat ik wat dat soort dingen betreft ongeïnteresseerd over kan komen, erken ik zelfs dat hier, voor de neus van een vreemdeling, klaarkomen, niet de meest sociaal aanvaardbare zet van mijn kant is.

Ik moet de ballen uitschakelen, wat kan worden

gedaan als ik nog drie keer in ze knijp. Het probleem is dat elke keer dat ik knijp ook de vibratiesnelheid zal veranderen, dus mijn situatie zal eerst erger worden voordat het beter wordt.

Daar is dan niets aan te doen.

Ik knijp.

De trilling wordt intenser.

Nog twee keer te gaan en-

Boner blaft.

De enorme snuit van de beer trekt zich los van de brandkraan en gigantische bruine ogen richten zich op het hondvormige hors-d'oeuvre dat aan mijn voeten staat.

Boner krijgt eindelijk de aandacht waar hij naar hunkert, hij kwispelt snel met zijn staart en probeert naar zijn ondergang te sprinten.

Ik knijp ongewild nog een keer in de ballen. Nog een keer en dan zijn ze uitgeschakeld. Het punt is alleen dat de vibratie nu op volle snelheid gaat en het voelt geweldig. Zo ontzettend geweldig...

Shit. Wat ben ik aan het doen?

Moet nog een laatste keer knijpen.

Het probleem is alleen dat de vereiste spieren in gelei zijn veranderd en ik moeite heb om te knijpen.

Is dit het?

Ga ik een orgasme krijgen op het moment dat mijn hond op wordt gegeten - en dat allemaal in het bijzijn van de waanzinnig lekkere vreemdeling?

Heel even vraag ik me af of ik de beer mijn beste

vriend op moet laten eten om als afleiding voor mijn op handen zijnde implosie te dienen - en zodat de eigenaar van de beer later als compensatie voor mijn verlies met me naar bed zal gaan.

Nee, dat is waanzin.

Ik trek aan de riem en hou Boner in zijn nobele offer tegen.

De beer heeft hem alleen nu wel op zijn radar staan.

Het beest valt uit - en de snelle ruk van zijn riem overrompeld de lekkere vreemdeling. Tegen de tijd dat hij zich realiseert wat er aan de hand is en hij zijn hakken in de grond zet, is de muil van de beer slechts enkele centimeters van Boners kop verwijdert, die maar de grootte van een tennisbal heeft.

Ik hou mijn handtas stevig vast, loop achteruit en trek mijn opgewonden vriend met me mee. Niet dat ik zelf niet overdreven opgewonden ben. Mijn hart bonst en ik zweet van de inspanning om het orgasme tegen te houden terwijl de ballen op het maximale niveau blijven trillen.

Het knijpen werkt niet. Misschien moet ik het gewoon met een pokerface uitzingen?

De vreemdeling zegt iets tegen de beer in een taal die ik niet herken, hoewel het door de keelklank als een verre verwant van het Russisch klinkt. Dan vernauwt hij zijn ogen tot spleetjes naar Boner en nog steeds zonder me aan te kijken, gromt hij in volmaakt niet-geaccentueerd Engels, "Houd die rat uit de buurt van mijn hond."

Zijn stem is diep en net zo belachelijk sexy als de

rest van hem, maar gelukkig maken zijn woorden me zo boos dat het naderende orgasme afneemt.

Zo jammer. Al deze geschenken verspilt aan een man die duidelijk een klootzak is.

Ik verstevig mijn greep op Boners riem en knijp mijn eigen ogen tot spleetjes naar de vreemdeling. "Ik zal mijn *hond* uit de buurt van jouw *beer* houden."

Zo. Gezien mijn situatie geen slecht weerwoord.

Eindelijk verwaardigt hij zich om me aan te kijken - en ik ben weer met stomheid geslagen.

Die ogen, gelegen onder een paar dikke, donkere wenkbrauwen, zijn de mooiste kleur die ik ooit heb gezien, een kwikachtige soort lichtbruin die tussen donkergroen en amberkleurig bruin lijkt te wisselen.

Diezelfde ogen worden groter terwijl ze over mijn lichaam gaan en even op mijn korte rokje en blote benen blijven hangen, maar dan krijgt zijn prachtige gezicht een dominante uitdrukking. "Oh alsjeblieft. Ze is meer hond dan de jouwe ooit zal zijn."

Zijn rijke, diepe stem zweert samen met de ballen die in me zitten om me nog dichter bij een plek te brengen waar ik niet wil zijn.

Misschien kan ik doen wat mannen in deze situatie doen - aan onsexy dingen denken.

Prut uit de ogen. Oorsmeer. Een pukkel uitknijpen. Stinkende oksels. Schilferende hoofdhuid. Grijs spul wat uit een navel afkomstig is. Nagelschimmel.

Nee. Het werkt allemaal niet.

Moeder?

Dat lijkt te werken.

Over haar gesproken, ik kanaliseer wat ze spottend mijn "Sneeuwkoningin-gedrag" noemt en vind eindelijk de woorden om de vreemdeling te antwoorden. "Hond zijn gaat niet over kwantiteit; het gaat om kwaliteit."

Zijn dikke wenkbrauwen komen een klein beetje omhoog. Er is duidelijk nog nooit iemand geweest die hem tegen heeft gesproken. "Waarom zit dat keffertje überhaupt niet in je tas?"

Ugh. Absoluut een klootzak. De ergernis houdt in ieder geval het orgasme op afstand. Ik haat dat stereotype van chihuahua's. Ondanks dat hij naar Napoleon is vernoemd, heeft Boner niet echt het complex dat zoveel van zijn broeders hebben en is hij helemaal geen keffertje. Hij is naar de hondenschool geweest, dus hij gedraagt zich goed. Meestal. Hij *is* een hond.

Prima. Ik ben nu officieel klaar met aardig doen.

Ik werp een koude blik naar het kruis van de spijkerbroek van de vreemdeling en kijk dan weer naar zijn gezicht, met één wenkbrauw boosaardig opgetrokken. "Laat me raden. Je hebt de grote hond om iets te compenseren?"

Wauw. Waar is mijn Oscar? Ik betwijfel of Angelina Jolie iemand op zijn plek kan zetten terwijl ze een orgasme tegenhoudt.

De rotzak grijnst alleen maar. Die kwikachtige ogen glanzen en hij zegt, "Wil je wedden?"

Oh nee.

Met het beeld van een gigantische piemel in mijn

hoofd, verlies ik eindelijk het gevecht tegen mijn ballen en kom ik klaar.

Hardware is nu verkrijgbaar. Ga naar www.mishabell.com/nl/ voor meer informatie en om je in te schrijven voor Misha's releasemailing.

OVER DE AUTEUR

Anna Zaires is verslaafd aan boeken sinds ze op vijfjarige leeftijd van haar grootmoeder leerde lezen. Haar eerste korte verhaal schreef ze niet lang daarna. Sindsdien leeft ze gedeeltelijk in een fantasiewereld waarin alleen haar eigen verbeelding de grenzen bepaalt. Momenteel woont Anna in Florida. Ze is gelukkig getrouwd met Dima Zales (een auteur van science fiction- en fantasyboeken). Al hun boeken komen door nauwe samenwerking tot stand.

Voor meer informatie, zie www.annazaires.com/book-series/nederlands/.

www.ingramcontent.com/pod-product-compliance
Lightning Source LLC
Chambersburg PA
CBHW011141100726
47899CB00010B/3130

* 9 7 8 1 6 3 1 4 2 7 3 6 7 *